大山坳

THE COL

郎绮屏 ◆ 著

上海三联书店

序

俞天白

我认识郎绮屏，是在上世纪六十年代。那时她只是一个小女孩。周末，我到老友郎慕中家聊天，总会碰到她，听她甜甜地喊我"俞叔叔"。其时，享受她这种尊称的不止我一个。郎慕中在我们一帮文友中，是一位热情好客的长者，主雅客来勤，他三天两头接待的，除了我，还有朱敏慎、胡良骅、徐伟敏这些文友。居家虽小，所谈内容，却因文学而海阔天空。她生活的，就是这样一个环境。按鲁迅的话来衡量，"读书人家的子弟熟悉笔墨，木匠的孩子会玩斧凿，兵家儿早识刀枪，没有这样的环境和遗产，是中国的文学青年的先天的不幸"（《且介亭杂文二集·不应该那么写》）。她属于幸运儿，她哥哥郎昭平当时十分投入于文学，如果不从商，是肯定会取得成就的。她像煞一个"异类"，从来没有在我们面前透露半点儿写作的欲望，完全是一个纯真质朴的女孩，一位体贴入微的女儿，然后是一位贤慧的妻子和母亲。对于我这位"叔叔"来说，对此是有直接感受的，因为我就在以扶持文学青年为己任的《萌芽》杂志工作。如果她想与文学结缘，我就是"近水楼台"，说真的，我很希望做一回她的"楼台"，郎慕中的女儿，绝对会让我沾上发现一位文学后起之秀的喜悦与荣光。可惜，她始终没有给我这个机会。

我想，文学要靠天赋，不能强其所难。

但我始终没有忘记我这位侄女儿。

机会终于来了。上世纪九十年代初，某种机缘吧，康大总经理蒋期馨先生邀我接受上海老市长张承宗先生之委托，主持改版《沪港经济》杂志。在《萌芽》杂志社，我只管组稿、审稿，不管行政事务的。到《沪港经济》杂志，所挂总编辑名义也是兼职的，虽有蒋小馨、柯兆银相助，但我只是个过渡人物，最终业务还是要落在他们身上，不能把他们拖进事务堆中。我就看在这一点上，想到了她，想到她理家上的聪明能干，相信她一定能够帮我们处理改版期间许多具体而又琐碎的事务。事实确实如此，她来工作不多久，就受到该杂志社同仁的高度评价，不仅要求把她组织关系转到了杂志社，并委以办公室主任的职务。这时候，我存于内心的那份"初衷"，开始复萌：在这个环境中，她一定能够介入编辑或其他文字工作，写点什么，不负郎慕中女儿的这个特定身份。但到了我把《沪港经济》杂志所有事务交给了蒋小馨，只挂了"顾问总编"的名义离开，她始终是一个忙忙碌碌的"管家婆"，却很少在自己杂志上以她的姓名发表文章，也一直没有来找我，借用《萌芽》这方"近水楼台"在文学领域一展身手。

但是，当我淡忘了此事的时候，却在文苑上发现了她的"足迹"！我开始在其他杂志和报刊上发现她的名字。而且在上海《新民晚报》副刊"夜光杯"上。写的居然是我，《我的俞叔叔》，我颇觉意外，尽管那清新老练的文笔，叙事状物的从容，正如我一向期望于她的那一位在我们谈诗论文声中成长的女孩子。我这才知道，她已经退休。此后，她的文章连续出现于《新民晚报》的"夜光杯"。我一如心头一块石头落地，也如一个谜底被揭开：原来，这是一个对自己的本职工作过于认真、负责，而对文学有自己独特理解的

大山坞

人，低调地拾起这支笔来以自娱！

从一个纯真的女孩，到一位外祖母；从一位工厂技术科，到经济杂志的管家婆……漫长的岁月中，一直让我迷惑的她，就这样在我眼前定了格。

然而，谁能料到呢，不多久，又一个不应该是意外的意外，打破了我对她"定"的这个"格"。她写小说了，而且一出手就是十五万余字的长篇小说，题名为《江南烟尘》，先发表在网络上，然后出版单行本。

原来，她就是这样一个率性而为的性情中的女性！

读者对她前一部长篇小说《江南烟尘》评价相当好！这部《大山坞》，她写的，还是经常活在她父辈口中的故乡，浙江的桐庐。写的是一个世纪之前，江南山民们的穷困、落后、闭塞与动荡，她写了土匪的侵凌和良知，写了山民的勤劳、愚昧、病痛与底层百姓的苦难，当然也写了他们生存环境的巨变，但她淡化了对善与恶、黑与白、是与非之类做非此即彼的价值判断，率性地描述芸芸众生，在困袭之下如何无助与挣扎。显然，她知道，善与恶、是与非的中间，正是文学所展示的空间，她就是在这一特有空间，寻求文学价值。我不敢说，这部小说在这方面取得何种成就，但是，她多年期待后，最后选择了一个恰当的切入点，以施展她的才华，使厚积的生活，得以充分的展现。细读它，除了作品本身，读者还可能从作者步入文坛的特殊经历中获得启示。为此，我写了这一篇序。

2019 年 7 月于知拙庐

目录

一 长毛进村

秋末，山里的黄昏，四周布满灰色的雾幕，村民几家房屋的烟囱里，袅起了炊烟，天空能看见浅浅的月亮。一个穿着破旧脏衣的年轻姑娘，来到大山坞村庄，苍色的山岩脚下，一个人站了很久，终于，她慢慢走近冯乃成的家，鼓足勇气叩响了冯家大门的铜环。冯家主子冯茂远是村里的大财主，人称"老茂头"。冯家公子冯乃成，是姑娘爹爹给她定下的未婚夫。铜环发出轻微的声响，恐惧与担忧让她忍不住瑟瑟发抖，她觉得自己的心脏随时都要蹦出来。冯家院子里青砖铺地，整栋的房屋檐上，雕刻着古老的花纹。来开门的正是乃成，十九岁的乃成高大英俊，见到沁沁，清癯的脸上泛起微微红光。他们对视了一阵，没有以往的热情和语言。

"乃成，是谁呀？"堂屋里传来年轻女人的声音。乃成迟疑了一下转过身子回话："香香，没人。"他轻轻地把大门关上。站在大门外的姑娘，心里充满了绝望和怨愤，自己日夜思念的情哥哥已经变心。沁沁的内心觉得惶惑，眼睛里闪出冰冷的光，她被一阵突然的绝望吞没了。漆黑的夜，漆黑的大门，门前那个铜钟，遭遇土匪时就可以打，村子里每家每户都有。沁沁握住杠子，想到了云雾山匪首刘芒。举目看，明明白白，屋檐下，她的心已凉透。她咬紧牙，往山上的那条路走去……

命运就是在这个时候，被沁沁改变了滑行的方向。

姑娘被太平军带走时刚满十五岁，七个多月后的今天，姑娘从金华陈王府逃了出来，沿途要饭回到了大山坞。现在整个村庄，笼罩在一派朦胧的寂寞之中，遍野看去已是一片劫灰，地荒荒，村子里炊烟稀少，四周不闻鸡犬声。曾经从早到晚，窸窸窣窣的人声，全部消失……自己家房屋，被太平军占领几个月，不成了样子，亲人已经在金华全亡。

十几天的逃亡，姑娘白皙的脸，变成了煤炭样的黑色，这七个多月的分别，断送了她在乃成眼中的清白。这是一个凄清的夜晚，走在通往刀客的山路上，想到举目无亲的大山坞，没有她生存的地方。云雾山匪首刘芒，以前经常来莫家，爹爹对他像对待儿子一样亲。因为是刀客，爹爹不希望沁沁与刘芒走得近。莫子林也很清楚，这些年，刘芒带着刀客，一直在护佑大山坞，也是为了沁沁。

沁沁在陈王府时，已经知道爹爹带着两个姐姐，由云雾山的刀客护驾，来到金华陈王府，被杀死在陈王府门前。那晚，她听到第一声枪响的时候，以为谁家在放鞭炮，她愣了一下才反应过来，外面有人在喊："杀人啦……"她还没来得及恐惧，就听得爹爹和男女混杂悠长的呼唤声："沁沁……"声音悲凉凄厉，催人泪下。莫子林自恃武功高强，不免失算。你本事再好，敌不过陈王府众多太平军，最后被乱箭，射死在陈王府的大墙门外。刘芒感叹：擅自逞强，寡不敌众。这道理不谓不深刻。

当时，匪首刘芒亲眼目睹这样的场面，不能带着兄弟白白去送死，他做出了退让。

回到大山坞，刘芒一直在独自思考。辛酉政变以后，清朝政府开始加强了对太平天国的镇压，太平天国已经出现了危机，内部开始分化，很多部队被清兵追杀。

　　几个月后，刘芒闻讯清兵开始发动对太平军的进攻，江北一带已经一片荒凉，无力供应太平军的粮食。军民只好吃野菜树叶。数万清兵开始朝浙江追击。刘芒在云雾山召集会议，讨论如何对付那帮已经驻扎在村子里、行为猖狂的太平军。

　　刘芒说："现在清兵左宗棠部队，已经开始向浙江地带发起进攻，锐气正盛，我们如果能配合清兵一起与太平军交战，也许能稳操胜券。大家看，采用什么方法才是上策。"土匪中有不少人反对："我们在山上看他们打，与敌人长期相持，过自己的日子，没必要去掺和。太平军是烧杀抢掠，清兵更是残忍，他们是提着人头去升官。到时候，抢不到人头，会滥杀无辜。"

　　刘芒不这么认为，他对弟兄们说："清兵中有想升官发财，但不是所有。大部分清兵来自穷苦人家，他们也是为了维护清政府出来卖命。战场上死人难免，如果我们不参与剿灭太平军，清兵伤亡一定也很大，两者无法取舍。"

　　刘芒报仇心切，他与二当家商量，必须趁清兵打进来，配合清兵剿灭太平军。

　　云雾山土匪开始在山上制造土炮。刘芒找了两棵粗壮的老榆树，派弟兄爬到树上，对准树心用斧头挖了一个洞，放进木屑树叶开始燃烧，洞口被火烧得越来越大，越来越深。两天后，他们找来破碗片和破旧铁锅，用石锤捣碎，掺和了几十斤火药，灌进树洞里，随时准备引爆。老榆树长得顺山势而下，隐没在密集的树林之中。

　　这种自制土炮杀伤力非常之大，起码可以冲击到十里之外。过了些日子，山下开始枪声不断，喊杀声更是此起彼伏，以作战凶狠著称的太平军士兵已经经受不住这样不停的进攻,刘芒想下山看看,刚走到村口,目睹清兵和太平军在交战。一颗子弹正好擦破他的脸皮,顿时,鲜血流到了衣领里。随从的弟兄惊叫起来:"好险,好险!"连忙扶住大当家返回山上。刘芒吩咐另外几个,留下就地查看,发现到时候了,朝山上发信号。

山下,清兵和太平军的枪炮子弹像雨点般地对开。就在这个时候,有一顶轿子在一队人马的簇拥下大摇大摆地进了村子,清政府的副将听得清兵已经打进大山坞,便坐着轿子,威风凛凛地到前方来观阵,将来好为自己向上请功,得个亲临战场的好名声。

傍晚时分,一道电光闪过,倾盆大雨从天而降,火药被雨水淋湿,枪打不响了,太平军用草捆填平了壕沟,冲过来与清兵展开了肉搏。刘芒得知这个信息,显得十分镇静,对着弟兄们大喊一声:"听我的命令,开炮。"

刘芒在山上指挥,掀开罩在榆树火药口的油布,点燃了两棵榆树上的火药引子。一声声巨响,整个大山坞被炸瘫了,山下传来心惊肉跳的惨叫声,遍地都是血肉模糊的尸体,道路、水沟、溪坑成了一片血色。副将此刻也顾不上体面,慌忙扔了纱帽,脱下朝靴,钻到清兵中间,没命地朝村子外面跑去,嘴里在叫着:"给我守住阵地,我这就去调动援兵。"

夜里,村子里开始一点点恢复安静。

刘芒对手下说:"这仗我也打得为难,知道一定会毁坏村里不少房屋,但是,及时的土炮,能让这场战争早点结束。拖久了,也许伤害更大。"

坐镇在山上的二当家,本来一直坐立不安。两个土炮轰下去,他拍着脑袋连声说:"大当家英明呀!这一招打成功了,我们的心都被土炮震炸了,胆也被惊破了。"

残留的一些清兵和援兵占领大山坞,又是疯狂地杀人,想去朝廷领功升官。当时的指标,杀十个壮男可以升为千夫,功绩越大官越高,千夫上面是都司、游击、参将……清政府鼓励士兵杀戮造反者,一些清兵急于去领赏,见到年轻男子就杀。清兵开始向留在村里的老人、妇女、孩子,打听大山坞村子里那些男人的去向。清兵打骂孩子,虐待老人。他们以为,有这些家属在,就是诱饵。

刘芒知道清兵的混乱,他早已安排年轻力壮的男人躲了出去。清兵有个习惯,每到晚上都需要喝酒,趁他们酒足饭饱、开始休息的时候,刘芒带领弟兄偷偷下山,把一些老人、孩子、孕妇等不方便躲的,挨家挨户地领出来,带上云雾山。来不及疏散的藏在山脚下的草丛里。草丛密密深深,躲在里面只要不出声,一般不会被发现。清兵路过,会拿起长矛朝草丛里扎几下。为防备露馅,刘芒给每个人手里准备一块破布,教他们,万一被扎出血,马上用破布轻轻裹住矛头,把血擦干净。

阿毛婆娘荷仙刚刚产下小儿子,还在月子里,和正在坐月子的邻居翠翠一起,走不动山路,被刘芒安排先躲进草丛里,准备送上一批之后,下来背扶她们上山。翠翠怀里也抱着一个男婴,男婴叼着姆妈的奶头睡着了。翠翠由于体弱,躲进草丛就昏睡过去了。

三更时辰,清兵开始在山脚下巡路,荷仙怀里的孩子饿了,狠命地吸吮姆妈干瘪的乳房,没有奶水,张开小嘴刚想啼哭,被边上冯大家姆妈伸过手掌捂住嘴巴。凌晨,天还没亮,刘芒已带领弟兄从云雾山下来,准备悄悄地把草丛里躲着的一些老人、妇女和孩子引渡上山。

"小芒,荷仙怀里的孩子怕是被我捂死了,怎么办?"冯大家姆妈一脸伤心，"我也是怕孩子哭出声，连累大家许多条生命。"

刘芒扶着荷仙，荷仙神情恍惚，紧紧地搂住孩子。只听得有人在说："翠翠背部被长矛扎了一刀，流血过度死了。她怀里的孩子怎么办？"

冯大家姆妈说："是我拿破布把翠玉身上拔出的带血的矛头轻轻搽干净，再抹上一把烂泥，总算躲过去了。"

刘芒走过去，抱起翠翠的孩子，夺下荷仙手里的孩子，拍打了几下屁股，再把翠翠的儿子塞进荷仙怀中。黑暗中，荷仙抱着怀里挣扎的孩子，以为自己儿子被刘芒拍屁股拍醒了，高高兴兴地跟着人群上了山。

至于翠翠和阿毛儿子的尸体，刘芒吩咐他的手下，就地挖了一个坑埋了。

灭了太平军，不久清兵也走了。刘芒开始带领云雾山的弟兄们下山，与乡董海棠大伯商议如何修复村子。当下很多房屋被毁，村子里存活着的人也不多，今后怎样安置村民的生活，刘芒给出了规划。

房屋倒塌不多，被土炮炸破的门户、墙面需要修复。乡董海棠大伯拿出存放在祠堂地窖里的公款银两，在祠堂里召开村民会议，破例让云雾山匪首进祠堂，一起商量房子的维修事项。

海棠大伯说："以前，大山坞村民遭外乡土匪强盗，都是小芒在护佑我们。这次大家也看到了，没有刘芒的协助，我们这个村子恐怕就人死楼空，毁了。所以，在维修房屋的问题上，每家每户都拿点银两，有钱的多拿点出来。我建议把银子交与刘芒，负责统一修理。"

老茂头在一边直摇头，他说："我们家房屋没损坏，不用修理。谁家需要修理，自己掏腰包。"

大山坞

"那还有很多空宅子,主人都死了,找谁去？看着宅子破损在那里,这村子成了什么样？"刘芒说。

"重建寺庙,修理房屋,有钱出钱,没钱出力。老茂头,你家是响当当的大户人家,又攀了秣陵节大财主这个亲家,你说没钱,谁会信,你家出银子200两,没得讨价还价。"海棠大伯高声说。

云雾山土匪个个身强力壮,造房修屋都是拿手活。他们先在原来的"大皇殿"寺庙的旧址上,重新建造了一座小型庙宇。在刘芒的带领下,大山坞村子很快恢复了原貌。老茂头家还有50两银子迟迟不肯交付祠堂。

一座小小的庙宇修葺一新,菩萨的金身也重新塑起。老工匠把新菩萨塑得魁梧高大、慈眉善眼、栩栩如生。海棠大伯在庙宇前告诫大家:"寺庙不在大小,只要有个地方下跪就行。过去'大皇殿'菩萨出巡时,天上总会飘来一股浓郁的檀香味。人们一闻到这股味道,就知道菩萨在看着我们,我们要扪心自问:'自己此生积了多少德？替人行了多少方便。作恶,坏心眼都不能有呀！天上都看着呢！'"

清兵退出大山坞,向左宗棠禀报,大山坞云雾山头有一名厉害的刀客。左宗棠三次派人来到云雾山,请求刘芒出山,协助他一起去攻打"捻军"。

二　情殇

此时的沁沁清醒地做了一个决定：只能去云雾山找刘芒。人们与云雾山刀客之间有一种特殊的联系方式，爹爹在的时候，她也跟着学会了。逢到村里进了其他山岭的土匪，爹爹就跑去山路上，一路吹口哨呼唤山上的刀客。

今晚，是刘芒亲自下山接应。

洗干净的姑娘面色苍白，几乎能看到皮肤下的血管，美丽清纯如一滴朝露。油灯下，刘芒问："沁沁，你打算今后如何安排自己？"他用目光划过沁沁。沁沁低头不语，她不知道她该乞求谁？

他们之间的谈话，就像一条在暗礁中飘摇的小船，暂时搁浅。

刘芒二十出头，身材修长，长相俊美温文，举止谦恭儒雅，这清逸的形象跟刀客不相符，他却是武林高手。平时他身着长袍，背后拖着一条大辫子，在山里来回踱步，背诵诗文。遇到急难事，他即猛地甩去外衣，赤裸着膀子，勒紧腰带，踢腿，展臂，深深地吸气，收拢全身的力气，把那根大辫子盘在头上，飞檐走壁。

那个时代，土匪横行，民不聊生。一个一个土匪团体组织起来，盘踞在一个一个山头上。他们白天在山里吃喝睡觉，夜里出来打家劫舍，其中也有杀富济贫，富有江湖义气，又有神奇色彩的土匪。刘芒是云雾山土匪里职位最高的顶天梁,匪绺顶总头目又称大当家、大掌柜、大架杆,执掌本绺子的杀生大权。刘芒是个劫富济贫的匪首,从不伤害无辜。他的主张具有绝对权威性,往往决定全绺成员的行动方向、命运和活动的性质。转角梁是大当家的军师二当家,必须有才学,会推演八卦,每次山里有行动,都由他占卜,用以确定凶吉。土匪绑架的目标都是拿得出钱的人家。真正的大户人家有枪,有护兵,有黑白两道的关系。最怕被绑架的是中户财主,有点钱的他们整天过着提心吊胆的日子。

那时候的土匪抢劫,绑哪家、哪人事先都由"通匪人"提供线索。通匪人既是土匪又是探子,另外还充当说客的角色,土匪拿到绑架款,他要从中抽取份钱。刘芒最看不起这种人,称之为给强盗撑口袋的卑鄙小人,有种自己上山来。

其他几座山头的刀客(刀客即山上的土匪强盗),只要听得刘芒下山,没人敢去应战。刘芒虽身在江湖,却心忧国事。身为云雾山的大当家,刘芒经常离开山里不知去向,有时一个多月不见踪影。云雾山由二当家主持,山上山下,土匪村民,日子过得照样安稳。

旧坞里、三茅林、秣陵节,过一个村子就有一条岭,岭脚就是村子。山与山之间,唯有涓涓泉流,将它们默默地牵连在一起。

大山坞村里有知理的绅士,云雾山上有保护大山坞村民的刀客。好匪所谓盗亦有道,就是遇到大悲之事,世间不能容,而情有可原,村民亦能理解。云雾山的刀客,与乡村、乡董有隐秘的沟通渠道。一些农户都说,所有的山头,只有作恶的土匪必然早早横死。

从大山坞山根,走上去是云雾山,刘芒的刀客们常年驻在山上,开辟山林,种植庄稼,饲养牲畜。山里有果树青草,躲藏容易,逃跑不难。遇到其他山岭的刀客闯入大山坞,他便带着弟兄们出山应战。弟兄们跟着他,只是对付其他各个山头的刀客。

每逢除夕,大山坞周边山上的刀客便开始下山"接财神"(当地人把刀客下山绑票称之为"接财神"),按当地习俗,要给山上送去足够的食物和银子才会放人。深夜下山,刀客将主人家重要人物绑走,不取到食物、银子,不会放票。年前,有钱人总是惶惶不安,有的干脆逃刀客,携家眷去城里过年。

"告诉我,我爹爹怎么会跑去金华送命的?"沁沁声声哽咽,字字清晰。

刘芒将事情的经过告诉了沁沁,有些事他想以后慢慢说。

"刘哥,你不嫌弃,就收了我吧。"沁沁用手掌摩挲着地面,慢慢地跪下来,双手伏地,额头紧贴着地面。

"沁沁,你愿意跟着我,我高兴。"刘芒从来少笑,快乐时不用笑来表示。今天见到沁沁,他脸上闪过一笑,轻轻地扶起沁沁。

"我不要婚礼,我需要你一个承诺,等我做完了我该做的事以后,我答应你,一年后的今天,我们圆房。"沁沁的内心还定格在某一刻之中挣脱不出来。

"放高升,拜堂……"刘芒起身高呼。

弟兄们齐刷刷地来到跟前,按照大当家的吩咐开始忙碌。山上燃起篝火,如过年一般的气象。

刘芒牵着姑娘的手,往南边的小屋走去。山顶造了几间木屋,种了一些花草,并凿渠取水,将洼地浚为池塘。小屋是榆木结构,雕栏玉砌,里面布置的是女孩的闺房。粉色的丝绸蚊帐窗帘子,小床铺着大红色织锦团棉被,床边挂着一根红色丝绸夹麻编织的绳鞭。姑娘揉揉眼睛再看看刘芒问:"我是不是在梦里?"刘芒关切地对姑娘说:"安心住下吧,六个多月前,我就和弟兄们在山上砍伐,造了这几间木屋,这间屋子不大,你一个人居住正合适。我知道你会来找我。我俩的事,一切听你的,想下山随你,我会让弟兄们护着你。"说完转身离开了。他相信宿命,相信水到渠成。

姑娘跨进门槛,掩上房门,木然地坐在圆桌旁,煤油灯一闪一闪,火光里蛰伏着痛苦、怅惘……

那晚,刘芒取出莫叔叔留下的信,放在贴身衣袋里,独自下山,叩响了乡董海棠大伯的家门。

如今满大山坞都在传颂莫子林的佳话好名,哀叹沁沁的命运。听说刘芒想娶沁沁,海棠大伯脸上摆出怜悯和义气相助的神情。刘芒拿出莫子林留下的那封信,面容伤感地向海棠大伯述说沁沁的情绪,希望海棠大伯能与族里人商量一下,看在与莫子林交情甚笃的情分上,出面说说好话,居中调节,同意他们这桩婚事。刘芒知道按农村的习俗,要想让一个外乡人在大山坞扎住脚是很难的。

"莫叔叔临走时把这封信交给我,说冯家退了沁沁,希望我能娶她。这封信我一直没打开,就想哪天进祠堂了,当着众人的面读一下。现在我把它交给您。"

海棠大伯似乎很伤情,想到莫子林这些年在大山坞慷慨侠义、乐善好施,配合云雾山上的土匪,为大山坞村民挡了不少外来强盗土匪,大山坞人得到莫家的鼎力相助,度过了一个又一个危难事件。

海棠大伯把信还给刘芒,沉默片刻:"信你留着,这事不用通过众人商量决定,我一个人可以说了算。有莫子林的信,事情就好办,可以排除乘人危难、掠夺家产的质疑。莫家在村子里是大门大户,现在家里遇上祸事,沁沁不到跳井跳崖的地步,也不会随随便便嫁给一个刀客。"

刘芒沉重地哀叹沁沁的命运:"这次沁沁上山来找我,也是这一步路已走绝。当年我喜欢她,他爹爹阻止我们来往,哪有一个做爹的愿意把自己女儿嫁给一个土匪?"

回云雾山的路上,刘芒心里燃烧着炽热的欲火,这么多年想都不敢想的事突然降临。因为莫家发生了祸事,给自己得了便宜,他感到心里还是不踏实。海棠大伯向来说话办事言简意赅,不多寒暄。这次他反反复复叮嘱刘芒,尽快把婚事办了,带着沁沁住到莫家大院,今后协助海棠大伯做主处理村里的各种事情。刘芒告诉海棠大伯:沁沁不想搞得惊动太大,在云雾山搞个简单的婚礼,就算把事儿办了。

云雾山上,满目的枯枝败叶,把黄昏煽动得哀婉凄凉,沁沁始终沉浸在多情的怨恨之中。刘芒觉得沁沁的心,不在自己身上。

刘芒提着一瓶烧酒,桌前摆着几个下酒菜。他坐在上位,举起酒盅与大家碰过,一饮而尽。然后说:"今日我与沁沁正式成亲,以后沁沁愿意留在山上或者想回莫家都可以。云雾山弟兄们的生活琐事,还是由二当家负责打理。如逢山下没事,我会常来山上。"

"我想暂时住在山上。"沁沁说话时在看刘芒的眉眼高低。

那年,落第秀才洪秀全带领农民,在广西金田村爆发了声势浩大的太平天国起义。咸丰十一年,太平天国侍王李世贤率部进入清军兵力薄弱的浙江。太平军沿途扫荡,闯入大山坞村子,一路残杀村民。莫家闺女莫沁沁因为貌美被太平军抓走,送进金华陈王府,按陈王府的规定,抢掠的应该都是十三岁以下的漂亮女孩。当天正逢陈王驾到,陈王府内尽悬灯彩,火树银花,沁沁清纯秀丽的容颜闪耀得陈王称赞不迭,吩咐手下把沁沁关进密室。深夜,陈王醉醺醺地闯入,沁沁不肯屈服。他万万没想到,眼前貌似柔弱的姑娘竟然如此泼辣。在反抗无效之下,她侧身一闪,用纤纤玉手抽下了陈王的羊皮裤腰带,舞起了绳镖。陈王吓得提起裤子,逃出了门外。王府有后妃数千,陈王闪出门便进了另外一间屋,在急于淫欲的时候,陈王没顾得太多。只是吩咐随从:"把她送去当女侍,这样的女子养着干什么?"

陈王府有辕门二、大门三,高达数丈。甬道中筑一高台,两旁悬金锣鼓十面,有事则鸣锣以达。门以内不准男子进入,一律女侍传达。沁沁成了数千后妃的女侍,因为她学过武功,轻功甚佳,夜间行路悄然无声,最适合做夜行使者。每个漆黑的夜,沁沁都会独自来到柴间,把从陈王裤上扯下的羊皮腰带当绳镖练。

左宗棠率八千楚军入浙江,侍王李世贤率领数万太平军与之交战,连战连败,丢失浙江西部大部分地区,太平军全线撤出浙江,陈王府一片残骸。那天夜漏已残,云板声声,王府大门敞开,人们纷纷涌了出去……

七个月前,沁沁被太平军带走的一周后晚上,冯茂远和婆娘翠玉来到莫家。一踏进门,就闻到茶缸里沏的上等香片,莫子林端着茶盅,表情严肃,从里屋走出来,趋前一步,做了一个让座的手势,走到堂前紫檀木太师椅子旁坐下。

老茂头夫妻俩礼貌地挨延着,等莫子林坐定后,这才在边上一对紫檀木如意椅上坐下来。没让他们坐定,莫子林就开始发问:"老茂头,是来退婚的吧?"

老茂头带着婆娘拘谨地坐着,脸上挤出笑容,呲着焦黄的牙齿:"哦……哦……"老茂头结结巴巴:"子林,你也知道,我们大户人家丢不起这个脸。这……送出去的聘礼,就不用退还了。"老茂头认为自己做事还是合情合理的。

"你们请回吧! 我同意退婚! 明天凌晨,我会叫大女儿君儿,把你们送来的聘礼扔进你们小屋茅房里。"莫子林抚了抚大襟,甩了甩袖口,带着看淡一切的表情,起身转进里屋。老茂头没想到,莫子林这回那么爽气,是他宰相肚里能撑船? 还是另有打算?

山谷里静悄悄。回家路上,翠玉不停地唠叨:"老头子,这不好吧,得罪了子林,以后秭陵节山上刀客来接财神,还有谁肯帮我们啊?"翠玉显得很为难。

"走吧,只能这样了,这乡里人,名声重要。"老茂头挥挥手,不让婆娘继续说。女人么,有她们天生的想象力,总喜欢把事情想坏。

老茂头家发生了一场激烈的争吵。乃成在说他爹爹:"你也太急了吧,凭沁沁的本事,也许她能逃出来。"

"逃……逃? 就是逃出来,这山里人也不会相信她的清白,你啊,娶了她,这辈子有得被人戳脊梁骨啰!"老茂头理直气壮,就像当年给儿子订下这门亲事时,一样的自认为高明。

翠玉坐在一边,望望老伴,再看看儿子,她总觉得眼前这父子俩都像打火石,说不定什么时候就会撞出火花燃起大火。

乃成坐在茶几边的影木雕花靠椅上,右肘托着下巴,不停责问爹爹:"这做人不能没有良心,这么多年来,每年除夕刀客下山,要求敬财神,我们家又敬了多少? 不都是沁沁她爹帮我们挡了? 这种欠会让你一辈子良心不安的。"

退婚是老茂头想了一个晚上定下的。他的一只眼睛在造这幢房子时被一颗石头弹瞎了,留下一个黑洞,平时就靠另一只眼睛,歪着头从某一个角度看所有问题。这就是他常说的一眼就能看准。家里这么大一份家业，也是靠他闭着一只瞎眼，苦苦撑起来的。他决定了的事，谁也阻挡不了。他很精明，精明到邪恶的程度。今天他火气特别大，他咧着嘴，嘴唇上长着水泡；他裹着羊皮背心，稀疏的几根头发因为激动耷拉在额头；他看上去很疲惫，涣散的眼神隐约地告诉家人，他曾经有多么不容易，他也是为了这个家，为了这个求神拜佛、40多岁才得来的独养儿子。此刻，儿子不理解他，还跟他犟嘴。

老茂头弹弹烟枪灰说："天狗吃不了日头，得罪了子林天也塌不下来，以后敬财神的事不用你们担心，由我一个人来办！"

"可我是喜欢沁沁的……这种无情无义的势利，只有小鼻子小眼的人能干得出来。"乃成开始悲呛、哀嚎，弄得乃成他娘心里一团糟。

"对，我小鼻子小眼孔都浅，因为我们老冯家丢不起这脸啊……"老茂头猛咳一口，鼻腔里跟着吸一下鼻涕，把那口老痰吊含在嘴里，含糊不清地说着，"能攀上这门亲事，换了别人家，欢喜得烧香还来不及，真不知道你脑子里哪根神经搭错了。"老茂头还想说下去，话到嘴边又咽了下去。根据他的经验，只要他不再出声，不一会，雷霆闪电自会过去。家里他还是做得了主的。

老茂头闭上眼睛，一会儿，又开始慢悠悠地说："秣陵节周有财家的幺囡，这两年出落得水灵，过几天，我托媒人去问问。"乃成"哐当"一声，踢翻了脚跟前的那张骨牌凳，独自上了楼："你如喜欢，你去娶了吧。"上楼"咚咚咚"的脚步声，像打闷雷似的。

"这反了天了，对老子是这样说话的？我一个巴掌扇你一个跟头试试。"老茂头满肚子火气，朝楼上瞪眼骂道。

翠玉婆娘躬着身子摆正了凳子，坐在上面，脑袋垂了下来，像一穗熟透了的谷子，不停地叹气……

夜里，发散着幽幽昏光的油灯忽然爆出一个白亮的火花，同时发出"啪"的一声脆响。翠玉吹了灯，裹紧棉被，捅了捅老茂头，在他耳边轻轻说："都说有财家闺女长得漂亮，脑子不大灵光的，我怎么心里老是慌慌的。"

　　"女人蠢点好，不伤人，苦来了能忍。不会遇上点事想不开。女人只要长得讨男人喜欢，会操持家务，能生孩子就够了，聪明的女人，讨回来你弄得过她？现在你儿子脑子被莫家丫头灌水泥了，我们不停地敲打敲打，他会想通的。"老茂头推开婆娘，"睡觉，这事我心里有数。"

　　翠玉转过身子，不再言语。

　　莫子林这一宿没睡着，他在担心沁沁，他了解自己女儿的性格和本事，三个女儿数她最刚烈。退婚的事没有让他太气愤，这种人家翻脸比翻书还快，就是女儿嫁过去，日子也不一定过得好。当初订下这门亲事，也是因为这两孩子自小好上了。乃成虽长相俊朗，性格却有些唯唯诺诺，只是女儿喜欢，也就答应了这门亲事。现在发生这样的事，也许是天意。

　　沁沁她娘去世得早，莫家是武林世家，到爹爹莫子林这一代开始从医。莫家在大山坞开了家庭诊所，治疗各种疾病和疑难杂症。后来遭遇家庭变故，全家大小搬去桐庐镇上，开了诊所，兼做药材生意。莫子林年轻时练了一身好功夫，生了一窝女孩，沁沁最小。

　　沁沁身材修长，腰身纤细，胸部丰满，丹凤眼，睫毛很长，眼珠乌黑明亮，顾盼有神。挺秀精致的鼻子，皮肤白嫩。十年后爹爹带着家眷重新回到大山坞，依然开了诊所，管家带着两个姐姐操持这个家，日子过得富裕。

　　遇到其他山头的刀客进大山坞，莫子林便背着土枪，提起绳镖,一路吹响口哨,闻风而去云雾山上。云雾山的刀客很快会下山接应,把他们挡回去。沁沁从小跟着爹爹学艺、学医,身手不凡。两个姐姐长得像爹爹,眉眼粗黑,头发剪得很短,家里的细活、粗活样样拿得起,也跟着爹爹练就一身好武术。太平军进村后,君儿和文儿就被安排在家里,为他们做饭。村里好多会做饭做菜的女人,就因此保住了性命。

天目山脚下往里延伸的崇山峻岭间,就是秀丽富饶的大山坞村庄。咸丰元年,当地村民生活富裕安乐,山林石板就地取材,大山坞村庄的很多村民都盖起了一栋栋巨大的宅子。大山坞村子中央是座古庙,中国的版图上有"大皇殿"庙宇的记载。古庙前面有一棵黑压压的百年松树。农闲的时候,村民们大多喜欢聚集在古松下,抽自家种的水烟,喝茶聊天,聊东家长西家短,聊裤腰带以下的那些事儿,传播有关村野情合的艳闻。孩子们喜欢围着松树兜圈子、数数。在大山坞人的心目中,古松树就是土地菩萨的化身。

太平军进村后,烧杀抢夺,村民辛苦盖的房子被太平军占领。粮食家畜全让他们糟蹋。莫家的管家因为不满太平军闯入家里,刚想上前论理,就被一刀刺死在家门口。

村外有亲戚的都早早躲了出去。在历史的大变迁中,菩萨的命运也和人的命运一样沉浮起落。同治元年,老百姓的日子是富裕的,庙里的香火自然是盛的。如今兵荒马乱,太平军一把火点燃了古庙,古庙被烧得吱吱响,整整两天,最后一丝火光被收起,"大皇殿"陡然变成一片废墟。老人们天天跪在古庙前:"作孽哦,历史遗留的'大皇殿'就这么给毁了……阿弥陀佛。"

天还没亮,老茂头戴着黑灰色缎子小帽,身穿浅灰色宁绸大褂,外套深灰色缎团花马褂,骑着骡马出了村子,他的两条腿向外敞开,常年骑牲口骑罗圈了腿。他背有点驼,驼背不是生来就是,也是境遇所致。

一夜想下来,今天他决定亲自去秫陵节周有财家拜访。要尽快解决的是儿子的婚事,连去请媒人的时间都不想耽搁。如今兵荒马乱,儿子只要一成婚,老茂头心头的着急才能平息。这几天,村子里好多人家稍有反抗,即被赶进田沟里弄死。昔日能干的女人留着给太平军煮饭烧菜,幸亏自己婆娘烧得一手好菜,冯家才躲过这一劫。

浙江桐庐富春江边,四周环抱绿衣的山峰,数不完的山,山连山、山谷套着山谷。远处重重叠叠,连绵不断的山峰,时浓时淡的云雾在山腰间缭绕着,空气中到处浮荡着鲜花嫩枝的草木清香,秫陵节与大山坞仅相隔一个山岭。

也是漆黑的黎明前,莫子林带着两个闺女上了云雾山。

云雾山上,宽敞的木结构房子的客厅里,金漆花几上摆满鲜果子。刘芒走出来迎接:"莫叔叔来了,快里边请!"走近里屋,室内温馨安静。紫檀茶几上摆着一个白釉暗龙执壶,四个大明化斗彩茶杯里,是浅绿色的云雾山毛峰茶汤。大家相对喝茶。莫子林深深叹了一口气说:"小芒,你也知道叔叔,一般情况下不会来求你,今天,我有一件大事要和你商量。"在莫子林人生最悲怆的时刻,人性中善的光芒,照耀了他的一丝希望。

刘芒端起茶杯,喝了一口说:"叔叔有话请讲。"

莫子林正色道:"带着你的兄弟,跟我去金华陈王府救出沁沁,带来山上,马上与你成婚。"

刘芒听罢沉思很久,他一贯尊重莫子林。他放下手中的茶杯,感慨地说:"叔叔你也知道我喜欢沁沁,可是沁沁喜欢的是冯乃成。

再说凭我们山上这些兄弟，怎么是陈王府那么多太平军的对手？”

“我看你是个读书人，怎么会走上这条道的暂且不问，只是觉得这些年，你虽然干的是这行当，但也是济贫仇富，为大山坞村民做了不少好事。这次太平军在村里杀了很多户人家，空宅子多得是，田地开始荒着，等太平军走了，跟我下山吧，带着兄弟们好好安个家，把农田做起来。”莫子林面带恳求，缓缓地说道。他从长衫衣襟里掏出一个牛皮纸信封：“我这次走凶多吉少，现在村子里死的死，走的走，不管以后莫家人回不回来的，莫家都归你当家。如果我死了，家里的事就按信里说的办。这是莫家的秘密，我都交给你了。”

莫子林前面的话语气绵软而诚恳，现在这声音却透着坚定而强硬。

“莫叔叔，别这样说，我带所有兄弟陪你下山，想救出沁沁很难，能让你们见上一面，也是我的心愿。不得莽撞。”刘芒把信封塞进莫叔叔怀里。临行前，莫子林把信封压在了茶盘子底下。

在周有财家，老茂头被主人带到饭桌旁，经过一番谦虚，结果还是被邀请坐在上首。他瞟一眼满桌子的菜肴，拿火镰打了火，点着水烟，“咕噜咕噜”抽了两口，吐出烟雾说道：“我今天来啊，就是想跟你谈我们两家的亲事，我家乃成和你家香香才是最配的一对。”

周有财知道自家闺女聪明脸孔，脑瓜子笨，要想找个好人家也难，今天见找上门来的好事，是既迫切，又想摆摆架子，不能着急！他心里一个劲地对自己说。

周有财张大鼻孔笑了笑，从容不迫地点起烟斗吸了一口。“吃饭，吃饭，今天你上门就是贵客，我女儿还小，在家里穿金戴银，我还舍不得让她早早嫁人,当然,如嫁给乃成这样的后生,我倒是看得中的,看得中。但不急,不急。"周有财倒说说,顺说说,顺说说,再倒说说,故意拿他一把。周有财长着一张精瘦的姜黄脸,长眉毛,一双绿豆眼珠子不时地转动着,眼角堆满皱褶。他正吃得津津有味,每吃一口,都要闭上眼睛嚼两下,颌骨做一个圆周运动,一副怡然自得的模样。他知道来者的目的,不就是看中他们家有钱,女儿长得水灵。可是女儿的智商,做爹爹的清楚得很,能让她嫁给乃成,他是求之不得,乃成家境虽然不比周家,但在里外山村也算是个殷实人家。

"老茂头,你今天不来,我也想去大山坞看看你和阿嫂,听说大山坞被太平军占据,死了好多人?莫家小丫头被太平军抓去,供陈王府了?那姑娘不是废了?我们家香香可是个黄花闺女。"周有财没有谦让,带着几分酒意笑着说。

"乃成那桩婚事,我已把它退了,这女人么,名节最要紧。"

"是呀是呀,人生一世,草木一秋,这人活着图个什么?不就是图个荣华富贵,有个好名声。"周有财转动着黯淡无光的眼珠,眉心拧着的结舒展了。"这样吧,你说的事让我跟孩她娘商量一下,可以的话,你让媒人来提亲。"话说得悠悠,其实他心里比谁都着急。

下午,周有财将老茂头送到村口,嘿嘿笑着:"这门亲事成了,你家的金子,银子多得可以用车拉!"

三　香香嫁入冯家

　　"乃成,我姆妈说的,'嫁过去,让你男人给你打气,你的肚子就会像吹起的洋泡泡,你才会成为真正的女人。'"香香婉转娇啼地在乃成身边鼓噪,说话的语调带着一种骚情的撩拨,低低的好似山谷的黄莺。乃成翻过身:"这每晚车轱辘来回说,烦不烦?"

　　香香嫁过来也有二个多月,可是沁沁整个人像铅一般,沉重地浇注在乃成的心里。他每天独自关在书房里,谁也不理。他骂他爹爹:"你们就这样把我的终身大事三称二码地解决了?我不要这个女人,我没法跟她讲话。脑子笨得该扔掉。我要搬书房睡。"

　　"这女人都一样,再好的女人,时间久了都会厌倦,你心里不要老念着沁沁的好,你穿上她的鞋走十里试试,我就不相信,她会让你迷一辈子。"老茂头聪明着呢,对付儿子富余。

　　"你就是升米恩斗米仇,当初,莫叔叔帮助你往秣陵节少交过多少银两,不是他们,你早被秣陵节的刀客撕票,塞我家狗洞里了。这一出事,你就翻脸了,巴结上了周家。哪天沁沁回来,让我怎么有脸对她?"乃成此刻才感到,自己人生最大的不幸,就是自己无能。

　　"你还想等她回来,回来也没人会娶她。唾沫星子就是钉,我们家是要祖祖辈辈在大山坞过下去。你不许再满嘴跑船，沁沁是回不来了！"老茂头红着脖子粗着筋，一丛鼻毛从鼻孔里翘出，"你这脑子想的都是空的，只有实实在在过日子，我看香香这样的女人，只要你给她一点疼爱，她就会像猫狗一样，温顺地趴在你的脚下。给你生个大胖小子，才是真的。想搬回书房睡，三两棉花，免谈！"乡里人对于古老的传宗接代，有着幽深的执着。

香香是脸上抹了锅灰，穿着老太婆的衣裳，偷偷跟着冯茂远嫁到冯家。两个长辈各自怀着心里的九九，都觉得喜事办得越快越好。现在是乱世，等太平军走了，可以再风风光光地补办。香香长得水嫩水嫩的，五官秀气，脸颊粉嘟嘟的讨人喜欢，身材丰满，臀部上翘。老茂头乐得对婆娘说："我看啊，没准明年春天我们可以抱孙子了，这一看就是会下蛋的母鸡，看那屁股。"

"老不正经的，屁股再大也要你儿子喜欢，我看啊，还说不定是好是坏。"

"你这乌鸦嘴。"老茂头嘴上在说，心里也在发毛。儿子乃成这几天关在书房里，谁都不理。

奇迹就发生在这个夏天，老茂头家大院繁花盛开，红艳艳的宛如一团团燃烧的烈火。老茂头进城，买了一套明版的《金瓶梅》，放在乃成的书桌上。没几天，老茂头屁颠屁颠地跟着婆娘悄悄说："别看这小子，嘴巴再老，他那双眼睛已经出卖了他，我一只眼都能看见。昨天在院子里，风一吹，露出了香香裙里的小裤衩，你儿那眼睛哦，就死死地盯着，有戏了，有戏了。"

"那你那一只眼也跟着在看吧，不然你怎么会知道？"翠玉的眯缝眼、包子脸酸溜溜的。

夜里，香香穿着透明白纱的小裤衩和肚兜，一对鼓胀的乳房翘翘地把肚兜顶起，隐隐约约……上床后又开始要转车轱辘。乃成正当气血方刚之际，白天被书里的情节撩拨得浑身燥热。他喘着粗气，腾起身子，一把扯了香香的裤衩肚兜，香香惊恐的叫声刺激了他，乃成急切地寻找美妙的境地，在情欲的亢奋中初尝了那种神奇的滋味。乃成把香香当成《金瓶梅》里的李瓶儿，自己则成了威猛的西门庆，迎合得万般缱绻。男人和女人之间的秘密一经戳破，使他大为震惊。初尝的诱惑，开始经常骚动，也让他理解了人生，他看到了生活的现实。后来几天，乃成对男女之事逐渐熟练，两人的动作默契如行云流水。他乐此不彼，开始喜欢上了香香。沁沁的身影渐渐从他心里淡出。几个月后，香香的肚皮吹起了洋泡泡。冯家大宅院南北进深几十米，庭院深深。香香自从进了冯家大门，就一直躲在楼上，夜里才下楼到院子里走走。

"你看见了吧，他们俩的关系，现在是如胶似漆，唉……跟你说你是不会懂的，就是很黏很黏的那种。"老茂头得意地对自己婆娘说。

隔着大溪坑，对面也布满栉比鳞次的大宅院，可以想象着里面的幽深。村头从大山上流泻的山泉水，形成一条宽宽的溪坑，弯曲环绕，老人们都说这就是大山坞的龙脉。太平军杀进村子，溪坑的水是红的，布满腐烂的尸体，阴森恐怖。每到夜晚，溪坑边有许多魂魄在游荡，在凄惨地喊叫，呜咽……莫子林走了，村里没有人敢出来主张正事，乡董冯海棠也很久没有发声。大山坞就像无边无际的黑色田野，等待着晨曦到来。

冯家的日子马马虎虎地过着，新媳妇有了身孕，脾气也见长了，就像韭菜插在葱苗里，真把自己当根葱。孕期的反应让她沾不得一点油腻。婆婆把猪栏外种的熟透了的老窝瓜切成块，上锅烀热，面面的，比白薯还香。香香不要，她要青菜萝卜一勺烩。烩好了,她又说淡而无味。邻居阿毛娘拿了几个酸泡,小脚颠颠儿专程登门:"香香啊,吃吃看,婶给你摘的酸泡,阳谷山上多得是。"

香香的手本能地就伸了上去,吃一颗就吃一惊:"我第一次吃到这么好吃的酸泡,脆、肉大、滋味酸甜有回味。"

香香的手指,像葱管那样白皙纤长,指甲是淡淡的粉色。她两根指头捏着酸泡,轻轻地咬下去,扫了婆婆一眼:"你怎么就不知道给我吃这个。"翠玉的脸上,有如被挨了一个无形的巴掌。这个媳妇娶进门,她已经把很多鸡零狗碎的委屈兜进,憋急了,她也会对老茂头说:"我早知道这个囡子头不聪明的('囡子头'是乡下长辈对女性小辈的称呼),你偏不信。"

"九个月之后,家里会有个胖小子诞生!"老茂头只管笑眯眯地等孙子落地,现在什么都叫婆娘熬牢。香香挺着刚刚隆起的肚子,透着快乐和豪迈。

四 痛苦煎熬

六月时节,雨后雾浓,山影绰约,下午放晴之时雾渐渐淡去,一束束阳光穿透雾幔,洒在云雾山上。满眼的绿色,演绎出丰富层次的色彩。沁沁住在山上有半年多了,她心里有一堵墙,牢牢地围困着她,怎么也走不出来。家里亲人都走了,丢下她一人在风中凌乱。村里人在传说,这个女子克人命,她先克死了姆妈,还克了一家门。

她认为是冯家逼死了爹爹和两个姐姐,这白天解不了的结,每天夜里都在慢慢磨。她躲在山里飘然而出,陡然而循。

"刘哥,给我准备一匹马,后天我想下山。告诉大家我们已经成亲。"这天吃过晚饭,沁沁终于开口了,她那太过良家女子的气度,让人始终产生不了邪念。山上的日子,除了吃饭,他们各归各的。现在这个年轻姑娘眼睛里只有两种东西,失望和怨恨。

"好的!"刘芒回答得爽气。

清晨,阳光朗照,山里百鸟啾啾,雾气开始弥散,四周满目苍翠。刘芒备好了马匹,将沁沁挽上马背,自己随后跃了上去。他今天要带沁沁走一条废弃的古驿道。这是当年大山坞一户在临安做官的达人回家的必经之道,经过岁月更迭,驿道已长满荆棘,野花怒放,粉红金黄,交错混杂。得经过弯弯绕绕无数回,择过一道道小路,不时翻山又不时穿过山谷,走到山坡下,才可以平缓地向前,到达大山坞。刘芒贴着沁沁的背部,用鼻子嗅触着她的发际、脖颈。他第一次离她那么近,他想留住沁沁的气味。

马蹄子点地,脆生生的。马背上,姑娘披着一件红色披风,马裤、马靴,坐在刘芒前面,有一种旁人无法企及的美,那种冷艳,冰清玉洁。

村口茅厕沿路一排,架在大石头上,搭了个茅棚,面对路人有几个坑位。一个三十多岁的女人坐在上面,两边露出雪白的大腿,在和过路人说着话。一个老女人走过来跺着脚喊:"荷仙,我扯破嗓子的满村子找你,都什么时候了,你却粘在这坑上!家里孩子都大哭小喊的闹成一团。"说完老女人回头走了。看见迎面过来的马匹,仰着脸觑着眼突然叫了起来:"哟,是莫家三丫头回来啦?"

沁沁朝老女人笑笑,马已从老女人身边擦过。这个人她认识,是村里阿毛娘。坑上坐着的是阿毛媳妇荷仙。

老女人小脚一拐一拐,朝村子里面走去。嘴里在嘀咕:"拉泡屎也要野到村口,家里不就有茅坑。我想买两包火柴用得着那么长时间?"边上一个年轻女人看不过了,凑上来说:"阿婶,你这也说得奇怪,屎急了还非得赶回家去拉?"

阿毛娘像没听见,气呼呼自顾自往家里走去。

走过去是一个小店铺,店铺里走出来一个女人,正在把一桶蔬菜垃圾往对面矮墙边倒。

小店铺里有卖生活用品。柜台上一刀刀黄草纸堆积如山。灯笼、香烛高挂在屋梁上,像长形的红果子,累累地垂下来。两边各摆放一个长立柜,柜子里整整齐齐,放满用黄纸包扎的红糖、桂圆、红枣。另一个柜子里都是些芝麻糖、麻酥糖、山核桃、香榧子。栗子上市的时候,店老板在门口放个箩筐,收购,卖出,倒进倒出,有生意都做。一个老头抱了个水烟锅,靠在小店铺门槛上,呼呼噜噜吃水烟。

东头来了一个小贩,挑着担子,是来送货的。

香香挺着肚子,手里拿着一卷油纸包,从店铺里走出来。

香香看着沁沁身上的大红披风飘飘闪闪,如同山里的玫瑰那样娇艳,看傻了。她急转身跑回家。等到沁沁一个圈子转下来,香香和男人站在家门口,等着看热闹。邻居们也开始跨出家门,人群中起了一阵骚动。"他们来了,沁沁来了!"在这种光芒的照耀中,听说沁沁回来了,乃成抱着一种希望,忘了自己是谁,他甚至想上前与沁沁说话……

香香在一边仿佛心不在焉,漫无目的地四面张望。

沁沁在乃成家门口,看到乃成被他女人幸福地挽着。回到山上,她脸色郁结,如丧考妣,整个人像被抽掉了灵魂的空皮囊,活着,又不像活着……痛苦的记忆像一把尖尖的钩子,勾出了一波又一波童年的往事。爹爹和两个姐姐对她的呵护,和乃成在一起开心的几年,这些都成了鲜血淋漓的痛。她在一张已经被废弃的情网里挣扎。

刘芒看在眼里,心里也痛。他宽慰沁沁说:"人生还有很多很多,你没有必要把赌注下在一个人身上,更没有必要为一个不对你负责任的人一蹶不起。"

刘芒握住沁沁的手:"沁沁,这几个月我看你整天这样哀哀怨怨,这以后的日子你打算怎么过?"

沁沁望着刘芒,心里浮起一缕惆怅,像被抽掉了主心骨一样茫然失措,眼神从没有这样迷茫过……她觉得自己始终在某个神秘的圈子里行路,走不出这个圈子而茫茫然不知所归。

沁沁说:"芒哥哥,我对乃成的感觉与对你是不一样的。你就像是我的亲人、我的依靠。可乃成不是,我们曾经相爱,曾经订过婚,我应该就是他的女人。他怎么能见我一出事,就娶了别的女人当老婆。我无法解释自己对乃成的依恋,正如同无法解释天理人伦。"

"老古话说,命里有的终归有,命里没有莫强求。旁人看来就是不可能,你却一往情深。要知道男女相爱,是有命存在于其间的。现在冯家已经娶了新媳妇,听说亲家家里有钱有势。我看乃成也不会休了老婆,重新把你娶回家。他爹爹那德性,这样做不是反了天了。搞到祠堂乡董那里,还是你的不对。"刘芒说这话是真心的,话说得轻巧,背后的信息是希望沁沁死了那条心,好好跟自己过日子。

刘芒说,一个人最大的不幸,就是跟没用的东西纠缠太久。不要陷入痛苦的圈套。

沁沁心中掠过一缕寂凉,淡淡地说:"人是有感情的,从动物求偶和男女相爱,两者是有区别的。无论是爱还是恨,我心里只有乃成,那天骑马路过他家门口,虽然他被自己女人挽着,见了我,我看到他一个细微的本能动作,就是想摔开那女人,上前与我说话!"

"最能一起分享生命细节的人,不能成为夫妻,难怪你们这么相爱,最终没修成正果。"刘芒感叹道,"生活是一条崎岖的路,每天的景色都不一样,遇见的人也不一样。忘掉乃成,我们开始新的生活,我会像你的亲人那样呵护你。"刘芒那双眼睛有着洞察生活的犀利,被山风吹拂晒黑的脸上,让人感到温暖与沧桑。

太平军扫荡大山坞后,死得绝门倒户的好多人家宅子空了,他们的田地被荒废。山顶上砍柴的人少了,山上四处长有高高的灌木丛、矮衫树、黄干草、矮松树。荒芜了快一年的云雾山,到处都是伤疤。

出去躲太平军的人们纷纷回来了,村子里很多家庭人口残缺不齐。乡董冯海棠召集大家在祠堂开会。乡董亦称"宗长",是官吏在村镇的代表,是封建社会遗留下的、一个村子各家族的首领。乡董要由辈分高、年龄大,且有权势的人担当,总管全村各个姓族的日常事。如收租、筹办祭祀活动,还要从灶头管到床头。

大山坞的众家祠堂被打开,这是他们祖先藏身的地方,他们给予大山坞人土地和生命,在冥冥中统治着这个村子的思想。祠堂老瓦飞檐、虎踞龙盘,一股潮湿古老的气味在四周弥漫。一群男人蹲在墙根儿抽烟,咳嗽声、吐痰声此起彼伏。

主席位置上坐着乡董冯海棠。他说:"昨天临安县里差役来传话,通知大家去衙门领田地,明年交粮的指标不能低于往年。"

"现在这状况,村子里死了很多壮汉,这种田的劳动力去哪找?"住村口的阿毛老爹第一个发话。他们家三个儿子只剩大儿子阿毛一家。

"我昨儿个也说了,就是跟他们说不通,还说不领田的打五十大板,这不是要逼死人嘛?"

"太平军走了,还不晓得有啥乱子再来,千万别以为现在太平了,唉……人生难熬苦中年。"人群中有人在嘟囔。

老茂头蹲在地上抽水烟,他把烟杆往地上敲得蹦蹦响:"我老喽,干不动农活了,家里就一个儿子,还是半个秀才,自己家里那些田还来不及种,再领五十亩田地回家,这往后的日子叫我们怎么过哦。"

会开到天麻麻亮,还没有一点头绪。

金昌家几个儿子躲得早,这次回来每个儿子都占领了一栋空宅。本来这五个儿子正在家闹着分家娶媳妇,现在有了房,他们家不愁领田地。"这样吧,我家儿子多,到时候相互帮衬一下,大家有劳动力的多领些,没有劳动力的意思意思。"金昌大伯有意出来做和事佬:"还有好几栋宅子空着,冯大贵、冯小贵兄弟俩家里庭院好几亩,两家在逃离大山坞时,被太平军杀死在村口水稻田里。谁家儿子多的去入住吧,这空着也是空着。"

"对的,让牛塘坞的冯大冯二,带着爹爹姆妈下来住,他们本来就是叔伯亲。"海棠大伯点头道,"阿毛家从村口搬进来,让阿毛带着爹爹姆妈、媳妇和两个儿子,住到老茂头家隔壁那栋大宅子去。"

"莫家沁沁回来,嫁给了云雾山刀客刘芒,他们村子里有家,也算一份。明天让村里的后生去云雾山跑一趟,这招亲也得去衙门领田地。"

"山坳破砖窑洞里住着的杀猪佬一家,搬到牛塘坞冯大家换下来的土坯房去。烧砖的窑洞需要修建好,以后大家造房子,烧砖可以派上用场。"见大家都在抱怨,海棠大伯干脆自己说了算。当初也是海棠大伯,把杀猪佬一家大小安置在山坳间的破窑洞里。他想到,村子里一年到头,家家户户都得要杀猪。

"这村子里现在就剩百来号人,老的老小的小,壮汉也没多少,我看是不是能请云雾山的刀客入住咱们大山坞,村子里有不少房屋,空无人居。"角落里不知谁在插嘴。

"村口砖窑洞里那些汉子,躲太平军去了外乡,也已经回来。我看先把地种起来。族里有规矩,云雾山的刀客是外乡人,没有联姻关系,不允许入住本村,不能没了纲常。"海棠大伯坚定地说。排斥外乡人是典型的中国小农文化心态。

当年,老茂头把翠玉婆娘娘家表姑父的小舅子引进村子做裁缝,在村里引起轩然大波,后来安置在老茂头家猪栏边的小屋里。

裁缝人当年三十来岁,带着老婆。小裁缝细条个,长着一张小白脸,脸上始终带着笑,眼神背后总有说不清的东西。他手艺高超,那把剪子剪出的衣服、裤子就是服服帖帖。

老茂头做任何事都有算计。从此,他一家老小做衣服不用往外掏钱,最多偶尔让裁缝夫妇在自己家蹭口饭。乡下裁缝一般都是请回家,包日算工钱。夏天活儿不多,裁缝夫妇俩在小屋旁用几块石头为壁,盖了屋顶,搭了一个简易灶间。晚上睡在边上一个古老发黑的土砖垒起、靠斜桩支撑的杉皮木板屋里。屋子被他婆娘打扫得干干净净。

"这村子都这样了,还那么死讲究,还让人活不活?"阿毛爹沉不住气了,起身跨出门槛走了出去。"今年没有收成,粮仓里的陈谷吃完了,明年吃什么?"

"明天大家去临安县衙门领田,自己看着办吧,衙门里那些官儿说了,规定每户五十亩,少一亩打一记大板!"海棠大伯最后再说了一遍。

在乃成家门口见到的那一幕,巨大的失落和自尊,刹那让沁沁面部表情剧烈扭曲。一个水灵灵的女人挺着肚子,依偎在自己的男人身边看热闹。突然间她似乎更加清楚,乃成将要做父亲了。她感到自己的人生就像滚落到了谷底,身边再没有一个亲人,未来的路该怎么走?她身处纷乱的纠结中,而所有的恨,并不是她纠结的尽头,她要找回旧日的情愫,好减轻自己的孤独感。

但也就是那么简单的一刹那,她突然止住内心的悲愤,变得满脸盈笑,用手指撩了撩挡在额前的头发,装作满不在乎的样子,极其大度地朝乃成笑了笑……

五 积怨

沁沁九岁那年，爹爹莫子林带着三个女儿和管家一起回到大山坞，依着山脚修建豪宅。子林爹爹姆妈和哥哥子龙已经去世。

那个年代，越是有钱的人越喜欢去偏僻的山村，因为易于藏富，也可以躲避战争。莫家大门的朝向，必然是背靠山向水而开。大门的上方有块匾，匾上写着"积德行善"四个漆黑大字。大山坞纯属深山老林，住着几十户人家。因为有座"大皇殿"古庙，秀美之山多了历史的厚重。一些离乡常年在外做生意的有钱人都认定这里为福地，于是开始盘算回祖屋，在此落脚生根。莫家在造房子的建筑上，保留了明清两代的痕迹，大屋套着小屋，一个天井连着一个天井。从檐到廊，从门到窗都是用山里最好的木材。精致的木雕花窗，花纹的讲究显示着主人家的富贵。房子造成后，莫家想在山脚边开辟一片一片田地，依着山脚不断地向外延伸。他们是打算祖祖辈辈在这里住下去。

大溪坑对面的山岩脚下，一栋红色砖瓦的房子被周围成片的绿树衬托，显得很是醒目，那就是冯茂远的家。莫家新房落成那天，他领着儿子冯乃成来道喜。

冯茂远幼年家境富裕，读过几年私塾，后因遭到家庭变故，母亲受不了父亲讨妾，吞金自杀。他开始早早承担起家里的主要劳动力。冯茂远年轻时身强力壮，家里养了几头骡子，专门帮官府为在外打仗的部队送"饷银"，是村里非常能吃苦的赶脚"冯骡子"。中年后谢了顶，村里人开始称呼他"老茂头"。

老茂头在一次送"饷银"途中，意外地发了一笔横财，花钱买了个拔贡。老茂头认为自己文章写得好，可以替有钱人写墓志铭，收入很高。拔贡可以有资质在村里开办私塾，他觉得办个学堂，也是无上光荣的事。他继承好几十亩地祖业，再花钱购置了几十亩，便开始感觉心里有点膨胀。在大山坞村子里，如能再争取当个乡董，安居乐业，子孙满堂是他人生最大的目标。

乡里简陋的私塾，对于师资没有多大要求，有点文化就可以。学馆设在老茂头二进门的东边厢房。宽敞的屋子，摆满了学生从自己家里搬来的桌子和长凳。老茂头放出豪言：大山坞的孩子，由我亲自坐馆执教，教他们识字念书，晓以礼仪，定能教育出治国安邦的栋梁之才。

同村的莫家儿子——莫子林兄弟俩天资聪明，在大山坞私塾里饱读经书。几年后，他们被童子试录取，又得地方官府考察举荐，通过几重考试关，取得入场资格，乡试中举"秀才"。

老茂头一度为之骄傲，逢人便说：这些全是靠自己尽心尽职教出来的。

大山坞的村民是靠山发家。他们用山里的好木材、石头，用泥土烧成砖块，造了很多好房子。木匠、泥匠也因此发了财。

原来大山坞山脚下开满红的、白的、粉红、嫩黄、紫色各种风情的罂粟花，五彩缤纷。罂粟多彩烂漫的花朵，让人联想到菜花蛇的美丽……花朵谢了，骨朵渐渐长大，长成一个个墨绿色椭圆的果实。每逢这个季节，大山坞村民大清早就来到山脚边罂粟地里，用三角小刀刺破那些墨绿色的果实，拿一口小瓦罐接住，收刮下从破口里流出来的、黏稠的乳汁一样的浆液。他们用镰刀切割花茎花叶，掬一把花粉举高迎着阳光辨别成色。大山坞人都知道，那就是罂粟，一种能治疼痛的药，制作好的罂粟，拿到城里好卖大价钱。村民都热衷于有效耕种和收成。

村民把小瓦罐里盛满的浆液拿回家，直接放在碳炉里熬炼。他们用铁钎儿把炭火拨旺，罂粟的熏香弥漫在大山坞，几乎所有人都喜欢闻那股味道。幽幽的浓香在村子里弥漫，大人小孩都忍不住翕着鼻孔，贪婪地吸取着那股迷人的香味，那是一种让人欲罢不能的香味。老人们急得跺脚，一遍又一遍地唠叨："罂粟就是鸦片。害人哟……"

莫子龙被临安官府收聘为知县。乡里人最盼望"朝廷里有人"，莫家一下子在村子里成了响当当的门户。农民思想淳朴、直率、实用，不免带有无比现实的势利，他们开始仰视莫家。

莫子龙上任第一件事，就决定把山脚下的罂粟改种成茶树。村里谁家有点事，子林爹爹便蓝衫一袭，县里跑一趟，他进衙门都不用下跪。莫家在大山坞的威望很高，在村子里行医，积德行善，也没有仇人。

每年这个季节，老茂头总要赶着骡子进城去。骡子背一捆竹筒，路过村子，骡子身后飘出一股味道，大人小孩都忍不住翕着鼻孔，引来了不少人跟在后面。老茂头一路走，一路喝斥身后跟着的人群。他敲着竹筒说："滚开滚开，别让竹筒炸了你的狗眼！"人们问他竹筒里装的是什么？那么香？他说是粮食，粮食都很香。后来，老茂头真的感觉到骡子身上的东西，给他带来粮仓满满。为此,他一天要跑烂几双草鞋。虽然城里人都嫌弃他身上汗味重,远远躲着他,也没人多瞧他一眼,但是,他带回来的是白花花的银子。

罂粟花在大山坞绝迹,少了这档行业,冯茂远觉得吃了大亏。娶了老婆成家后,他主要靠卖"罂粟"、"放青苗"(农村二季稻没收,青黄不接,乡里人揭不开锅,就去借稻谷,也称借青苗)起家。从那时起,老茂头与莫家较起劲来,心头种下了病。

莫家的兴起,将会影响到老茂头当选乡董。莫子林在村里的名望,加上行事端方,又古道热肠,深受村民敬重。冯莫两族虽同居一村,但老茂头对莫家已有积怨。

冯家在村里发脉最早。莫家被烧了宅子,离开了大山坞,在外靠行医、买卖药材重新发达。现在大山坞几乎都是冯姓,冯家大都比其他姓氏富有。几户莫姓、石姓、朱姓是哪一代来村里落户的,已经无法考证。

老茂头与莫子林一直在攀比在村里的势头。这次莫家回来拆房建屋、田地过水、锯树栽苗,免不了触痛老茂头的心思。老茂头家靠"放青苗"财多气足,不愿落下风。莫子林回来,建起比自己家还要多一进的大宅子。他就像鼻烟壶掉进醋缸里,一股酸味。

见老茂头带着儿子来访,莫子林只管默默地小口呷着茶,与一边的刘芒说话,甚至没有看老茂头一眼。

刘芒见老茂头来访,知趣而退:"莫叔叔,我先告辞了,最近各个山头土匪活动频繁,你家刚造了新屋,容易招人显眼。若遇上麻烦尽管招呼一下。"

"小芒,有空常来家坐坐。"

刘芒把手向上一扬:"莫叔叔,小芒告辞了。"

冯茂远是个见过狐狸见过铳、见过板壁见过缝的人。他望着那栋比自己家气派得多的宅子,没有做出大惊小怪的举止。虽然心里酝酿着一坛子陈年老醋,酸得牙根发痒,却装得又是打躬、又是作揖。嘴里还是在花言巧语地奉承:"不错啊!真是不错。有福之人财会来,无福之人瞎慌张,财神爷偏爱富贵家,本来就是火爆爆的日子,一下又竖起了大宅子,大喜,大喜。"

那是一种别有心机的巴结,难以尽述。

他开始斟酌了字眼探问:"怎么没见孩子她娘?这次造房子请了不少工人吧?"心里在想:莫子林,莫子林,我看你家现在没剩几个子了。

"孩子她娘已经去世,家里多亏管家和上面两个女儿帮衬,小的才九岁。造房子雇佣工钱花销大,建筑材料都是山里现成找的。"说到老婆,莫子林声音明显低了下来。

大山坞南边人家最多最密,沿大溪坑一字排开有十几户,是比较有根基的大户人家。最北面住着几户杂姓,大多是青瓦白墙。

莫家建在深藏在大山坞崇山峻岭中的西南面。西面有一棵古树,枝叶茂盛,根基部位相当发达,一根根有力地扎进泥土,排列成行,像是给房屋组成一个靠山,与自然环境形成和谐关系,建筑与山水树木呈现一种相依相偎之感。

这片地以前是莫家祖上的老宅基地,已经荒了多年,现在重新竖起了一大片房屋。门庭雕着六兽,威风得很,楼板是纯红心木的,窗户是锁梅镂花格子窗,一下子把对面自家的老宅比了下去。老茂头心里自然有点不快,但碍着面子,他继续在敷衍。他看了看大门上方那块"积德行善"四个字的匾,仰起头,点上烟斗,吸了一口说:"子林兄弟,最近村里土匪多,你来了,村子里可以安生点咯。"对老茂头的那些露骨的讨好和巴结,莫子林只是陪着淡淡的笑脸。

回家的路上，老茂头对儿子乃成说："好好念书，长大了爹爹帮你把莫家的小丫头娶进门，给你当媳妇。刚刚我瞅见了，那丫头俊着呢。"

"爹爹你说啥呢？我才十三岁。"乃成加快步子跟在爹爹后面，小脸涨得绯红。

"小子，你给我记住，这人哪，一定要出头。不出头，就遭人欺，就一辈子都脱不了脚上的草鞋、背上的蓑衣。一出头，就会遭人羡慕嫉妒。你说说，你长大了是想被人欺还是咋的？"

"爹爹，我就做你的儿子，谁敢欺负我？"乃成不懂爹爹的话意，跟在爹爹屁股后面连奔带跑。

已是落日时分，秋尽冬来，山里冷得早，夕阳的光仿佛被初冬的寒气给冻住，发射不出热量，哪儿都是冰冷冰冷的。这一天，老茂头心情很复杂。

见爷俩回来，翠玉婆娘从灶膛铲起炭火，加入桌上的紫铜暖炉里。雪白的鱼汤开始在锅里翻滚，翠玉拿剪子，从挂在炊烟熏得黑沉沉的土墙边那一长串通红通红的辣椒上剪了几个，在鱼汤上面撒了细碎一片。边上的碟子里，放着几粒油氽花生米和半块吃剩的豆腐干。老茂头家的晚饭吃得早，他一杯酒要酌半个时辰。家里的大小事情都得由他一个人操心，婆娘做点饭菜还是很入口，他抿一口小酒细细在琢磨：莫子林一家的到来，就像刮来一阵冷风，那股冷风让他感到某种恶兆。

老茂头憋不住对翠玉婆娘说："水满则流，月满则亏，人欢没好事，狗欢抢屎吃。我看莫子林也不会得意长久。"

"人家莫子林得意啥？当初救了你，后来就再没在人前人后说起这件事，你怎么老跟人家过不去。"翠玉婆娘在一边叨叨。

初冬以后，楼房边上小屋的屋顶白蒙蒙一片，瓦屋顶上的草凄凄的在屋顶之上潇潇摇动。清早起床，老茂头从小屋里搬来一块压咸菜瓮头的方砖，搁天井墙角水池边，方砖旁有一本柳公权《玄秘塔碑》。他唤醒儿子，要求他每天早上用毛笔蘸一碗清水，在方砖上练字，笔划在青钢色砖面上化开，完全是毛边纸的效果，写完几个字，前面的砖面也就干了，可以省下不少纸墨钱。老茂头的眼睛里涌出了希望——莫子林家祖上是武林，行医世家，故家底殷实；我们家乃成读过六年私塾，唐诗宋词可以随便朗朗吟出，古代的历史故事可以一套一套细说。自己家粮仓满满，门庭般配。

依山环水的大山坞安静地坐落在山脚下。山上巨大的栗子树摇晃着颜色斑驳的叶子，长着刺的栗子从树上掉落，铺了地面。山泉水沿着山坡直泻入大溪坑，溪坑里的水哗哗向东流，转弯的地方有一小股却被激得向西流，乡下人说那是"回溜"。这是一条连接各个村子的忠实导线，把无尽的欢愉和情爱在一个个村庄之间传播，也将人世间的姻缘和仇恨紧紧相连。老茂头站在大溪坑上游，看溪坑里大小不同的鹅卵石，失望地望着那支小溪，小溪孤独地走着岔道流进垄沟里……

他开始畏惧于每一天的开始，他觉得每一个早晨都无比巨大、空洞而陌生。他突然觉得自己老了，过五十的人，这一辈子都是在跟莫子林绕不清。多年前，莫子林离开大山坞，现在带着三个女儿又回来了。村子里近来在传说，莫子林就是回来当乡董的。想到自己的年龄，已经是老头子过年——一年不如一年，比不过正当壮年的莫子林，他无限感伤。家里人嫌老茂头啰嗦，乡董、乡董的，心心念念挂在嘴边……他认为人活着总要有个盼头。这些年来，他没底没边地想在村里抓摸个乡董当当，为此，每逢过年过节，他没少往海棠家送礼。想到大溪坑对面莫家的大豪宅，又觉得自家地位低了下去，他的内心被嫉妒笼罩。

　　悲哉！危哉！好事没办成，英雄泪满襟……

六　苦涩的往事

刘芒安静地捧着一本《清平山堂话本》，坐在沁沁屋里，悠哉游哉的，似乎很轻松。山风吹进屋子，带着草木香味的凉爽。在摆着丰盛晚餐的桌旁，沁沁靠在窗台边，一动不动。

"吃饭吧，"他说，"等下我带你去山里走走。"

她总是以一种冷冷的、充满怨恨的神情坐在窗台边，听昆虫在叫，叫得细而碎。就像乃成的呼唤，在她心里、骨里，周天彻响。沁沁的冷漠使刘芒感到十分窘迫，而且不愉快。

这样的日子久了，也会使人失去耐心。刘芒觉得自己与沁沁没有婚姻的缘分，他准备亲自去给沁沁找一户好人家，莫叔叔临走时留下的信，他一直没有勇气去打开。

刘芒看着终日愁眉不展、轻轻叹气的沁沁说："男人叹气寿不长，女人叹气守空房，你不能老这样下去。这世上很多事，都不需要去追溯真相，活下去，就是人生的真谛。"

刘芒说，去山里走走……

仲夏之夜，空气中漂浮着金银花的香味，沁沁跟着刘芒徘徊在山里，她的脑海里浮现出乃成教她背诵的那些宋词唐诗："……帘卷西风,人比黄花瘦……""……知君用心如日月,事夫誓拟同生死……""……云气风生归路长。归路长,那得久……"她想到乃成为村民写对联,每年除夕,他都要写上一堆,让村里的乡亲自己过来挑选。

记得那天,蜗居在古庙里边上茅屋里,会算会掐、懂点占卜算卦,能断祸福、识阴阳的尤才路过冯家大院门口,半瞎子,却能把真相看穿:"好字啊,乃成,难成,可惜婚姻不成。"沁沁在边上,心里"咯噔"一下。

老茂头见状,快步追上去,用烟枪狠敲看相的背:"我叫你鬼扯!""莫生气,莫生气,生死在天,富贵在命。"看相的说完扬长而去。

这晚,月色昏暗,她突然感到乃成的身影在她眼前又一次晃过。继而,眼前仿佛出现一幅画,乃成牵着自己的手从画面走下来,像烙铁一样烫进了沁沁的心里,那痛在心头蔓延,像长了触角一般流遍全身。

太平军来抓走她的那天早上,乃成来找沁沁。她看见乃成一向英俊,但略显刻板的脸有点紧张,拉住她的手朝里屋躲去。最后,沁沁是被两名身强力壮的太平军从乃成身边拉走的。一瞬间,沁沁看到乃成一股血气冲顶上来,紧紧握住的双手死死不肯松开,乃成本能地拖住沁沁,白皙的脸涨得血红,眼眶跟着红了起来。他一字一句地对沁沁说:"我每天每夜都会记得你的。"

"乃成哥哥,你要等我回来哦……一定!"沁沁一路扭过头,眼里淌着泪花。

那场景定格在沁沁的记忆里。那天在马背上,看到乃成家门口的一幕,她的心里像烧着一团火,所有的怨恨都集中在乃成身上。她没有流泪,只是哀伤,哀伤到自己整天在阴影里,幽灵一般穿行。

"让弟兄们下山把乃成带上来,让他自己跟你说说清楚?"刘芒用那种通晓世故的神秘语气问。这句话兜动了沁沁的心事。虽说自己心里一直在作践乃成,五年的感情到底还是难舍弃。她眼里的泪水终于涌了上来,嘴唇颤抖着裂了开来……

"我过两天就安排下去!"口气是一锤定音的。

几天前发生了一件事,让刘芒彻底改变了想法,他怎么也不会想到,事情会变成这样……

月光下,刘芒看着沁沁,似曾相识。她苗条,显然还没有过青春期。窈窕的体态,有一张绝妙的小脸蛋,五官纤丽,皮肤绸子般细嫩,没有一丝瑕疵。乌黑的长发梳成一根大辫子,松松地垂在她那细嫩的颈上。至于眼睛,所表现的只是哀怨与近似绝望之间的情绪,与她姣美的形象不协调。想到了十五年前的那个夜里……刘芒脑子里冒出一个词:恍若隔世。

才七岁的刘芒跪在姆妈床前,他用那双未成年的小手,轻轻地为姆妈梳理头发,梳理那些未被压在枕头上的头发。姆妈一动不动,嘤嘤地哭泣。那压低的哭声,凄凉而又呜咽:"儿啊,听姆妈的话,不要去山岗顶上找你爹爹,这个禽兽土匪,害苦了我们娘仨。"姆妈指着床上才二个月的妹妹:"去找镇上曾经收留过我们的那户人家,老爷我没见过,管家很慈悲,把妹妹托付给他们养,我放心。你要跟随着保护她,不要断了联系,她是你唯一的亲人。"姆妈用力握了一下儿子的手,咽气了。他搂着姆妈和妹妹,哭得满脸是泪。在邻居的帮助下,把姆妈埋葬在附近的山陵,姆妈躺在这个寒冷的冬夜,是他亲手用泥土覆盖。从此他没有了姆妈的庇护,开始了流浪人生。

他用米汤喂饱了妹妹,把妹妹放进了提篮,提篮下面铺好旧棉絮,他想拿起盖在姆妈被窝上的旧棉袄裹住妹妹的身体,最后还是把棉袄套在姆妈身上,他想姆妈去黄泉的路上也冷。他毅然地脱下了自己身上的那件破袄,给妹妹裹上。漆黑的凌晨,他一个人悄悄地把提篮送到镇上那户人家的大门台阶上。他躲在对面人家屋檐下的角落等到天亮,亲眼看到这户人家的管家将提篮拎进大院。刘芒眼睛里涌出了泪水,双袖不停地擦拭眼泪悄悄离去。冬日苍黄的景致,与这个七岁男孩的行走,相互映照出孤独。一别多少年,他觉得时间是那么的漫长……

他无家可归,流浪街头,为的是姆妈的嘱托,能看看妹妹。

他的爹爹找到他,抓住儿子的衣领,把他拎了起来,就像拎一个木偶一样,要带他回山上练武功。刘芒破碎的衣服在冷风的吹动下,随着看到爹爹的恐惧,哆嗦,一起哆嗦。他低着头,在爹爹的怒吼中瑟瑟发抖。

"回山上跟着你亲爹,比流浪容易活命,不然附近那么多山头,怎么会成匪灾!"爹爹还是那样的凶狠。

"我没有爹爹,我爹爹早死了。"刘芒心里在想。想到从小跟着姆妈躲爹爹,每次被爹爹带回山里,爹爹总是会不停地折磨姆妈。小小年纪的他,在姆妈被打的时候哭着磕头,磕着磕着,额头都磕出了血,爹爹就是不肯罢手。他骂姆妈:"心比天高身为下贱,茄子怎么会开黄花?"他对姆妈的爱与恨,就想连肉带骨头把她吃掉。爹爹说姆妈背叛他,给姆妈吃山里挖的草药,要把她肚里的孩子打掉。姆妈摇头:"你爹爹不肯勤快做人,他有当土匪的心,我没有对不起他,我只是要离开他。"他觉得姆妈太可怜了,她没有做过坏事,爹爹为什么要这么对待她? 一种莫名的哀伤很重很重。

那一年冬天,山顶上飘着大朵的雪花,雪化了,这份寒冷,会一直渗透到肌肤。跟着爹爹可以吃饱穿暖，可是刘芒心里一直惦记着山下那户有钱人家的宅子，他的妹妹在里面会过得好吗？他在山里每天苦练武功，二当家教会了他读书识字，他读懂了《易经》全集。他在等待凤凰涅槃，有朝一日自己另立山头。

七 噩梦开始

莫家的祖辈在大山坞创立了一份家业,原本可以几代不愁吃喝。莫子林练了一身甩绳鞭的好功夫。附近山里的土匪,也不敢轻易进大山坞接财神。

曾经那年,莫子林进城办年货,夜里留宿客栈。半夜里大山坞村里突然响起马蹄声,杂沓地在老茂头家四周响着。山匪手持土枪骑在马上,头蒙黑布罩,脚蹬红麻鞋,闯进屋子。翠玉婆娘披衣冲到院子喊人,整个人像无头苍蝇一样东奔西窜,什么东西被踩翻了,翠玉婆娘跌倒在地上。等村民提着土枪赶到,老茂头已经被秣林节土匪绑走了。

第二天早上,老茂头被绑时穿的那件长袍,被沾满鲜血地塞进冯家大院外墙大门边上家狗进出的洞口里。傍晚,莫子林回来,见老茂头婆娘手里拿着一包银子,带着幼小的儿子跪在莫家大门外,已经哭成泪人。

"嫂子别怕,有我在,谅他们也不敢撕票。"莫子林带上刘芒和银子,去了秣陵节山头。按土匪发来的信号,哪家狗洞里被塞进血衣,就是意味着土匪拿不到钱,已经撕票。可是,大山坞有莫子林在,各路山里的土匪对大山坞村民是不敢轻易撕票的。那天,莫子林只是付掉了一半银子,领回了战战兢兢的老茂头。另一半银子交还给老茂头婆娘。

莫子龙当上知县,做事严厉正直。后来因为一桩贩卖罂粟种子的案子扯进了县府大老爷的儿子,莫家老爹进衙门探望儿子,蓝袍底下的口袋里被人塞进一包罂粟种子。莫子龙由于没有官府背景,很快被加上莫须有的罪名,解甲归田,在家抑郁寡欢得了病。

接下来一场大火烧毁了他们的老宅,全家带着细软,离开了大山坞。莫家在桐庐小镇上重新置业,开始了他们的药材生意。那场火灾烧得很蹊跷,有人看见莫家小屋的柴房里有人影闪出,消失在晨曦里。小屋里堆积的木柴豁朗朗一声巨响,莫家的那只大黄狗"汪汪"叫了起来,村子里的狗都开始狂吠。村民们从睡梦中醒来,火焰已经蔓延到整栋楼房,满栋楼烟雾腾起。莫家大小被大黄狗叫醒,死里逃生。

村民不禁窃窃私议,莫家是祖荫厚实的财东家盛,为人又好,灾难何以会落到他们家。莫家人说:全家大小无恙,就好!宅子烧了可以再建,况且,烧过的宅子地基更旺。

莫家迁移去了城里,冯茂远的眼里像拔掉一根刺,舒畅了一段日子。可是,乡下人说"漏盆里洗澡,快活不长久"。老茂头生病了,他的梦里总会看到阎王审案子,全是鬼事。一宿一宿的噩梦,闹得他起不了床。翠玉请来了乡里的中医。中医给搭了脉,一脸狐疑:"脉象是虚,但没啥病。"

"我只要一闭上眼,就看到地狱里的那些事,医生,是我的寿年快了?"

"你这是吃过中饭打更——早着呢。有一种病,中医俗称'心狱',久了还会引起心灵溃疡。这种病要靠自己来治愈,医生是无法开药的。"医生的言辞,以及眉梢的起落,无外乎是想说……老茂头能听明白。老中医收了几个铜板的出诊费告辞了。

有一件事就像一块弹片，深深地插进老茂头的脑子里。这个秘密就像一块油布遮蔽在他全部的思维，连翠玉都不知道。这九年来他心里一直带着虚设往事般的侥幸心情，希望莫家在城里发达，永远不要再回来。冯家只有一个儿子，能保住他出息，就一劳永逸。

荏苒便到了岁尾，大年三十下午，天气阴沉沉，下着小雨，雨丝很细，悄然无声。老茂头拎着一叠黄粗纸包装的年货，带着儿子去莫家拜早年。他觉得仔细看，富人的日子总有破绽可寻，莫子林虽然有钱，却不如他能生出个儿子。与莫家的交往要像一盘棋的重新开局，需要别出心裁，靠谋略赢得对方对自己的好感。乃成是他的一颗棋子，能够把莫家三闺女将住，过去的所有都可以相忘于江湖。这辈子，老茂头一个人撑起这个家不容易。他总是会在家摇摇欲坠的时候，扶得稳稳当当。

莫子林的笑容里冒出两道犀利的目光，老茂头皱纹堆里的眼珠子闪过一丝不易察觉的心虚，内心不安起来。自从老茂头不断来访，尽说些舔屁股、挠脚心的奉承话，莫子林耳朵里像塞满了猪毛。他已经感到腻烦，甚至讨厌，只是碍于情面，才不得不勉强接待，故意摆出这样的脸色。

三丫头穿了一身棉布花袄，站在父亲旁边，一派天真，单纯可爱。老茂头突然感到人生转折的机会来了。他堆上一脸的笑容，双目灼灼地盯着莫沁儿，伸出双手把两个孩子的手裹在一起，就像扇贝粗糙的贝壳包裹住柔软的贝肉："这两个孩子我看就是天生的一对！"他感到胃里有一种紧缩的快感。

莫子林的性格中，包含着宽容慷慨以及慈悲的成分。他把老茂头过于热情的态度当作邻里之间的友好往来,对生活和人性,莫子林看得很透彻。他正把一支胳膊伸进袖筒里,听得老茂头说这话,不由得怔了一下,随即莞尔一笑,说:"缘分这东西,是天注定的。"

乃成与沁沁去了院子里。

莫子林坐在八仙桌旁,佣人端来了茶水。老茂头坐在一边的红木圈椅上,显得谦卑,已经没有了长者的气度。对子林的话,他都连连点头。他脸上的笑容装得刚刚妙,少一分不够热络,多一分则太假。

"这个……呵呵,听海棠大伯说,他年纪大了,年后村里要重新选乡董,你认为谁当更合适?"老茂头弯腰弓背,目光对着茶盅,轻轻吹拂茶叶问,语气中不无期待。他的身子,像一张火盆里因燃烧而蜷缩起来的纸。

"你也可以提名自己,我会投你一票。"莫子林哈哈笑道,"不过当地方绅士,除了有文化、有经济,还得有道德声望。你自家掂量一下。"

"我? 我是个只管计算自己财产的吝啬鬼,这个恐怕不行。村里人也不会同意。我想还是你最合适。"老茂头露出刷牙般的假笑,经过一番谦虚,说出这些话,老茂头觉得自己是在戏谑自己。现在的莫子林更加腰缠万贯,能够攀上这门亲,他愿意矮下去,屈辱羞惭的感觉却涌上心头。他现在要做的就是巴结莫家,撮成儿子的这门亲事。

八 青梅竹马

"乃成哥哥,我要吃火盆里烤香的山核桃!"

乃成用一双毛竹筷子拨着火盆里的炭灰,拣出烤熟的山核桃,放在自己用藤条编制的小篾篮子里。山核桃很烫,乃成不停地翻动篾篮,撅起嘴巴去吹掉浮在山核桃上的炭灰。

"拿着,我去找一把榔头,我们到院子里的石板凳上,我给你剥壳。"乃成转身回家去取小榔头。

沁沁十来岁,清亮的眼睛,透红的脸颊,咧嘴笑着,露出一排细碎的玉牙。她很欢喜地接过小篾篮,坐在石阶上,脸朝着院子大门。

乃成气喘吁吁地跑回来,一只手慎重地捏着小榔头,另外一只手里托着一个精致的古盆说:"趁热吃了,这是我姆妈刚做好的麻糍。"

他们俩排排坐在石凳上,听沁沁清脆地念:"山里山,湾里湾,萝卜菜籽结牡丹。"萝卜菜籽怎么会结牡丹?两人咯咯笑了起来。

乃成说:"月亮哥,割耳朵……""……梭罗树,做桅杆。"沁沁接得是天然妙韵。

阳光斜照在莫家大院,每天下午,乃成都要来教沁沁识字、做数学题。有多余的时间就玩耍、背诵唐诗宋词。老茂头对他的婆娘翠玉说，这是让他们培养感情。

中秋这一天，乃成来沁沁家玩，沿着窗户路过走廊，听得屋子里，沁沁爹爹在跟大女儿君儿说话："长女为母，你要多关心三丫头，姑娘大了老这样，跟冯家少爷在一起，恐怕会被乡里人说闲话。"

这个乃成，在爹爹面前总是有一句说一句的。回去跟爹爹一说，爹爹指点着他的脑门，抿嘴微笑："那你下次去，就叫上她两个姐姐一起。你只要坚持往莫家跑，爹爹就一准会把沁沁给你娶进冯家大门。爹爹的一番苦心，总算对得住你吧?"乃成不理解爹爹，一脸错愕。

她把十多年生活的记忆，都浓缩在五年那无数个瞬间里。时光给她开了一个玩笑，一个令人痛彻心扉的玩笑。

那年她十四岁，乃成带她来到大山坞相思林，采了一大束鲜红玫瑰递给她。树叶飘下来，有一片落在乃成肩上，沁沁本能地走近两步拂去树叶，她看见乃成的脸突然涨得通红。乃成没有让她的手立即离去，而是放在手里轻轻握了一会。他羞涩的目光不好意思面对她，轻声说了一句："我爹爹要来你家提亲了。他说先订个婚。"

"沁沁妹妹，今后你就是我的婆娘……我们同住在一个村子。今生今世，我都要保护你……"

沁沁想，我一辈子也不离开这个人。

这是生活的承诺，庄严的盟誓。

乃成第一次吻了沁沁。那一回的情景，她始终记得清清楚楚。树林在阳光的照射下，泛起一层淡黄色的光芒。风光可谓无限。许多记忆像西洋镜那样,一幕幕在她紧闭的眼睛里来来回回。"爱别离"虽然无常,却让沁沁体会到痛彻心扉的难受。她觉得自己像一只小虫,被黏在了这些往事中,越想挣脱,就越被黏得紧。她已经被爱恨吞噬,脑子里除了乃成没有其他亲人的身影,连爹爹也没去想。

刘芒说:"我叫兄弟下山把乃成带上山,让你们见一面,把该说的说清楚,从此了结。乃成已经有自己的老婆孩子。你不愿跟我,我托人给你找个好人家嫁了。从此断了这个念头,好好活着。女人花开得再好,一过春天就谢了。珍惜自己吧!"

刘芒把乃成带进小木屋那一刻,沁沁原本的揪心之痛渐渐发散。她开始进入怨恨的爆发,眼前的人既相识,又陌生。她哆嗦了起来……嘴里喃喃地说着什么。

这惊心动魄的重逢,使乃成如六月天的麦场,着了火一样无法收场。

乃成走上前,叫了一声:"沁沁……"他这时觉得自己的单薄惨淡,"我也是没办法。"

傍晚的云雾山,天空呈现出一种奇怪的靛青色,蓦然之间,那青色变成浅灰,黑暗一点点涌进小木屋,最后与暮色连成一片。

"现在你来干吗?说好的会等我,娶我……"沁沁声音颤抖,眼花头晕,多日没好好进食,纤纤的腰肢已经支撑不住身子,倒在床边哭声嘤嘤。

刘芒退出屋子,把房门带上。屋内油灯下,沁沁的肌肤如灌足浆汁而略略透明,是一种透明的粉红。

一种危险的亲近感从乃成的身子里开始脱缰而出,他丝毫不想加以阻拦。乃成的气息从齿缝间流出,积郁在心里的思念一触即发。他紧紧抱住沁沁,跟着一起泣不成声。可是,在他们的关系中,已经有了一道很深的裂缝,这道裂缝中插着一柄撬棍,在使劲地把他们撬开,那就是香香。

人的大脑中有一个区域叫下丘脑,它可以控制肌体的脂肪指数,分泌性腺激素。通常只有这些激素在身体里囤积,才会让人控制不住失去理智。他们之间的那段情本该已经结束,今天相逢,又唤醒了他们之间的爱。他们都有个愿望,做一回夫妻。

月光透进屋子,沁沁的脸在暗淡中发出柔和美丽的光泽。乃成把身子压在沁沁身上,不说一句话,只是在那里喘气。沁沁双目望着乃成,一动不动。自从被太平军带去陈王府,所有人都认定她已经被糟蹋,就连愿意收留她的刘芒也一定这么认为。村里人都在心里想着,互相在眼睛里猜她。山里人把一个女人的名声贞节这点略带封建色彩的精神财富,看得比什么都重。今天她要用身子,向乃成告知自己的清白。一直以来,她认为自己就该是乃成的女人。

乃成与沁沁身体交融,轻声呼唤。他感到她的心顶着自己的心在跳动,突然感到从来也没有过的喜悦、轻柔、亲切。

"我的身子是干净的!"她说,那声音好像来自遥远的地方。

"什么?你说什么?"他紧紧抱着她,亲吻她。

他看到她的脸色开始潮红,满脸是泪。与之俱来的是掠过全身心的燃烧般的快乐。这是一种从来未体验过的全新的感受。他感觉不可思议……沁沁为了他恪守贞洁,依然黄花。

一阵迷乱之后,乃成仿佛看到自己眼前出现了一枝荷花,盛着秋日的骄傲,散发出青春的浓香……可现在,只见荷花傲立,不见人面含笑,心里不由得一阵酸楚。

沁沁希望那些黏稠的液体永远沉积在她身体,开花结果,为他生一个孩子!她的心里一直压抑着对香香强烈的嫉妒。生活的变故,让她心里充满绝望和怨愤,一双眼睛始终闪着冰冷的光。

"沁沁,我这门婚事是爹爹给定的,我当时反抗也没用,谁让我是个窝囊废。家里的门面都是爹爹给撑着,为了我们家,他辛苦了一辈子,我也是没有办法。"乃成嘴里喃喃地说着。

"我知道你为难,我不会再缠着你。既然你已经成婚,马上要做爹爹了,以后我们之间就不必再往来,我已经答应嫁给刘芒。"她的双肩开始颤动,她的眉宇间出现一种洞穿人世的散淡之情。

"沁沁,你让我怎么是好……"乃成很绝望。他把她紧紧搂着,仿佛她就是生命中的一切,正从他身边被夺走。突然间他精疲力尽,整个身躯僵硬得像一根木头,一动不动。

沁沁望着乃成,既心疼又委屈。心里的仇恨尚未消失,她不由地想:眼前这个就是我曾经疯狂地爱过,又把我伤成这样的男人。世界上有那么多有情人成为夫妻,我们却偏偏不能!

两个人的梦醒了,终于都明白,幸福的时光如同水上的泡沫一样消逝得无影无踪,不会再来了。

清晨,沁沁吩咐刘芒送乃成下山。在刘芒眼里,她生就了那种独特的、说不出一定形态的性格。那个夜里,香香生下两个女娃。

九　乃成变心

晨雾在朝阳中渐渐溶化。冯家屋后的大山开始泛起青绿。

乃成失踪一晚,香香在痛苦地生孩子,她全然不知家里所发生的事。现在,乃成双手插进浓密的黑发,坐在老婆床前一声不吭。他看自己老婆的眼神,让人看了禁不住发冷。婆婆在一边说,头胎闺女好,咱们老冯家还没生过闺女。等香香身子养好了,还可以生儿子。老茂头想到媳妇一生两个囡子头,嘴上不说,骨子里头却是伤了自尊。

香香像个犯了错的孩子,双目惊恐,心里发慌。这一家子并没有因为两个小生命的到来而显得高兴,各自怀着各自的心思,都恨不得找碴儿吵上一架,哪怕是因为一件微不足道的小事。乃成怨恨爹爹,看香香哪都不顺眼。

老茂头在责问儿子:"你昨晚一宿去哪了?"儿子不吭声。他的魂儿被留在山上的小木屋里。沁沁把清白的身子留给了他,一直以来,他却为沁沁罩上了莫须有的质疑。他一整天都在想那绸子样的脸,绸子一样在他脸颊滑过。

最要命的是,他感到以后跟香香相处起来,完全是煎熬了。

香香开始对婆婆抱怨,男人都会变脸,想当初要我的时候,每夜缠着我,怎么就因为生了两个囡子头不理我了。而且态度越变越差,拉都拉不住。他要是对我好一点,我还能给他生个儿子。

香香生完孩子,脾气性格收敛了很多,她知道在这个家里再也不会有人宠她。平日里婆婆要忙做饭、割草、喂猪。她带着两个孩子,一天下来感到很累,夜里熄了油灯就想睡觉。她不顾孩子们的哭闹声,她讨厌她们。实在不耐烦,她想到她爹爹平时喝了酒就会上楼睡觉。她给孩子嘴里滴几滴白酒,孩子便昏昏地睡去。而她一挨着枕头,便乏得一下就迷瞪了。

香香一门心思想生个儿子,怀孕的时候,那种被家人宠着的感觉真好。那个时候,她可以随便使唤婆婆,将婆婆肚子里的怨气引爆,这让她感到痛快。出嫁前姆妈教她,肚皮要争气,生个儿子有的你享福。

翠玉婆娘原本也是个美人,长圆脸,丹凤眼,鼻梁很挺。她嫁给老茂头,为了这个家也是操劳一辈子,得了肾病,整个脸肿得把双眼挤成两条细细的缝。她身穿蓝布大褂,脸色晒成褚红色,像煮熟的山芋。她背着一个篓子,高叫着说话,仿佛中间隔着大片田野,小脚一拐一拐地,走过边上的茅厕:"老头子,我去割猪草了。"老茂头正在拉屎,坐在那满是浮尘的阳光里,脸憋得通红自顾自在使劲。

江南的黄梅天令人难耐,尤其是这雨后的天。四周有一股带湿的热气蒸腾扑来,胸口也闷闷的似乎吐不出气来。

每年这个时候,农村里青黄不接,也是老茂头"放青苗"的时候。放青苗在大山坞被称为"借稻谷"。老茂头把粮仓里的稻谷借出去五百斤,到年底可以收回八百斤。老茂头家的粮仓很大,可以囤上上万斤稻谷。他家里雇了几个长工,加上领来的五十亩地,一共种了一百五十多亩水稻，每年光"放青苗"的收入就非常可观。他一门心思想把家业越撑越大，让婆娘跟着他整天像陀螺转。翠玉每天低着头干活，拾棉花、掰玉米、插秧、缝被子、烧饭洗衣、喂猪割草。去年老茂头买了邻居家一头老牛，翠玉急红了眼："死老头子，贪便宜买老牛，一年倒两头。"没几个月老牛真在他家做累死了。翠玉婆娘像家里死了人，捶胸蹬脚哭嚎起来："跟了这个老茂头，我是老太婆的脚背骨——屈了一辈子……呜啊……"

大山坞

十　兄妹

晨光初现，窗外山野中鸟鸣啁啾，白云那么干净，静静地缠绕山顶。沁沁躺在床上，夜里发生的事就像是一场梦。梦境像一个花粉团，和所有那些往事封存在一起，落在她脑部的某一个角落里。今晚，她想给刘芒一个说法。她也不想浪掷以后的岁月时光在乃成身上。

前阵子，云雾山来过一位老者，白发长辫盘在头上，那张麻子脸凛若冰霜。刘芒将老者带进自己屋内，插上门闩。自十八岁从山岗顶上逃出来至今，刘芒第一次见到爹爹。

他是个扬着神鞭赶尸的人，而他赶的那个"尸"，就是刘芒的母亲。

"有话直说，说完我让人送你下山。我不想让别人知道我有这样的爹爹。"这句话就像一阵飓风，穿过老人的太阳穴。

"今天来，我只是想告诉你，你不能与莫家的沁沁结婚，你们是一母所生的兄妹……"老人嘴里像含着一颗枣子，咕哝着吐出了此前一直瞒着的一段往事。

刘大麻子是山岗顶上的匪首，那双眼睛绿得让你生出寒意。

57

当年他绑架刘芒外公，是想用来换取刘芒的姆妈素娴。江南山水养美女，刘大麻子的恶名怎配得上秀丽的素娴。素娴畏惧刘大麻子的凶残，主动上山要求替父续命，甘愿留在山上当压寨夫人。刘大麻子放回了素娴爹爹，把素娴囚禁在山里，寸步不离。他是一个多疑的人。

素娴看他的时候面无表情，完全没有妻子看丈夫的羞涩和温情。山寨土匪那种暴发户式的奢华，没有自己娘家豪门式的讲究。素娴是个聪明的女人，凡聪明美丽的女人，都有着极固执的主见。她可以被命运压瘪，绝不会出格。

美丽的女人几乎都是薄命的。上山以后的素娴，开始被阴霾的日子所笼罩。刘大麻子人高马大，骨子里尖酸刻薄，气量狭小。他瞅素娴越是漂亮，他的心里反而难受，他开始损她、贬她，甚至想掐死她。讨回一个老婆，他得了心病。他害怕她离开，又不停地折磨她。素娴依旧寡言，拿着小姐的派头，脸上的表情漠然，看不出任何毁伤的痕迹。生下儿子刘芒以后，刘大麻子脾气温柔了没几年，不知什么时候开始，爹爹又向姆妈操起了拳头。

二当家常常劝刘大麻子："大当家，这些年，我们都知道你爱素娴，爱到超过爱自己，咋就那么黑心烂肺的将她往死里打。"

今天爹爹的突然到来，让刘芒感到有什么东西堵住了他的气管。他的脖子上的青筋突突直跳，心脏慢慢泵压着血液，感觉到血一直在往脸上涌。过去所有的恨，憋得他随时都要爆裂。

"我知道你们恨我，请求你原谅爹爹，愿今后所有的厄运都落在我一个人身上，愿你姆妈在世时所遭的苦难，让我每一分钟都生活在疼痛中。我愿意你此刻就拿走我的生命，只要你答应爹爹，好好娶个媳妇成个家，给我老刘家传个香火……"刘大麻子大声咳嗽着，低沉而剧烈的咳嗽声，像是要把肚子里的五脏六腑一同咳出来,脸上塌陷的麻子爆了出来,红得发亮。

"姆妈临终前告诉我,她从来没有背叛过你,那个送掉的妹妹就是你的亲骨肉。"刘芒声音不大,听上去却像是喷涌出来的,带着血,又连着肉,给人以血光如注的痛心。他逃离山岗顶上那年,想去那户人家找妹妹,可那里已是人去楼空。

刘大麻子摇摇头说:"那天我亲眼看见你姆妈走进莫家大院,你知道吗?那户人家在那之前不久死了老婆。"

"莫家大院,姆妈叫我把妹妹抱去的是莫家大院?"刘芒的眼里闪出黑洞洞的惊恐。他突然想起莫家老爷留下的那封信。他从柜子里取出没有开启过的信封,诚惶诚恐、不知所措。他俯身在桌上的煤油灯下,额头冰凉。打开厚厚的信封,信纸里夹着一把铜钥匙。信很长……

"……沁沁不是我的女儿,那一年,一个被打得遍体鳞伤的年轻女人,带着一个男孩被人追赶,逃进我家院子。管家征得我同意,让下人帮她清理伤口。她说她想去死,就是舍不得肚子里的孩子,她说她男人是畜生,会一直把她打到死为止。孩子是无辜的,她让管家求我们帮帮她,在这大院里躲到孩子出生,以后她会带着孩子们离开。她在我家生下一个女孩,满月后管家给他们母子三人在外租了一间屋子,每餐有丫鬟给他们送去。两个月后,管家在大门口抱回一个婴儿,我想一定是那个女人留下的,马上再让家人去租赁屋查看,屋子里空荡荡,连铺盖都没留下。我收下了这个女孩,就当我多养一个女儿。但是我始终没见过那个女人,听管家说,女人长得很清秀,沁沁就像她姆妈。沁沁从小很懂事,和两个姐姐相处很好,她不知道自己的身世。后来,我们全家迁回大山坞,你也常来我家玩,我知道你喜欢沁沁,但我也不能眼看着把她嫁给土匪。沁沁喜欢的是冯家少爷,老茂头也催得紧,去年刚刚给他们订了婚。后来发生的一切，让我感到很心痛。这次去救沁沁，我也是想了又想，抱一丝希望，如有不测，我就把沁沁交给你了。等沁沁回来，你俩成个亲，莫家大院是你们的归宿。这把钥匙是莫家暗室的，里面藏着各种名贵药材，这些年沁沁跟着我替人看病，也学了不少，很多疑难杂症，就是药王转世也莫可奈何，可是沁沁能！我把我的家底全部交予你们。如果我能活着回来，会亲自帮你们操办喜事。山上你不要去了，莫家的地够你们一帮兄弟耕种。不想劳动的，我发些银子盘缠，让他们回家与亲人团圆。小芒，记住！从今天起莫叔叔就是你不是亲生的亲爹爹，你就是莫家女婿……"

突然间，一切似乎都开始清晰。刘芒脸色青青，眼球发浑，全是赤丝，悲伤和愤怒紧紧包裹他的心。刘芒紧握双拳，指甲深深嵌入掌心，面部下意识地变得僵硬。原来沁沁就是自己放在镇上那家大门口的妹妹，痛苦的记忆再一次恢复。他的双眼噙满眼泪，咒骂终于把他最后一点嗓音耗尽："你这个老畜生，你害得我们家支离破碎，你给我滚回山去！我没有你这个爹爹，我不会给你留香火，我要和沁沁相伴一辈子。"姆妈临终前的悲鸣与叮咛，至今萦绕在刘芒耳边。

"我走……我走……"刘大麻子诺诺连声。他放下手里已凉的杯子，轻唱一声："是我毁了这个家……唉……造孽啊。"自己唯一的儿子这样恨他，就像自己是儿子心里养着的一条毒蛇。

他头发全白了，手背上的血管也变得厚重而突出，全身在不由自主地颤抖，身体支撑在门把上，风让他一时睁不开眼。他颤颤巍巍地走了。

十多天后，山岗顶上的二当家带信过来，刘大麻子死了。

刘芒感到，多年沉积在心底对爹爹的恨，已经在眼前随风飘散。

十一　烛泪

墨色渐渐深浓,远方灰暗的云朵像一幅泼墨未干的丹青。沁沁轻轻叩响了刘芒的房门。

她是一个被世俗认定不干净的女人,从陈王府逃出来就被敲上了印记。能够接受她的只有匪首刘芒。她感到她和刘芒之间连着一根隐形的丝线,有一种亲人般的安全感。只要彼此一连上,他们便会一起牵着走。贞操她也想过,本该留下;但是为了报复乃成,证明自己的清白,她决定拿来做赌注。现在与乃成的了结,如同瓜熟蒂落一样自然而然,她可以回到刘芒身边了。

屋子里,两人对坐着。一个人要是把自己命运的决定用到这样的场合,即使诚心诚意,也可能会让自己碰壁。沁沁先是为那晚乃成的到来感到愧意,她的态度和搭话似乎让自己显得很渺小。

"你还能娶我吗?"她的话语温婉,双眼已噙满泪水。

"留在山上,这辈子有我陪伴你,我们从小练武功的,身上伤多,恐怕……恐怕做不了男人。要不……"刘芒话到舌尖又吞了下去。他想起莫叔叔信里提到,娶了沁沁,先废了她的功夫,带她下山过寻常人生活。

"你是嫌弃我? 只要你把我留在山上,我愿意一辈子伺候你。

我懂草药,我会在山里采药,晒干后,让弟兄们带下山去,卖给桐庐镇上的'德润堂'中药房,也是一笔很好的收入。"她死乞白赖地要跟他,好像只有死死地抓住他,才能继续活下去。

妹妹的性格一本正经,那种把什么都看得太认真的脾气,很可能陷落到厌世的情绪里。把乃成带来跟她见面,也是刘芒埋藏在严峻的外表下的对妹妹的心疼。现在是否要告诉妹妹实情?刘芒在想。

蜡烛点完了,只剩下一滩红色的烛泪。黑暗中,兄妹俩双手紧紧握住。刘芒抱起妹妹回到自己房里。

也是木屋,两面屏风隔出一间小屋,一面四株茶花,一面四株茉莉。一张榆木雕床,擦得铮亮。玲珑的梳妆台上摆放着描金朱漆的木盒子,盒子的花纹是枝头喜鹊。边上一面小铜镜,拱形的镜面上镂刻着几朵梅花。靠窗摆放着一张榆木藤制床榻。刘芒把沁沁放在床上,把门掩上,自己回到书房内,沏了一壶毛峰,坐着。

清晨,月落星稀,公鸡开始一声声清脆地啼叫。山上的梅子透出黄澄澄的色彩。沁沁起床站在窗前,哗啦一声推开窗户,不见自己的"男人"。昨晚刘芒睡在了自己书房的榻上。

沁沁梳洗后来到灶间。一个胖胖的,长着黑脸,眉毛上翘的女人在灶膛口烧火。"大当家在哪里?"沁沁问在烧火的女人。"他说,一会过来吃早饭。"女人转过身,黑眼睛里乌沉沉的含着笑意。

老茂头像一头死心眼的驴,一心一意围着自家的那座磨转。莫子林死了,选乡董的事至今还没着落,现在村里就属他家最富裕,没有人可以和他争。他用石头般坚硬的眼神仰天盯着,气焰十分嚣张。儿子乃成自从失踪一夜回来就变了一个人,跟他说话像没听见,也不看他。两个孙女也有几个月大,对于孙子,他不渴望速胜,却担心绝种。香香天天在婆婆面前叨叨,男人现在不要她了,这孙子不是她一个人可以生出来的。

这也是老茂头最头疼的事。

大门外石凳上,香香毫无顾忌地敞开怀奶孩子,满身都是乳香。十个月大的花花、朵朵长得雪白粉嫩,吃奶的样子、吮手指的样子十分可爱,笑得露出嘴里的牙花,还有藕段一样的胳膊。村里老小走过都会过来逗一下。铁匠走过,不知不觉停下了脚步,双眼色眯眯地在与香香搭讪:"香香,一个人带俩孩子忙不过来呀。"

"是呀,你看这俩囝子头都长牙了,这牙印深吗?我真担心,说不定哪天她们会把我的奶头给咬下来。"香香托着奶给铁匠示意着那粉嫩奶头上被咬出的殷红。她满不在乎地让人看她裸露的乳房。

铁匠盯着香香袒露的乳房,圆溜溜的眼睛放出异样光彩。

"死回家去,这像什么样子,你连这点浅显的道理都不懂。"乃成把大门摔得很响,大声叫道。香香心里自然有些不快,但碍着面子,嘟着嘴跨进院子:"村里的女人不都是这样奶孩子的?"

"哟……"香香故意凄厉地惨叫,"那俩孩子又咬奶头了。"

"你好好喂!你闷着她们了,呛着她们,她们自然要咬你!"婆婆在一边冷冷地说。

两个孩子偎在姆妈怀里,一人捧一个奶,没命似地一口接一口。

"也该给她们断奶了,你们不是想孙子吗?我给你们生。"香香嘀咕着,她明知道自己男人已经不要她了,她的抱怨是不想奶孩子。

夜里,香香独自带俩孩子,哄她们睡觉。她快快不乐的,还不停地揉眼睛,完全是瞌睡极了的样子。嘴里还含糊念着:"月亮粑粑亮堂堂,照见囡囡床上躺,花衣布衫穿身上,囡囡……"曲子还没哼完,香香已经带着委屈,又气又恨地打起呼噜。

在花花、朵朵一周岁多的时候,冯家人发现母亲香香不聪明的特征,正悄然无声地从她们身上显现出来。她们的眼睛不大对劲——缺了点什么。她们嘴里发出的断断续续的咿呀声,和正常孩子不一样。她们喜欢同时把几个手指一起放进嘴里,晶莹的口水沿着手指滴落下来,前襟湿透一大片。老茂头一家急匆匆抱着两个孩子,去分水城里让"德润堂"坐堂医生诊断。

一家人坐在"德润堂",开始向医生详细地列举孩子的种种不正常。

翠玉婆娘迫不及待地想要诋毁自己的儿媳,说:"她姆妈自己想要睡觉,给两个孩子灌白酒。"

"做娘的怎么可以这样?"医生在与花花朵朵互动,做一些简单的游戏。他抬头看了看孩子的父母,若有所思地说:"这两个囡子头,是家族遗传的问题。长大了不聪明。"老茂头非常清楚医生说的是什么意思。这话让一家子失望透顶,就像一股刺骨的寒风刮进冯家。

"我早就说过,香香这囡子头塗糊(乡音指傻子的意思),这死老头子就是要订这门亲。你们说说看,哪有做娘的想自己睡觉,就给毛毛头吃白酒的。"翠玉比划着双手,恨恼恼,甩了一把眼泪。

香香的脸上露出一点尴尬。

"不单是点白酒,恐怕一窝都是这样。这个断乎不能接受,把她退回娘家去!"乃成说这话时,眼神时不时掠过香香的脑袋,随后轻飘飘地离开了。

香香觉得自己现在就是一堆秽物、一堆消化后的排泄。"你们不要我,我回娘家,"她说,"我年轻漂亮,又不是烂在地里的红薯,说不定以后会有人喜欢我的。"她的声音因委屈而变得不连贯。

乃成在一边冷笑,不停地哀声叹气,说:"你这种人放着好好的话不说,还想学刁嘴刁舌,还有人会喜欢你? 说话从来不经过大脑,无知无识得可怕,人格还没有完全。谁会娶你? 我爹爹就是因为眼瞎,才把你领回家。我当初就不同意,看看现在怎么收场?"乃成晃了晃脑袋,摆出一副蔑视自己女人的架势:"不想想自己什么人? 还装倨傲,你就是个灾星。"

乃成摊开一双细嫩的双手,带着种种委屈、心酸和愤怒:"因为她,两个女儿成了这副样子,她们长大了如何嫁人?"

老茂头坐在椅子上,陷入烟雾中,怎么也想不明白:女人么,只要会生孩子就行,没想到自己给家里搞来这么个祸害。他那双懊恼的眼睛里烁出一道利光。

"娘傻傻一窝。当初跟你说,你就是不听,周家给了你多少嫁妆? 这死老头子,这一辈子就钻进铜钿眼里了。叫你不要去莫家退婚,看看看看! 人家好好的儿子都生啦!"翠玉绝望的情绪始终一成不变。

"什么? 沁沁生儿子了?"老茂头一脸狐疑。

"都几个月大了,在山上好生养着,"翠玉道,"算? 算……我看家里哪一件事被你算成过。娶媳妇又不是做一件前无古人后无来者的事情,怎么这件事一摊到我们家就如此的糟糕。"

冯家的矛盾被拖入一个越来越紧的螺旋中。看到两个傻孙女,老茂头恨儿媳恨得牙痒,他认定孙女就是被儿媳白酒灌傻的。他说香香身上没有做母亲的天分,家里为此事龃龉越来越多。

老茂头坚持随心所欲地决定,从现实中取舍。他深皱着鼻子问儿媳:"你想走就走,明年我给乃成再娶一房亲。想留就留,我给乃成去典个妻子,生下儿子就让她走,你还是冯家媳妇。随你选择,这两个囝子头终归跟你。"接着就是一阵难堪的缄默,这个时候,一家人的脸上都是无奈的神色。

老茂头也在想,要是把香香休了,会燃起双方家庭的矛盾,从而也可能使两亲家卷进仇恨的漩涡。以前村子里,也曾经有过娘家人拿锄头、棍棒、刀斧赶来械斗的悲惨情景……而这,是可怕的。他还是决定给儿子去典妻。

老茂头劝说儿子:"儿啊,我知道你恨我,可是事情都已经无法挽回。你把香香退回去,也娶不了沁沁,人家孩子都生好了。女人么,就是搭伙过日子。你嫌香香不聪明,爹爹给你去典一个女人回来,帮你生儿子。"现在的香香,在冯家竟成了屁。

老茂头满脸的市侩、冷漠、精于算计。

香香感到这个家所有人的目光都像芒刺一样扎在她身上,自己就像一个孤独的人,被扔在无边的黑暗里。突然间,她感受到异常的恐惧。

大山坞

十二 典妻

　　大山坞走上了生活的轨道,开始了新的忙碌。大山坞人的生活多少带有禅意,他们在人间烟火中过着最世俗不过的日子。远处稻谷场的欢笑声在阳光里打旋。死去的人往天上走,诞生的人一一落地。云雾山在上上个月新添了一个男丁。刘芒说,自己是二十四节气"芒种"那天出生,姆妈就给他取了一个好记好叫的名字"刘芒";我们的儿子是夏天出生,就叫"刘夏"吧。

　　老茂头乡董落选。年迈的海棠大伯留着山羊胡子,继续为村里主张家事,解决村民之间有关水土山林、土著与外来人之间的区分,解决姓氏纠纷和村民之间的利益冲突。

　　去年初,村民们纷纷从县里领回的田地,稻子已经割了三季。收成虽然好,交了公粮去了一大半,那些苛捐杂税,蚕丝、茶叶都要收,出的价钱特别低。仅剩的粮食只能省着点吃,明年开春还要过日子。

　　东南岭边的那块水稻地地势好,卦象吉,四面都有渠沟,得水,老茂头早几年就盯上了这块地。他提出自己想要这块地,分配下来却属于阿毛家,被阿毛家领了去。这一年,阿毛家得了大便宜。七月早稻快熟了,金灿灿的如一幅调色很重的油画。稻子刚扬花之时，水渠里的泥鳅最鲜嫩，肥得很。老茂头点着烟杆，在稻田周围转悠，眼神里有一丝被阴翳遮蔽的嫉恨。

两年后，老茂头以一年二千斤稻谷的价格，给儿子典来一个年轻的寡妇。寡妇名秋雨。

分水城里有一条巷子，从来各个村里要聘娶、讨妾、典妻，都会跑来这里拣择聘娶，每天有不少媒婆在那里撞来撞去。一个长相一般、身子结实的年轻女人坐着默默掉眼泪，媒婆上前问缘故。女人说自己男人死了，欠下一屁股债，债主天天上门逼债，家里还有一个老人和一个五岁的孩子，要靠她抚养。无计可施的她想到找个人家，典自己两年。当时的行情大家都知道，一年二千斤稻谷。

秋雨进门那天没出过太阳，天一直阴得汪水。

村口流淌着一条很大的水坑，想进入村子，必须走东西那两座木桥，桥中间是一个很大的烧砖用的窑洞。破窑洞已经闲置很多年，原本是留着给讨饭佬用来避风挡雨歇歇脚的。村里在后山脚下重新造了一个更大的砖窑。

村口的砖窑洞里后来住进一帮外乡人，他们在大山坞打零工。他们开始是一支强大的逃荒队伍，从安徽出发，背井离乡。他们有老有小、有青壮年，混杂在熙熙攘攘的队伍里。在饥寒交迫中，他们沿路走散、失踪，最后留下来十几个青年。他们在窑洞里挖坑，抱来大捆的稻草，先用干柴把坑里烧热，让泥土发硬，再铺上稻草，铺草要厚要干燥。这就是他们夜里的窝，他们仅有的一坨立足之地。

他们白天去田里干活，一日二餐吃在东家。收工回来时，操着漏风的破嗓子，一路唱道："……家没三代富呦，清官的不到呦头！""……风吹河，雨打墙，长工的日子，沧桑苦涩……辛苦一世穷到头,不干活的是富翁……"

冬天,他们聚在黑黝黝的桥洞里燃起一堆柴火,大家的身影在火边晃动着,柴火里"噼噼啪啪"烤着山里捡来的核桃、栗子。夜里,众人聚在窑洞里赌钱、打架,各自用大碗喝着自酿的红薯烧酒,重生的欢乐照亮他们知足的脸庞。他们围石墩子坐着,用家乡的方言谈论女人,眼里闪着猥亵的神采……烟灰可以乱弹,痰乱吐,拉屎撒尿就在野地里解决。除了没女人,那份自由,那份快活,无疑赛过活神仙。

煤油灯下,他们相互给自己取名字:小癞痢,狗卵子(王阿狗),江湖佬,小头鬼,杀猪佬……窑洞里有强烈的寒酸气息。

狗卵子不喜欢大家给他取的绰号:"这大家都是兄弟,干吗要这么寒碜人呢?"

"也是,就叫狗兄弟吧,谁叫你爹妈给你取了个带狗的名字。"小癞痢为人仗义,在这帮外乡人里,大家都让他几分。

江湖佬发急的时候,还是免不了要吼几声"这狗卵子!"。

这也是生活,他们必须这样活下去。

初冬,大山坞破砖窑洞里的男人们都下田去了。媒人走在前面,秋雨紧步跟着进了村子。

那个时代典妻盛行,似乎正大光明,四邻八乡都有,大多是大户人家。平常乡亲们说起来的是同情,理解多于鄙视和取笑。承续香火是人生最大的事,对不能生育的家庭来说,典妻生孩子毕竟好过兼桃。封建社会落后,女性被当作代孕工具,她们是一个家族未来命运的创造者。

秋雨额前稀稀飘着几根刘海,稠密的黑发在脑后挽了个发髻,素面。她粗布紫袄上加大红背心,颜色浓得化不开,原是想图个吉祥。村里的小孩跟在后面唱:"红配绿,看不够,红配紫,一泡屎。"秋雨沿着溪坑边低头走着,苦难使她像那种再生力很强的植物,能够附着强力,攀援生存。其他,她已经都不在乎了。她就是屎,那种可以为任何男人生孩子的工具。她被穷压迫得丢掉了已经不是自己的躯体。

"他们租你两年,急着要抱孙子,他们瞌睡你去送枕头,正好。说好两年没动静,要退还一年的稻谷。但也不能马上有,生养完了,就没得你饭吃咯。自己魂灵要生生紧,最好快到期了,肚皮争气,那样还可以混一年。"媒婆骨碌着眼珠子,想秋雨能做得长,自己粉球滚芝麻——多少还可以沾点。

典妻不如娶妾。乡下人买妾检查很严格,由媒婆把关,相亲至多遥遥一瞥,有些根本不给相;典妻只要媒人知道底细,健壮会生养,带回来就是,不用任何仪式。如《骂媒歌》中就唱道:"媒婆,媒婆! 牙齿两边磨。臭说香,死说活,爹娘、公婆晕脑壳⋯⋯媒婆,媒婆! 吃了好多老鸡婆,初一吃了初二死,初三埋在大路坡,牛一脚,马一脚,踩出肠子狗来拖⋯⋯"

"老茂头,这次我给你家带回的女人,不会再来个只图美貌,是个白痴的。人家的儿子生得聪明着呢。"媒人刚跨进堂檐就开始嚷嚷。

乃成还是整天像菩萨一样杵在书房里。

晚上,一家人端坐在一张漆黑的老式八仙桌前吃饭。翠玉婆娘欢欢喜喜,在桌上摆了几个菜。韭菜煎豆腐,豆腐煎得两面发黄,一块一块叠在碧绿的韭菜里面;炒青菜;一段猪脚炖黄豆汤;还有一盆溪坑里摸来的小鱼,油里一炸金黄香酥;蒸梅干菜上面盖了三四片薄得透明的火腿片。都是山里的菜肴,有浓郁的菜香。

那只火腿脚杆处绑了一根麻绳,挂在灶间墙上,遇到家里有重要的事,才用刀削下细细薄薄的几片。所有的饭菜都是又咸又辣,十分劲道。平时老茂头不舍得去集市称猪肉,他喜欢买猪的杂碎,但嫌肠子臭味大、太油腻。家里人都顺着他的口味在过日子。

花花和朵朵已经爬上桌凳,开始用小手抓了吃起来。

秋雨低下头,无言地端起桌上的饭碗,适之其度地说了两句客套话。乡下女人乍到大户人家,很多规矩还要主人关照。

"秋雨,今晚你睡楼上西面那间卧房。我已经把乃成的东西搬去那屋。有些事媒人已经给你交待过,我们这里就两年。"没等翠玉说完,老茂头伸出两根粗糙的手指:"对,就两年,两年生不出孩子,我们就解雇你。不过在没孩子之前,你每天跟着乃成他娘,帮衬一下家务事。"老茂头一边说,一边把啃到一半的猪脚,放在碟子里,"翠玉,这块猪脚明天中午饭锅里煨一下,给我下酒。"

香香的目光注视着餐桌的正中。自己的男人,不会再睡两个女人的床。从花花、朵朵出生,男人就借口她要带孩子,一直睡在书房的榻上。她觉得现在家里,所有人的希望都在秋雨身上,自己在这个家就是一个不被重视的人。想发的火堵在喉咙里,就像一个打不出来的喷嚏。

秋雨头一天吃罢饭就上了锅台。她熟练地举着刷锅笤帚"呼啦呼啦"地刷锅。老茂头吸烟袋的声音,从房里走出来:"秋雨,你会纺花絮条子吗?"

"会。"秋雨轻声说。

老茂头今天心情蛮好,喝了点酒,满心生出希望。他坐在收拾完碗筷的八仙桌旁,把烟斗叼在两唇间,吸一口,啰啰嗦嗦个不停:"其实人生一世,也就是三个字。要说福,我不缺吃穿,日子过得富裕,知足了。要说寿,我等有了孙子活到这把年纪,就是去死,也算可以了。要说禄,我也算是拔贡,在村里多多少少也算风光过,也发过一笔大财……要是老天再赏我一个孙子,在这个村子里,我老茂头知足了,这不蒸馒头也要争这口气。"

秋雨手脚利索,没多少功夫,灶前灶后被擦洗得干干净净。

老茂头满意地对自己婆娘说:"看来这娘们是个干活好手,你多安排一点事让她做做,肚里没动静前,不能让她闲着。把纺机拿到堂屋,空闲时给家里纺一些花絮条子,来年可以织布做衣服。"

秋雨开始每天锅前灶后,纺线车下,缝缝补补,洗洗刷刷。这个家里,谁都可以使唤她。

夜里,一家人都上楼睡去了,秋雨坐在纺机前,两只手飞快地把棉花卷到高粱杆上,搓得又快又匀。乃成来唤她上楼睡觉,她忙得顾不上抬起眼来招呼他。在她的心里,已经被自己男人留下的债务压得快喘不过气来,为了还债她什么苦都能吃。

大山坞村口的窑洞里,晚上很热闹。他们得知乃成典了新妻,心里都不是滋味。"娘屌!我们都是妈生的!怎么就连女人都没摸过。"江湖佬干瘦精壮,剃光的头暴露出头骨峥嵘,青头皮,微方。他是个赖皮,会站在田埂路边,突然掏出裆里的东西,冲着路过的女人撒尿……

每天夜里,他们躺在稻草窝里,开始议论村里哪个婆娘屁股奶子大,哪个婆娘是平板车。因为生活枯燥,这也是一种消遣。

天没亮,江湖佬悄悄从稻草窝里钻出,一个人来到老茂头家,看着贴上喜字的窗户,攀上边上的那棵老樟树。他想朝窗子里张望。刚想跃上窗沿,一脚踩空掉了下来,闷响一声,他跌倒在地上,腰佝偻着,痛得催命鬼一样,短一声长一声地扯嗓子喊救命。

农闲季节,又逢好日头,老茂头让小癞痢和狗兄弟趁日头没开前早点过来,把他家谷仓里的稻谷翻晒一下,再一一打包,入库码好。小癞痢和狗兄弟这天起了个大早,没见江湖佬,结果在冯家听得他在喊救命。他们见状,乐得笑弯了腰:"活该,谁叫你一个人偷偷跑来吃独食。"

"还笑? 赶紧去找块破门板,把我抬回去,我的腿怕是不行了。"

边上正好有一块老茂头家茅房里拆下的旧门板,搁置久了,风吹雨打,都裂开了隙缝。小癞痢把它放在地上,用脚使劲踩了踩:"就这点路,将就点,可以。"江湖佬的一条大腿从门板上滑落下来,直垂在那里晃悠,狗兄弟把腿搬了上去,触到痛处,江湖佬又开始没命地叫。

前面空地上有一个用砖和泥砌成的小灶,平时有闲时,弟兄们喜欢在溪坑里摸杂鱼、螺蛳和螃蟹,在这里煮了吃。小癞痢是挖坑老手,约莫一个时辰,他就挖好一个坑,搬来柴火把坑烧热,等里面的泥烧干裂,再铺上稻草,让江湖佬平躺在土坑里,把那条伤腿搁在外面,身上铺满稻草。"这里可以晒太阳,到夜里我再把你搬回窑洞里。你这骨头要多晒太阳,好得快。"晌午,小癞痢没有出工。

江湖佬躺在灿烂阳光下的稻草堆里,不停地懊恼:"这就是一个人的命运,一念之差,结果成了瘸子……"从此,江湖佬被改名"江湖瘸子"。

十三　沁沁回家

山上静谧而安详。沁沁带着儿子在云雾山的日子,一晃两年多。

"回家吧,我已经让弟兄们把你家里全部打扫干净。你们这样老待在山上,对孩子成长不好。"刘芒说话很体己。他掩饰内心的本领是非凡的,也是老到的。屋子里弥漫着一缕异样的温馨的气息。沁沁脑子里突然冒起与乃成的过去,心里又腾起一层悲哀的浓云浊雾,又有一种无端的颤栗。

沁沁想到这些年,刘芒总是像兄长一样让她敬畏、害怕。他没有娶自己,却把刘夏当成他的骨肉一样疼爱。究竟是为了什么?有时候,她会把乃成和他并立,在灵与肉的冲突中寻找答案。

刘芒说:"我已经习惯了山上的生活,弟兄们跟了我多年,我也舍不得抛下他们不管,你安心带着孩子在家住下。田里的事,家里的事,我都会给你安排好。我山上山下两头住。"

山下田园屋舍,尽在眼中。

村里一栋栋房子,独立、隔膜、对持、遥想、相互打听各家的隐私。村里人最大的满足,就是秋天收粮食,过年杀年猪。最大的激情就是吵架,谁踩到了谁家的墙根,那就是一连串的骂战开始:你不要脸,你占别人便宜不得好死,你杀千刀,偷人,你天理不容,神鬼不依。骂得痛快淋漓,天花乱坠,还带着表情绘声绘色。这些话老茂头被人骂得最凶,他的精明都写在脸上。他知道大山坞哪里有湍水,哪里田肥,自家有多少瓜地、水果树。算得清清楚楚。

老茂头说宁可话里吃点亏,损害到他的利益,他也会骂。他还说人不能装鳖,装了鳖,狗都敢往你头上拉屎。

村里人都在说,老茂头这个人太零碎了,就知道看眼前,占小便宜。就像烟枪杆子,黑心。

老茂头家隔壁就是阿毛现在的宅子,中间有一条十多米的小路。太平军进村杀死了前面一家人,祠堂里分房子的时候,没有人敢去领那栋宅子。老茂头也曾经犹豫过,是不是要把那宅子到自己家之间的小道砌起两堵墙,连接自家的宅子,扩大家产。但想到村里的那些传说——那户人家死得惨,夜里听得那宅子里传出声响。每逢雷雨天,那白粉墙上会出现他们一家老小的走来蹿去、忙碌的影像。老茂头觉得自己家里阴盛阳衰,压不住那栋楼房。那栋楼带有人血,不吉利,就此打消了念头。

最后,海棠大伯把这栋宅子搭配给了阿毛家,阿毛家孙子多,将来娶孙媳妇造房子,是一件大事。阿毛家在分得的房屋边上意外地多得了一栋豪宅,虽然他们也信邪,想想还是硬了头皮拿下,请寺庙里的和尚在凶宅里念了三天经,做了超度。

在阿毛家没搬入之前,老茂头已捷足先登,先把那条小路堵死。小路上长长地码着一捆捆木柴,柴堆上面用稻草覆盖。堵了人家的路,阿毛家出门要绕一个大弯子,很不方便。

乡董带人来跟老茂头商量,做人给人留路,就是给自己留路。

"他家已经得了便宜,还来计较这条道?"老茂头嘴里含着酸味。

老茂头家是村里的老门老户，很有根基，他不会轻易低头。他听不进别人劝告，一根筋走到底。

两家从此闹了别扭，见面就对骂，关系臭得不如旁人世人。最后，阿毛家只能从西边院墙开了一扇门。

因为这档事，老茂头名声坏了，也直接影响到他后来乡董落选。

刘芒租了轿子，把沁沁和刘夏抬进莫家是在午饭前，只见得对面冯家老茂头在与邻居吵架。围观的人群突然都转向对岸："莫家沁沁回家了，还带着一个男孩。她嫁给了云雾山的匪首。"他们一家正在朝大门进入。

老茂头红着眼，望着对面，表面上装得若无其事，脸上却像被人凭空掴了一个巴掌。

莫家大院里蔷薇花开，在风里香，风里摇。青灰墙上一叠影子如水洒在上面。院子里的树木花草被修剪得干净整齐。

"屋里两个丫鬟，是我从镇上买来的。一个带孩子，一个照料家务。外面的事不用你操心，吃的，穿的，需要什么你说一声，有人会按时送来。"

莫家的正堂屋对面隔着一个很大的天井，是穿堂。穿堂通往更深的套房。后面一进是上下六间二层楼房。两人边走边说："还是考虑找个人嫁了，把孩子还给冯家。女人过了二十五就江河日下了，时间是很快的。"刘芒试探道，处处透着他的匠心。

"我不嫁人，你就是孩子的亲爹。"沁沁抗议道。

"但是我给不了你们正常人的生活"。

"我不介意。"沁沁虽是口气决绝，心里还是有几分怅惘。她感到自己的人生就像清池里升起的水泡，已经破了梦。

"可是我们之间的关系总会露出破绽,刘夏渐渐长大,应该让他知道谁是他的爹爹。"刘芒希望沁沁把孩子还给冯家,对外就说是过继,冯家得了孙子,也不会希望把真相透露,毕竟不是顺理顺当的事,说出来也会得罪他们的亲家。妹妹在最光鲜的时候守了活寡。做哥哥的每天在为此犯愁,应该给妹妹找一个好归宿。

沁沁说:"你就是刘夏的爹爹,我可以依靠的男人。既然你也不能像正常的男人那样娶媳妇,我们仨相依为命,你进了大山坞祠堂,也可以认祖先。"

乡董海棠大伯也多次对刘芒说:"选个好日子,把你进祠堂的事办了。"

刘芒总是一再推诿:"大伯,我山里事多,再说我们当土匪的,今天不知明天。进不进祠堂对我来说并不重要。"

沁沁来到爹爹的卧房,曾经睡过的铺盖被子还在,整齐地叠在床头。这是她人生最亲切的地方。

墙上的二胡、二胡的琴筒、琴皮和整个琴杆上,都蒙着厚厚的灰尘。爹爹在世想姆妈的时候,总会拉起《二泉映月》,如泣如诉,永无尽头。可是爹爹不让他的三个女儿碰二胡,说拉着苦腔苦调的二胡"没好命"。如今,这把琴就像一个古老的遗骸,留在屋里头。家具被擦拭得铮亮,窗户拉上厚厚的窗幔,屋子里透着一股静气。刘芒说:"你爹爹这间房,就这样一直保留,作为纪念吧。所以,我没让弟兄们乱动。"

现在,活着对她更像是一个漫长幽暗的梦境。冯家这样对她,她却在给冯家养着他们的希望。

天幕合拢,天空最后一丝光被收起。天上星星一团一团放着光芒,像树叶一样稠密,月亮高悬。

夜里,刘芒梳理精神,整顿底裤,披上夹衣回云雾山上。

十四　秋雨的煎熬

天将蒙蒙亮,老茂头就推醒婆娘:"这两天,你把铁锅给我从灶上揭下来。放到晒场,让秋雨把锅底铲干净,烧饭可以省着点柴火。"上午,翠玉带着秋雨去菜园里拔青菜和萝卜。翠玉说:"回去洗干净切了,切完菜掏灶灰,再把水缸里水挑满。吃了午饭跟我去山里拔猪草。"

老茂头起得早,哪怕是冬天起了凌、下大雪,他也是天一亮就爬起来。他算过,人活八十多,也不过三万来天。人从睁眼到吃喝拉撒,到闭眼也不过二万来天,干吗把时间浪费在睡觉上。他哪里是在做人哟。

乃成从云雾山下来就废了身子,他一直怀疑自己被沁沁点了穴道。她得不到,别人也休想得到。他得了顽固的阳痿症。

夜里,秋雨把厨房里的事收拾干净,纺完三根花絮条子,才上楼来瞌睡。秋雨低眉闲闲地在床边整理被子,铺了两床被窝,偶尔抬起头微笑一下。她是个苦命的女人,那是一张长相忠厚,平庸的面容。脸膛被晒得黑红,身子挺结实。她的微笑永远是苦笑。

他和秋雨在一起,最多的是聊天解闷。他给秋雨说古书里的故事。他说话有种独特的魅力,大白话里透着意味,让人忍不住想与他亲近。他告诉秋雨：我没用，但是我可以留你两年。

她心安了一点，她喜欢听到这样的话。

秋雨似有似无的粗糙撩拨，是一种求生欲望的无声挑战。乃成没有看轻她，喜欢听她说话，他心里已经接纳这个苦命的女人。

白天，秋雨有干不完的家务事。香香把唾沫吐在手绢上，给两个孩子擦嘴角边的粥迹。她们在长板凳上爬来爬去，又伸手去捡地上的小石头。香香叉着腰，透出没有办法的样子，过去就是一人扇一个耳光，花花、朵朵两团粉嫩的脸上，慢慢显出两个淡红色的手掌印。

秋雨端盆水，弯下腰去一手一个把花花朵朵抱起来。不管她们怎样挣扎乱踢着，把她们手洗干净，拿了一个小竹篮，里面放几颗豌豆，把她们抱到石凳上，哄着："花花，朵朵乖，来剥豆子。"花花、朵朵哭得一抽一抽的。

香香见两个女儿有人在管着，想溜出去串门。一脚刚跨出门槛，身后一声呵斥："香香，管好自己两个囡子头，又想出去'倒脚骨'（乡下人指走东窜西）？"婆婆的嗓门震得香香心里发颤，另一只脚犹豫着滞留在门内。香香被婆婆怒视的眼神和颤抖的声音吓了一跳，乖乖地回到院子里坐下，陪着两个孩子一起剥豆子。现在的香香，已经被冯家呵斥得不知所措，满脑子给搅成浆糊，越发显得笨。

秋雨在厨房，手脚飞快地洗菜切肉，不一会，饭菜的香味便飘了出来。

寒风卷去树上的枯叶，赤裸裸的乡野上，只有深而悠长的静寂。不经意间，又是一个冬天。秋雨的煎熬是漫长的，肚子一直没动静，她也愁。

和煦的阳光照满庭院。秋雨坐在矮凳上，将破衣服撕成碎片，火盆里调了一罐浆糊,碎布片一层一层糊在一块木板上,放在太阳底下晒干。她要给他们一家子做鞋。

晚饭后,油灯下,秋雨在把晒干的硬衬剪成鞋底大小,把周边剪整齐后,叠成厚度,再用顶针和蜡线,一针一针地纳成鞋底,最后把已经做好的帮缝上去。乃成在一边陪她说话。

"怎么就一直不见动静。我们是让她来生孩子的,这种事随便找个下人都会干,还用得着我每年付出二千斤稻谷。"老茂头把烟枪头点上,使劲吸了一口,对坐在一旁烤火的婆娘说,"唉……我总有锄头扛不动的那一天。"

翠玉婆娘嘴里都是委屈。她开始数落老头子小气,攒下的每一个铜板都捏得出油来。人算不如天算,到头来一场空。娶回一个傻媳妇,生下的……唉……说着说着,枝蔓越生越长。老茂头起身走了。

小癞痢在老茂头家干了十来年。他有一手绝活,吊足了老茂头的胃口,所以老茂头对小癞痢宽容得很。小癞痢个头不高,但结结实实,两个手腕露着筋肉。小癞痢是孤儿,他不知道自己是从哪里来的。活在这个世上,他最大的感受是每天处于饥肠辘辘的状态。在老茂头家打短工,虽然菜蔬粗简,饭倒能够吃饱。小癞痢讲义气,做在东家,东家的事他也爱管——拿人钱财替人消灾。

这话老茂头爱听。

这段日子,秋雨和小癞痢相处久了,彼此也生出好感。家里没人的时候,秋雨常常会揭开蒸笼,把暄暄的、热腾腾的、带着发甜气味的白面馒头拿给正在后院劈柴的小癞痢:"拿着,趁热吃了吧。"

秋雨在溪坑里洗涤大白菜。江湖瘸子路过,一咧嘴巴,似笑非笑,心里在想:这鸡巴世界有什么活头,还不如去偷鸡摸狗,沾点女人腥味。难耐的饥渴笼罩住他的心灵。他走过去,往秋雨身上凑了凑,闻到了秋雨身上散发出一种带血的腥香,混杂女人下体的气味。那种气味使他头晕。刚想伸手去摸一下秋雨的屁股,后面忽然伸出一只健硕的手掌,将他拨回路上。

"都生过小囡的婆娘,肚大腿粗,有什么稀罕。"江湖瘸子刚说完这句话,小肚下猛地被小癫痫踢了一脚,生痛。

瘸子说:"君子动口不动手,我不会跟你一般见识。"

小癫痫很不屑:"什么君子不君子,我看你就是一小人,最小的人。想占人家便宜,还讲龌龊话,别看你长了一副人面孔,脑子里灌的是猪猡脑髓,肚子里全是狗肚肠。"

江湖瘸子是个心眼多过筛子的混混,那张脱毛猴子似的瘦脸,贼兮兮的。他什么都想做,就是没有经验,没有胆识。

十五　乃成慈悲心

小癞痢在冯家做他最拿手的泡菜。他把秋雨洗干净的大白菜滤干,切段,撒上盐巴、白糖、辣椒,放进一个密封的瓷坛子里面,然后倒进白醋,浸满大白菜,密封,置放阴凉处。以前他自己做,没钱买白醋,就用淘米浆水灌入。一周后拔开封盖,就是一坛美味诱人的泡菜。这种做法村里人也学过,泡菜上面总是会出现厚厚的一层"花毛"。小癞痢得意地说,别小看这一坛泡菜,在加工的每个步骤都有讲究。

小癞痢做的泡菜,用来佐饭很醒胃。那些散发着香味的粗劣饭菜,他可以在几分钟之内一扫而光。老茂头见小癞痢不停地添饭,心里肉痛,也只能闭上那只亮眼,装没看见。

四月,山里仍有寒意。堤上的杨柳、岭上的树木都长出了新枝嫩叶,开始呈现无限的生机。山间、村落路旁的花儿纷纷盛开,万紫千红,群芳竞艳。大山坞的村民开始为春耕忙碌起来。整个山村洋溢着快乐的气氛。

香香喜欢夜里,众生都已昏睡,不知所以,不问所以,还不时会有甜蜜的梦境出现。醒来便是带孩子的劳累、家人的呵斥。她的灵魂开始显得孤独痛楚,不知所措。

早上秋雨打开房门欲下楼时,看见对门的香香打开房门探出头,又闪了进去。秋雨吃了早饭,挽着大竹篮去溪坑里洗一家人换下的脏衣裳。

这天香香起得晚,借口孩子们还没醒,所以陪着多睡一会。等一家人开始准备午饭,香香才蓬着头发,在天井水池边刷牙。公公婆婆在丝瓜长、玉米短的数落这个家,说到后面一定会牵扯到香香。

秋雨在大溪坑里洗衣服,她看见一只鳖在浅水里游,便用衣服把它撩过来。鳖也不动,她把它放进篮子,想带回家炖炖给乃成补补身子,最后想想还是把鳖给放了。

回家的路上,秋雨会去靠近村口的野地里,两眼泛着泪光,踮着脚尖往村外眺望,越过葱茏的山峦,那里是她的家。乌鸦围着她的头顶在呱呱叫,蚯蚓在她脚跟前拱动,水蛭快速地在水沟里游动,贴附到她鞋上,她已经失去知觉。离回家的日子越来越近,她反而感到不安。

老茂头再次在秋雨面前说起:"两年怀不上,要倒扣一年的稻谷。"

这对秋雨来说越发感到焦虑。

油灯下,一束昏黄的光线从楼梯口斜斜地照进屋子。是乃成上来睡觉。

"秋雨,我实在是不行。我看小癫痫他人品好。这个人如果有点文化,一定是个挑得起来的人物,他不但心地善良,胆子还坚硬如铁。"乃成说这话的时候,是在这天的午夜。乃成从秋雨身上下来,很是无奈,"不然,你年底回去日子怎么过?"

那一宿,秋雨眼睁睁到天亮,望着窗外那颗粗壮的老樟树,半个月亮在树上空悬着……

清明过后，小麦还没有"起身"，不怕被践踏，而且会越踏越长旺。秋雨做完家务事，领着花花、朵朵去小麦地玩，她希望能在路上遇到小癞痢。田野上阳光尽掩，阳雀扎堆在树上叫。一路上没有见到小癞痢。路旁小溪坑里的水很浅很浅，清澈见底。溪坑里有鱼儿在游动，它们不知道被阳光晒干的命运。秋雨孤独的心里隐隐作痛。

昨夜一场雨，路边的小草沾满了泥浆，草丛中的绿茸茸的、富有弹性的生命力量被这层泥浆消融吞噬。秋雨挽着竹篮去大溪坑洗衣服。小癞痢从后面快速跟了上来，一起沿着泥泞的田间小路慢慢走着，见了小癞痢，她又不知道该怎么跟小癞痢说。

后面走着江湖瘸子与狗兄弟。他们穿着破旧的衣服，亮晶晶的一条油泥在领子边伸展着。腰里拦一根稻草绳，脚上的草鞋沾满泥巴。

今天他们去东头老茂头家的水稻田里踩水车。村里就他们那些精壮的，能上脚踏水车的年轻男人。车水那样的农活，比起下地插秧好受些。老茂头家龙王似的脚踏水车，陈旧得就像掉了不少牙的嘴巴，少了几格木扇，踩起来很费劲。

村里有个铁匠铺，安置在土地庙边上。门面不大，一座炉子，一座风箱，一墩埋在地上的钻柱。铁匠五十来岁，是海棠大伯家的远房亲戚，在大山坞打铁多年了。他高大健壮，浑身都是肌肉，一个手臂可以腕起几个孩子。大山坞村民老少都喜欢跟他逗。他每隔二周，都要翻山越岭回一趟义乌老家，那里还有他的老爹老妈和老婆孩子。

他打铁的时候，两眼灼热，脸憋得通红，皮肤发紧。夏天，浑身上下只穿一条肥大的、齐膝盖的裤头。没活干的时候，坐在门口石凳上,当众剔牙、对人打嗝、晃腿、喝茶之后漱完口再咽下去,晒得像条泥鳅似的,一身臭汗。他坐下来叉开两条腿,那大裤衩中有时候会是一堆高高的隆起。嘴里在唱着:"……妹儿家里被公婆骂,快让哥哥来抱一把……"蛮邪的歌。有人说,他一直在想冯家的香香……他喜欢香香那种骚情的声调和骚情的眉眼,骚情的姿势。

村里的孩子路过,常常蹲在铁匠跟前,朝铁匠裆里张望,忍不住想伸手进去,掏出来看看。"好像是麻雀窝。"阿毛家的小孙子好奇地说,"还在动……"

"小癞痢,晚上一起去铁匠铺,我想让铁匠给我打一把弹弓。"狗兄弟手里拿了一截铁杆子,铁杆是实心的,有点份量,刚刚在路口捡的。

小癞痢以前梦里经常是在吃香喷喷的白米饭,只是刚刚嚼动,尚未咽下的时候,就屡屡醒来,很是失落。如今吃饱了饭,也开始有了性欲,一夜乱梦颠倒,梦里腾腾神游找女人。最近他多次梦见和秋雨睡在一起,想做又不敢,瞻前顾后,舍不得醒来。他已经意识到自己本来"明亮如镜"的心里,也开始有了邪念。

小癞痢突然发现,秋雨偶尔会朝他温顺地微笑,那眼睛里有一股说不出来的东西,是一种生存本能的渴望。

晚饭后,他们几个来到铁匠铺。狗兄弟从口袋里摸出一截铁杆,问铁匠:"给我打一个弹弓,按这点材料打,最好大一点,我想打麻雀。"

"给五个铜板!"

"我没钱,到时候拎一串麻雀来犒劳你。"狗兄弟嬉皮笑脸。

铁匠弯腰伸手过来要摸狗卵子的鸡鸡:"有这个麻屌大吗?"

狗兄弟顺手一劈闪开了。

铁匠指着桌上的子弹盒子:"明天晚上过来一起拿走。"

十六　草籽地播种

吃完午饭,两个老人上楼去午睡,秋雨在灶台刷碗。小癫痫蹑手蹑脚地跟在灶台旁。秋雨让小癫痫从水缸里舀点水,把灶台边上的热水桶装满。

"明天中午饭后,我在西头草籽地等你。"秋雨说这话是从嗓子眼里挤出来的。

面对一个女人的乞求,小癫痫明白她的苦楚,却不知道该如何回应这个心事沉重的女人,匆匆离开了。

这天晚上,小癫痫怎么也睡不着。他想到明天,要豁出去,泼出命。一夜的折腾、翻覆,汗闷在身子里,摸摸脖颈,凉凉的。自己难道就是一头公牛,可以随便给人去配种? 这种事如果被发现,按村里的规矩要游大街,说不定还会让人浸入猪笼。

想了一夜,一腔心酸泪滚滚而出。自己就是一头畜生,干体力活的畜生,一个没爹没娘没老婆的可怜虫。

草籽地里,粉红、雪白的小花,一大片的花蝴蝶在上面飞。风吹草籽花,水波一样,一层一层卷动着。虫子在草叶上缓慢地爬动。两个人在约好的时间出现在那里。走近草籽地,小癫痫就像叫春的猫一样迫不及待地潜入草籽地。小癞痢嘴里叼着草籽花，鼻子里全是草籽花淡淡的清香，浑身燥热起来，喉也干，舌也干，几乎不能自禁。他伸手解开自己的裤带，恰好一阵东南风吹来，携着清新的草籽花香。满头满脑草籽地里泥土的气味，和秋雨的肉香奇异地混杂在一起。一个上午，太阳把草上的露晒干，小癞痢蹲下去试探下，田里是干的。人整个趴下去就被淹没了，想打滚都可以。秋雨跟着躺了下去，裤带很快被解开，小癞痢粗黑的大手伸进了秋雨的上衣，喜得浑身发痒。他脖子上的青筋突突直跳，一个女人的身体，让这个三十几岁的光棍汉子欣喜若狂……

　　小癞痢刚走出草籽地，脑门上"嗖"地飞过一颗小石子。只见田埂上站着江湖瘸子和狗兄弟，狗兄弟手里拿着弹弓在朝他笑。小癞痢从稻田里抠起一团泥巴，发一声喝："好呀，你们俩标着膀子来对付我。"说完，劈头盖脑地扔过去，腾起身子去追赶。

　　秋雨头发乱蓬蓬的堆在头上，夹着草子枝杆和叶子、花朵，像一窝鸟巢，乱发里飞出一只蝴蝶。她在草丛里整理干净自己，见三个人影跑远了，才从草籽地里走出来，在溪坑边洗了把脸，匆匆地回了冯家。

　　夜里，小癞痢躺在自己的土坑里，暖暖的稻草覆盖在身上。骨子里的良知让小癞痢觉得不应该，自己今天是做了一件大逆不道的事，但又觉得是做了一件很牛逼的事。秋雨能怀上，自己的种也可以留在了大山坞。想着，小癞痢又有一种从未有过的舒坦，不知不觉睡着了。

　　田野里的麦子，在不知不觉间由青色而变成枯黄，风儿带着微微的暖意吹着，时时送来布谷鸟的叫声。

　　野桃树的花在雨季里落完了，快到挂果的季节。两岸长着树木的小溪、远方碧绿的山峦,这一切都生意盎然。

秋雨怀上了,闻到厨房里煮菜的味道就要吐,连喝口水都吐。老茂头让婆娘叫她躺着别动,粗活儿都不让她做了。问秋雨感觉有什么不同,秋雨说,她觉得舌头上的淡寡跟生儿子那回一样。

翠玉说,男胎在肚里要娇气一些,不容易挂得住。家务事就不要干了,尤其是提水桶,重体力活会见红。就是挂住有时也会见一点红,男孩子的金贵,打肚子里头就这样了。乃成可以搬回了自己的房间去住。

老茂头现在每天心尖儿都在剧烈跳动,他满心欢喜,一心总想留个香火。他就没正眼瞧过两个孙女。他现在的希望,就像是抱在怀里的孙子,感觉十拿九稳。

秋雨很感激少爷。不管怎么艰难、凄苦和可怜,是少爷让她的生活延续下去。

少爷说,生下孩子,跟老爷说再留一年,让秋雨自己奶孩子。

小癫痫的种子优质。秋雨满怀希望在等,预产期是来年春节前后,她指望再赚二千斤稻谷。

秋雨的情是以苦为乐,无怨无悔面对自己一生走过的苦难。她挺着肚子,仿佛肚子里装的就是粮食。在这个女人的眼里,更多的是粮食,为了粮食,她可以被动地承受。

乃成对沁沁的爱一直吞噬着自己,这爱就像一支重新点燃的蜡烛,被遗忘在云雾山的小木屋里。沁沁回来,他几次想上门去找她,莫家却大门紧闭。想着她,就像心里有一个飘忽的小小的火焰,自己仿佛在大风里双手护着小火焰,就怕被吹灭。他每时每刻被一种无法得到的饥饿所折磨。

现在,他连看一眼香香的心情都没有。

香香看秋雨,势同水火,拈酸吃醋。嫉妒像火烧锅子一般,烧得香香焦躁不安。没人时,香香会毫不客气地对着秋雨的脸说:"我可是去节女堂上过香的冯家儿媳,"她目光斜视,"也不照照!"秋雨装没看见,坐在院子里纳鞋底,边上放个篾编的针线匣子。她拿针的手势挺秀气,平日干的是粗活,匀长的手指头却没有一点趼子,指甲剪得干干净净。她小指一翘,把针扎过鞋底,撕拉着,最后使劲拉紧。鞋底平整硬实,针脚长短深浅一律齐。秋雨不是那种心地褊狭的女人。

香香看看自己那双手,手指粗短愚笨,无趣地走开了。香香对秋雨的那种仇恨浅陋单薄,又无法泯灭。

香香提了一个包袱去裁缝铺,她要给孩子和自己做过年新衣。她做衣在付工钿上很抠门,只是让身子给裁缝大大的占了便宜。

裁缝刚来大山坞,大家都叫他小裁缝,二十多年下来,也叫习惯了。小裁缝如今五十多岁,十多年前老婆得病去世了,没有给他留下一儿半女。之后,他也没有再续弦。

他每次给女人量裤子或旗袍时,都要顺手摸一下女人屁股。他说,这样量出来臀部的弧线漂亮。他手里一根皮尺,还会一头伸进女人裆里定位一下。在量女人上衣的时候,一定会在胸部位置停留一下,一次一次量,双手贴着奶子放松、拉紧,有的琢磨。香香似乎很享受量衣服的过程,没事喜欢带着两个孩子坐在那里拉呱。

村里的娘们都认为小裁缝手有点贱。有些女人不想给小裁缝揩油,就拆了旧衣旧裤,剥样,自己学着裁剪,自己缝。

香香认为,衣服要做得合身,当然要仔细量。言下之意,她不在乎给小裁缝揩点油。

香香给两个孩子做了淡湖色袄裤,给自己做了一件深红色银花丝棉缎旗袍,大红软缎镶边。穿在她微微发胖的身材上,显得庸脂俗粉。

年前一场大雪，冯家大院的梅花被白雪覆盖。时光在等待和屈辱中熬过去。腊月十四中午，秋雨感到肚子开始阵痛。一锅干净水烧滚在东厢房床头边，干净的毛巾、沸水煮过的剪刀。秋雨生下来一个女儿，比预产期早了一个多月，孩子倒不小，肉乎乎的一团。接生婆说："还没拍屁股，你就哇哇大哭，不会是个苦命的囡？"

孩子的出生，没有给任何人带来一丝喜悦。秋雨的心里像香烛燃尽后的那缕烟，想继续留下，却已无计可施，阵阵凄楚袭来。

老茂头坐在堂前反复地念叨着、哭诉着他对这个家的功劳，述说风雨怎样吹打了他的人生。后世无继，让他死后无法面对祖宗。这辈子攒下的家财，留给两个傻孙女，心不甘呐。翠玉坐在一边，用手绢替老茂头擦拭嘴角和鼻孔周围黏糊糊的秽物，拉着老茂头的手，轻轻抚摸他的手背："老头子啊，心急火燎伤身子啊，要不再给乃成讨个小的，用喜事来冲一冲弥漫在家里的阴霾和晦气？"

"讨个屁！你还不清楚你的儿子。两年四千斤稻谷啊，我早出晚归，日晒雨淋，换来这么个东西，这囡子头让她自己带走。"老茂头气急败坏，无情地说着，摊出两只粗糙的手掌，都是老树斑驳，年深月久的皲裂。

"让她带走？她自己都吃不饱，拿什么来喂养孩子。这怎么说也是你老冯家的骨肉，留下来，孩子我来喂养。"翠玉道。

秋雨卧床不起，她不是病，更像是产后孱弱。媒婆赶来看看，摇摇头走了。

"不能留她在家过年，让小癫痫送她回家。"老茂头处理任何家事，首先想到的都是一丝一毫的蝇头小利。

"爹爹，岁暮天寒，你叫她怎么走？让她住到满月吧，她这个身子，能赶十多里路吗？再说村里人会怎么看我们家？"乃成帮秋雨求情。

"她家人在盼着，等她带回粮食过年呢。我们这么做也是为秋

大山坞

雨着想,她也希望早点看到自己的儿子。"老茂头假装慈悲,"最近农闲,我已经安排好家里几个长工把秋雨抬回去。顺便把她余下的一些稻谷也帮忙挑过去,让人家家里也可以过个团圆年。"话已说到这个份上,秋雨起身挣扎道:"我想明天就回家。"她嘴里这样说,那难堪之色,还是现于脸上。

乃成坐在一边,瞥见秋雨眼里汪着泪水。他那头越发低了下去,半晌不能抬起来,最后从牙缝里挤出一句话:"爹爹……你咋就那么心狠!"

雪花还在飘,山上青翠竹的枝丫上积着白雪。风不大,但刮在脸上,却有深深的寒意。

午饭过后,小癞痢带着江湖瘸子和狗兄弟,在冯家大院里找来一把破躺椅和两根很粗的竹竿,用麻绳牢牢地捆住躺椅四个脚。乃成从里屋抱出一条棉被,被老茂头看见,一个箭步上去夺下棉被,压低声响厉喝道:"这条棉被是今年刚新弹的。放回屋去,把那床旧垫被拿来给她。真是不当家不知柴米贵。"老茂头弹弹烟枪头上的烟火,背着手走开了。

乃成知道爹爹的脾气,他做出的任何决定,家里人若非要与他评出个子丑寅卯,他就会搬出他的创业史,跟你胡搅蛮缠。在那么多人跟前,乃成只能依了爹爹。

小癞痢用乃成递过来的旧垫被把躺椅上的秋雨裹得严严实实,又摘下自己脖子上的破围巾,包住秋雨的额头。秋雨被抬走那一刻,她没有回头看过谁一眼,甚至是那个襁褓中的婴儿。她麻木得如同行尸走肉。

走出村子,小癞痢抬头发现,睡在破躺椅上的秋雨,发髻上插上了一朵用纱布缝制的白花。

十七　世情冷暖

　　路边的荒草吞没了乡间小路。回大山坞的途中，狗兄弟说："你们在这等我一下，我去草丛里屙泡屎。"

　　江湖瘸子问小癞痢："哎，我老纳闷，你说，这拉屎，路边茅坑多得是，干吗要跑去草籽地？那天在草籽地，你该不会是跟秋雨那娘们在一起吧？"说着说着，味道不对了。

　　小癞痢骂瘸子："你瞎鸡巴啥？再胡说，我推你到路边荒草地里，捉一条蛇放你裤管，咬掉你的鸡巴！"

　　"你要了秋雨么？"江湖瘸子还嘴巴老，给小癞痢一顿拳脚，两人差点打到翻脸。

　　小癞痢在回家路上，一直很伤感："你们看看秋雨的家，这日子就像没有根的浮萍，无依无靠，还得养着她半傻的公公。她儿子尽管有好心的邻居，给喂点吃的，没娘管总是不行，精瘦精瘦的……"

　　"你们谁再乱嚼舌根，我的拳头对你们，是唯一的教训。"小癞痢突然对天咆哮。

　　狗兄弟从草丛里钻出解释道："癞痢哥，那天可不是我要拿弹弓弹你的，是瘸子拉我到田埂头，说要看看我的弓力，我也想显摆一下，嘿嘿，跟我无关哦。"

"小子，来不及想推卸责任，看我不把你丢进草丛。"说完，瘌子嬉闹着揪住狗兄弟的衣领，被小癞痢一把拉扯开："你这叫哈巴狗咬狮子。"

"对！唆我上当。"狗兄弟脸型很短，抄下巴，脸色晒成深褚红色，在一边装无辜。

"唉……怪我那天没看清楚。"江湖瘌子贼兮兮地在笑。

大年二十九，各家茅屋前的磨刀声音汇成了一股强大的音流。每年这个时候，村民们开始杀猪斩羊，祭拜先祖，点三支香，朝西方呼唤亡灵，让他们回来吃一顿年夜饭。家里人大大小小轮流磕头跪拜，求祖宗保佑子孙平安、来年丰收。

杀猪佬夫妇这几天从早忙到晚，帮忙杀过年猪。

那天开完会，海棠大伯叫来冯大、冯二说："领上一百亩地，好好种起来，明年娶个媳妇回家。"冯大兄弟俩住进了堂兄弟的房子，感激得不知如何是好，连连答谢："我们有力气，房子可以不用造，田地可以再多领二十亩。"当年，领了田地的村民运气，逢上年成好，交了苛捐杂税，总算还有余粮。冯大家这年收成很好。

冯大、冯二兄弟俩父母常年生病，所有钱都花在治疗上，家里造不起房，也没能力给儿子讨媳妇。他们虽然与老茂头家在同族里沾点亲，但以前遇到家里断了口粮，问老茂头"借青苗"，老茂头见了他们直摇头："这不是秃子头上的虱子——明摆着，年底拿什么来还？"

而今，冯大、冯二住进了做木材生意的堂兄弟家，两栋屋门庭雕刻得很气派。堂兄弟两家在逃离大山坞时，被太平军杀死在村口水稻田里。他们家的房子造得比老茂头家还气派。这就是三十年风水轮流转。冯家兄弟的老父母没事坐在大门口晒太阳，咧着没牙的瘪嘴,朝路人呵呵笑。

外乡人杀猪佬夫妇带着几个孩子,从原来废弃的破窑洞,搬入牛塘坞冯家两兄弟腾出的土坯房。一间大屋子养了几头猪。

杀猪佬婆娘是个懒料货,两个十来岁的儿子,大的叫有金,小的叫有银。夏天,他们光着屁股,身上一丝不挂,去山里放羊;冬天,裹着破旧的小棉袄,脚趾头都露出在鞋面的破洞外。婆娘跟着男人杀猪,做做下手,每杀一头猪,可以分得二斤肉和一点猪下水。一个大年过后,他们家里的大水缸里可以腌上不少猪肉。平日里他们靠打零工换些粮食。婆娘不会料理,这一家的日子过得皱皱巴巴。

天色还只有一点蒙蒙亮,村子里已经有很多人等在祠堂外的晒谷场。有猪的人家这天都杀猪。

杀猪佬带着磨得雪亮的杀猪尖刀,此刻他的目光很亮,比他的杀猪刀还亮。

猪已经被饿了一整天,这是为了出清它肚子里的存货。猪被掀翻在一个木架上,主人握住它的前腿后退,杀猪起码要三四个人。猪绑在木架上开始惨叫,意识到自己要被杀了,还在时不时拼命挣扎一下,等猪消耗得差不多,杀猪佬俯身去提刀。他有一个篮子装着各种器具。杀猪佬顺着猪脖子的动脉血管,一刀下去放血。尖刀戳进猪的喉咙,也没有影响到它的嗓音,猪仍然一声一声嚎叫着。宰行里有句俗语:"猪草包,羊好汉,牛的眼泪在眶里转。"屠宰时,猪的嚎叫声惊天动地。猪叫声太长久被认为不吉利,所以杀猪佬伸出手来握住它的嘴,过了一会它低低地咕噜一声,死了,嘴里还继续冒出水蒸气的白烟,这天天气很冷。

村里有一口专门煮猪的大锅,平时放在祠堂的角落,给一个村子的村民杀猪公用。现在大锅正架在村子里最大的晒谷场，冒着热气腾腾的沸水。

猪血还在汩汩地流进一个木桶里，溅到了地上，几只土狗就过来叭哒叭哒舔得干干净净。血放尽了，杀猪佬夫妇开始给猪泡开水，这样会比较容易去掉猪毛。晒谷场上洋溢着血腥味，那些喝血的绿豆苍蝇嗡嗡地飞舞起来，在木桶上打旋。

猪毛刮净了，杀猪佬开始开肚。从猪脖子以下，中间划开，把猪的内脏全部取出来，毛剃光后，杀猪佬熟练地用工具戳到猪蹄子里面去剪指甲，那雪白的猪蹄就像女人的小脚。猪头砍下后需要用沥青烧烫，把上面的毛全部粘掉，然后才能把猪头提回自己家里。猪鼻子上起一叠皱，好像一个"寿"字。放在香案上祭拜神明，一炷清香佛前燃，上接万物上接天，以此来祷告来年风调雨顺、五谷丰登。

杀猪佬婆娘在一边忙着添柴火，两个儿子在边上帮忙打井水，不时地把水往大锅里加。

阿毛家的孙子和村子里的几个小伙伴等在边上，对杀猪佬说："大伯，下一个猪尿泡留给我们噢？"

"你们等着，今天的猪尿泡有好多，拿回去好好洗洗。吹的时候，不要把残留在尿泡里的尿水吸进嘴里。"杀猪佬手里的刀在利索地分割，整头猪在他手里就像玩物。肚里货一件件完整地被掏出，白花花的猪肉要长有长，要方有方。

村民们开始围在一起，估量自己的猪有多少斤净肉，能出多少斤猪油。他们在相互比较，心里充满过年的喜悦。

小癞痢和狗兄弟抬着老茂头家的大肥猪，老茂头咬着烟枪嘴跟在后面，神情得意："我们家的猪，可都是吃山里的野草和家里的谷糠。"

杀猪佬瞟一下老茂头家的大肥猪,说道:"这头猪杀起来费力,要多称几斤肉给我。"

"什么? 村里从来杀猪都是按个头算的,你今天出什么招? 我是不会多给你的。"老茂头急赤白脸说。按个头大小来算他无疑是要吃亏的,如果多给了杀猪佬肉,在众人眼里,他也就"尿泡虽大无斤两"了。

世情看冷暖,人面逐高低。杀猪佬对老茂头一直怀有不满。

"老茂头,你家婆娘好歹也是大家闺秀,村里老人都在说,翠玉嫁过来的时候,就是一棵碧绿生青的小白菜,你把她当草根来作贱,不就省点猪食? 你让她每天往山上割猪草,村里人谁都看见,你婆娘傍晚下山,一大筐草压在她背上,草篓子在地面挪动,都看不见她人影,作孽哦,简直就是蚀骨的抠门。"冯家两兄弟嘴里嚼着大蒜,带着辣味说。

老茂头截断了冯大的话头,抢过说:"你们俩就多个脑袋差个名,一样的货。还不是记恨当年没借给你们青苗,想想自己的辈分,敢这样对大伯说话,"老茂头一脸恼的气色接着说,"这个家的门面,当然要两个人撑,你们家老婆是养着的? 天下没有不劳而获,要想把猪养得好,就要每天勤劳辛苦。你们看看自己家的猪,能与我家的比吗? 眼馋了是不?"

老茂头平时不在意别人的褒贬,只在乎自己内心的算盘。今天冯大两兄弟当众嘲他,他有点受不了,故意把平复的话说得很崎岖。

"我可没时间跟你磨牙。"老茂头底气不足地嘟囔,心里恨得要命。

"老茂头家定然是在德行上有了亏欠,不然咋就如此财多,却弄了两个傻孙女。这泼天的家财,将来还不知道姓什么? 整天抠了吧唧,不怕焦了尾巴梢子,连一个后人都没有,纵有万贯家财又有何益? 这么大头猪,叫他加一斤肉也不肯,就怕杀猪佬不想杀这头猪。"冯二在一边带着嘲弄的表情说。

老茂头家三个囡子头,最忌别人说他家"绝后"。他感到自己底气越来越不足,常担心别人背后使坏、忧谗、畏讥。

冯二的话还是顺风刮进他耳朵里。他脸上立即有了愤怒的内容,飞快地冲到冯二面前,把手指戳到冯二的鼻尖:"你婆娘的肚子里,还不知道是男是女,是何家的香火,何门何姓何祖宗? 我想让开你们,你倒还螃蟹吃高粱——顺着杆子往上爬。骂我! 等杀了猪,我倒要去你们家问问两个老的,怎么养得出这样不懂规矩的种子。"

冯大还在一边说:"你啊,一个铜板可以掰开来用,夹在屁眼里可以走十里路。一块豆腐干可以过两顿酒。像你这种人啊,阎王爷还把你留在人世干啥呀?"

"节省不是毛病,不坏就行。你们也知道,我们家儿子是个读书人,摆在家里就像年画上的耕牛,中看不中用。这个家不靠我一个人行吗? 我承认翠玉跟了我是吃苦了,但这都是为了一个家呀,我起早贪黑,还不是为了让家人日子过得好些。娘贼逼! 我占了谁的便宜了,我偷鸡摸狗了,还是咋的? 我老茂头一辈子勤勤恳恳耕种自己家的田,关你们什么了? 你们大方,谁又给了我什么?"老茂头越说越气愤,连自己唾沫都管不住,随着嘴唇不断翻动,白色的唾沫越积越多,在嘴角堆积。他肠胃被气得岔气,就在人堆里拼命放屁。

老茂头说着说着,眼皮都耷拉了,才发现边上的人都走开了,谁也没有在听他说。他闭着眼,不再吭声。

"好了,好了,大家都别说了,我们东家的勤劳,村里人都是知道的。除了会精打细算,做人还是本分的,也从来没做过缺德的事儿。"小癞痢过来打圆场,把东家拉走了。

突然间,"缺德"两字猛地扎进老茂头心里。他感到内心一丝不安。时光真是稍纵即逝,那桩事转眼淹没其中。他不说,没人会知道。他想……

大山坞

十八　年味

　　年三十傍晚,大山坞村子风俗淳厚。家家都把菜油灯芯挑得高高亮亮的。蜡祭的大菜,该炸的、该煮的、该蒸的都已准备就绪。整个的鸡、鸭,整条的鱼、蹄髈用盆装好,并排放在条几上。女人们还在忙着切菜,张罗十几道甜咸热炒的备料。无论穷家富户,平时省吃俭用,年夜饭酒菜都非常丰富。有钱人讲究八盆八,一般农户起码都拿得出十几道菜。菜油沸油豆腐,热腾腾地从油锅里捞出,金黄色脆香。孩子们在一阵阵腻味的油烟里,小脸膛容光焕发。在还没开饭前,他们的小肚皮都已经被炸油豆腐、猪油渣塞饱了。

　　火盆里热着柴火,越旺越好。鞭炮声开始此起彼落。孩子们开始在堂屋里穿来穿去嬉笑闹玩,到处喜气洋洋。

　　大年初一,开了个大日头。瓦上的霜在朝阳中渐渐融化了。家家门前都是鲜红的鞭炮屑。

　　重新修建的庙宇内烟火缭绕,钟磬声声。观音菩萨、药师佛菩萨和各路神仙的泥塑神像上,披挂满了求祈者奉献的红绸和黄绸,庙宇门口跳跃着香蜡纸裱的火焰和遍地飘动的纸灰。村民都会来这里烧香祈福,许下心愿。

早上,香香带着花花和朵朵,两个囡子头圆脸上被太阳晒得一团粉红,身上穿了淡湖色袄裤,襟袖上亮闪闪一排,镶着亮片。新衣穿在她们身上粉装玉琢,嫩得可爱。娘仨欢欢喜喜从冯家大院走出。香香神情荡漾,依着娘家的气势,总觉得自己娘家有钱,声名赫奕,冯家人也奈何不了她。她走起路来风吹柳摆,没有一个人看得惯她,转眼间都在传闲话。

小裁缝嘴里叼烟,倚着墙,两条腿交叉着,在裁缝铺子门口晒太阳。今天他给自己放假。

"香香,给你爹妈拜年去?怎么不见你男人?"小裁缝香烟吸到烟头,眼睛被烟熏得半眯。他的右手食指和中指被烟熏得焦黑,一看就知道是老烟枪。他夹烟的姿势像唱戏女人,翘着兰花指,把香香身上从头到脚打量着,"这身旗袍很合身,分分寸寸都扣牢。开春了,再来我这儿,给你做身单的。像你这种女人,屁股翘,奶子大,就合适穿旗袍。"

"小裁缝,新年好啊,乃成昨夜拉肚子,现在还躺在床上。我带着两个囡去娘家拜年,顺便住几天。你说得对!这村子里,有哪个女人能把旗袍穿成像我这样?"香香是个不谙世事的女人,说话不晓得轻重。她胸部丰满,走起路来总有波涛汹涌之势。

香香一手牵一个囡,扭动身子,朝前面停着的轿子走去。小裁缝望着她的背影,在想:看她走路的姿势,就是只夹不住尾巴的狐狸精。

香香带着花花、朵朵坐上了轿子,轿子离了地,颠颠簸簸地出了村子。

年初三,大山坞开祠堂门。祠堂大门逢大事大节才会打开。祠堂从前往后,由门坊、仪门、门厅、享堂、寝堂五部分组成。每个祠堂都会有本宗族的祖先或先贤的牌位。这天,大山坞村民把自家的家谱取出，放在祠堂供台上祭祀祖先。红烛点燃，前正中香炉中沉檀熏起来，祠堂里溶溶红光，香雾弥漫。祭祖开场，供台上摆上十六盆食物、点心、菜肴。供桌上高悬祖宗像，穿着官服，顶上和脚下都是祥云，祖宗像下面是牌位。这是大山坞人很多年的经济、文化、道德的传统习俗。祠堂就是村民论理的政府部门，人们心中信仰的归宿。海棠大伯当上大山坞乡董，养了几个保安队队员，备有枪支，保卫村庄，对付山里有刀客下来"接财神，绑架主人、孩子"。

今年立春早。这时节，百花还没有长出蓓蕾，枝头的绿意盘旋在树梢，就像诗人写的"轻烟渗柳色……"。阳光照耀在大山坞村庄。孩子们穿上新衣，捧着吹得鼓鼓的猪尿泡，来到自家门口晒谷场上踢球。

猪尿泡当球踢，这是一种古老的游戏，谁也说不清是哪一代祖宗的发明，混沌开天不记年，也许有了大山坞村子，就有了孩子们别出心裁的嬉戏吧。孩子们穿红戴绿的欢乐，再一次唤醒了大家对来年的希望。

牛塘坞半山腰那边，突然传来一阵痛彻心扉的哭叫声："哪个杀千刀的啊？把我们灶间缸里腌着的猪肉偷掉一半啊，呜啊……还放药毒死了我家的大黄狗。"塌鼻子、苞谷牙的杀猪佬婆娘蓬着头发，像一滩烂泥，滚倒在家门口泥地上，伤心欲绝，杂乱无章地哭嚎叫骂。

女人哭得凄切，带着萦绕不绝的尾音。这悲切苍凉的呼叫，把村民五脏六腑都揪紧了。大山坞里回荡着这一个声音："杀千刀啊……偷走了我家缸里的肉……"

在这大家欢欢喜喜、辞旧迎新的幸福喧闹中，他们家遭到了痛心的损失，以致于让他们夫妇俩的命运，后来掉到了最黑暗的谷底。

大山坞人都知道，初一是不能哭的，会招来灾祸。

住土窑洞里的长工原本都想睡个懒觉，却早早被那一声声惨叫惊醒。小癞痢起身，对江湖瘸子和小头鬼猛呵道："只要有坏事儿，我怎么总会想到你们俩，你们俩昨夜是不是夜游去了？偷鸡摸狗被抓到是要抽脚筋的。"

小头鬼长着一张没肉的三角脸，一双小眼睛，厚眼皮里显示有点胆怯："癞痢哥，你不要错怪我，昨晚我可是一觉睡到天亮。"小头鬼平时暴戾十足，喜欢招猫逗狗。

江湖瘸子在一边无辜地摇头："这没有证据可不要乱讲。"

小癞痢拿起鸟枪："我先去山里找找野鸡野兔，回来好好查清楚，不要让村里人遇上点事，总炮口一致，觉得是我们所为。"说完用鸟枪朝地面放了一枪，子弹擦过江湖瘸子的左脚踝，吓出他一身冷汗。

新年里，村民们开始在晒谷场奏乐、吹笛子、拉二胡。大山坞村庄迎来一串鞭炮声和笑语。

一只大黄狗蹲在路口晒太阳。

牛塘坞山坡上没了声响，可能是哭累了，也许有人上去劝慰过。

山里，悬崖下边，橡树和冬青树根盘升在岩石的空隙中，地势崎岖不平。中间一条清水石涧，流水碰在石上，淙淙作响。山谷里很冷清，动物还没有全部苏醒，野兔、野鸡在山林里穿梭觅食。

小癞痢背上扛一根树枝，挂着二只野鸡、一只野兔，用稻草绳捆住。他翻过山岭，来到秋雨家的村子。他拐过一道几乎逼弯小路的斜坡，透过几丛已经枯萎的蔷薇花枝干，从隙缝间看到了孤零零的一幢小茅屋。那是一幢三间茅草屋，由于常年不维护，就像一个驼背的老人，随时都有倒塌的危险。泥墙上的小窗户挂着几块破旧的草席，无人修缮，房子破败不堪。矮树篱笆那边有一个老头，身材不高，一头白发，衣服上打满补丁。那老头挂着一根长木棍，凶巴巴地望着他。

小癞痢惊诧地发现，江湖瘸子正站在秋雨家门口，秋雨用双手使劲把他往外推，一大坨猪肉被扔出来，正好砸在小癞痢脑门上。小癞痢脸色铁青，冲上去揪住瘸子衣领："你这不得好死的家伙，抽风的公鸡，老走歪歪道。你偷了人家的猪肉，原来是想到这里来换肉吃。你这滚刀肉，坑害人，天打雷劈的东西。"小癞痢的话像一堆牛粪砸向江湖瘸子。

"那你来干什么？你别猫儿不吃鱼——假正经。你不比跟在母狗后面追逐、找它撒尿的公狗好多少！"瘸子也不示弱，"老茂头家养着的小囡子头，是你的吧?"这肉里套着鲜肉的话让小癞痢一惊。

"偷了肉还狡辩，抵赖，你就是老虎与猪生的，又恶又蠢。我今儿绝不放过你。"小癞痢放下手里的东西，冲上去想打瘸子。

秋雨发髻上的一朵白花被风微微吹动，苍白的脸上没有丝毫表情。她似乎从来不认识小癞痢。见两个男人在门外吵架，她"吱呀"一声，关上了自己家的房门，进了屋。

一个女人无人帮衬，独自撑起一个家，看似再麻木，人后必定咽了不少眼泪。有时间带上几个兄弟，帮秋雨屋子坚固一下——小癞痢在想。

骂的高潮过后，往往又是情谊的高潮。俩人吵完架，去山泉边杀鸡，杀兔子，挖出内脏，洗干净后，连同两块肉，放到秋雨家门口。

回家的路上，江湖瘸子用感伤的口吻，对一直沉默的小癞痢说："癞痢哥,大家都活得不容易,我也是上次送秋雨回家,看见她家实在太穷了,这大过年的,搞点肉给她们家。你何必要骂得我那么难听,我会是拿肉去换肉的人吗?"

小癞痢红了眼圈道："你看到了,秋雨的身子那么弱,以后的日子怎么过?"

"我稻草窝里还藏着一些肉,要不,明天再一起来一次。"

"回去把肉送还给杀猪佬家,发生这种事,想想人家这年咋过?"小癞痢说,"以后有空闲,再帮秋雨家搞一头野猪,山里野猪多,我曾经发现山坡的雪地里,一只野猪嘴巴拱在地里寻吃的。"

"那是什么时候的事?"

"去年冬天,那次我没带土枪。"

"你怎么会跑来这山,是来看秋雨的吧?"江湖瘸子贼兮兮的目光打量小癞痢。

这时他们挨在一起走着,小低声说着："我是想来看看她家日子过得怎么样? 可是,她见了我躲开了。"小癞痢无限感叹："像我们这样,一辈子替人干活,被人奴役。我常常想下辈子他们会还我们吗? 如果有来世,也希望让他们尝尝做下人的滋味,让他们吃我们吃的饭,让他们睡我们睡过的土坑。这样,他们才会知道,人生在世对人要平等。这个老茂头,做人做事太会算计……"

"我们没有女人孩子,没有乐趣,没有屋子,向生活索取的,仅仅是一口用劳动力换来的粗劣饭菜。也不知道活着为了什么?"瘸子自顾自接下说。

说到女人、孩子,那天草籽地里发生的场景,再一次被小癞痢从记忆中勾起。秋雨的身子……秋雨一对耸起的乳房顶着内衣。想到她,他的喉头就哽住了,走路也不自在了。

他们之间,突然闪耀出一种善良的光芒。在这种光芒的照耀中,会让人恍悟,世俗为什么会延续,人性为什么总是抱着希望。

"癞痢哥,你不把我偷肉的事说出去,我也不把你在草籽地里做的事告诉别人。"

小癞痢一脚把瘸子踢倒在地:"回去马上把肉带上,亲自给人家送去。你看见我在草籽地怎么了?"江湖瘸子像虾米一样卷曲着,捂着下身。

回到大山坞,小癞痢走在那条蜿蜒在草籽地间的小路,在他看来,那是一条连接秋雨和自己女儿母体的脐带,那里装满了心酸的泪和已经被遗忘的梦。

十九　断弦情筝

　　刘芒这次外出一年多,回来后带着沁沁和刘夏,在云雾山过年。

　　白天沁沁一个人关在小木屋里,描龙绣凤。

　　断弦琴筝,留香锦褥,梧桐滴雨,芭蕉声碎,画栏生愁,曲屏传恨,雁归人不归,春来人不来,飞鸿不传信,杜鹃空啼血……针针线线都刺在了心尖上。心碎了,是会淌血的。这几年,她对乃成的思念一刻没停过。在村里,她也听说了乃成家里的一些事。好几次她等在家门口,希望能看见乃成走过。那种渴望一直在自行分泌。

　　新年里,讨饭佬开始涌入大山坞。他们打着快板唱着歌谣:"说凤阳,道凤阳,凤阳是个好地方,十年倒有九年荒。"他们到各家要一瓢玉米,一捧大米,几个红薯、黄豆、辣椒,任何农作物都行。

　　路过冯家大院,老茂头伸出一双操持田间农活印证的手说:"我们家富裕,都是我起早摸黑做出来的。你们穷得没饭吃,没裤子穿,是你们自己好吃懒做。想让别人的粮食,来喂饱你们的胃,休想从我家得到一粒米。谁家不是靠劳动养活自己。"

　　乃成越来越看不惯爹爹,爹爹的大脑像被铜钿银子塞满,起了疙瘩不开窍。

他走出家门,不由自主地来到莫家大院门口。大门紧闭,从墙面镂空的花砖往里瞧,庭院空谷幽兰,泛着一股仙气。

这人是一种奇怪的东西,每次走到这里,他总是要朝里张望,想不看都做不到,像中了邪似的,眼眶一热一潮的那种。

沁沁细长的手指、她说话先带笑容的神情、那些话语和相处的场景,这些细节他都非常熟,在他脑海里存留。小木屋回来,他的心已像弹簧一样回到了沁沁那里。他觉得他们两个人就是天上的仙缘,对人间的任何富贵不感兴趣。如今,他们俩都有一种难以言语的孤独感,在相互折磨。别人看来不可能的事,但他们彼此都一往情深。他们之间的姻缘虽然破了,过去的气息和声音却都渗透在彼此身上,停滞在身体某处。

江湖瘸子跟着小癞痢回到大山坞村口,去自己睡觉的稻草窝里取肉。偷来的肉,他藏在土坑的最下面,裹了一层又一层的稻草。

掀开被太阳晒得暖暖的稻草,瘸子见自己的土坑里躺了一个四十来岁的女人,衣衫褴褛,正朝他在笑,一股大蒜和骚腥混合的气味扑鼻而来。女人苍白的脸和蓬乱的头发搁在稻草里,自己那条被褥盖在女人身上。女人的身子埋在一堆破棉絮里。

"我男人死了,这几天讨饭路过这里。看了几次,觉得你有劳动力,我会做饭料理家事,咱们俩就在这里搭伴过日子吧。"女人说话的时候喉咙里发出的声音很浑浊。像是在喘气也像是呜咽。

女人突然一脚蹬掉破被,仰天八叉躺在稻草窝里,一堆白花花的肉。看见女人,江湖瘸子心儿颤动,血脉贲张,那双贼兮兮的眼睛放射出异样的光彩。他一下子不顾所有,二话不说就扑了上去。

乃成在云雾山脚下见到了下山的沁沁。云雾山匪首刘芒主动跟乃成打招呼："乃成，哪去？我们正想去冯家找你。"

　　"找我？啥事？"乃成每次遇到刘芒，抵触的情绪就会控制不住。

　　"我和沁沁商量，是否让刘夏到你家上学。孩子也三岁了，该开始启蒙教育。你学问高，让你教我们放心。跟你爹爹说一下，学费我们加倍给。"刘芒像嘴巴上抹了糖，说得很甜，一下子甜到乃成心里。

　　"念书是正路嘛，当然可以。过了年让沁沁送来吧。我爹这个人，只认钱不认人。中午饭让刘夏跟他姆妈回家吃。"乃成心头在算，每天可以与沁沁有四次照面。

　　课堂里坐的全是大山坞的娃娃。刘夏在课堂里年纪最小，长得长条脸，眉目清秀，眼窝里溢出机灵聪慧。他跟人很亲，是个让人见了都非常喜欢的小男孩。开始，乃成担心刘夏坐在课堂里听课会一时不习惯，他给学生布置好课堂作业，常常把刘夏叫到自己书房，单个儿面授。他喜欢刘夏是因为喜欢沁沁。刘夏念书写字很用功。没多久，先生教他的一些四书五经就能背得滚熟。

　　江湖瘌子得了女人后，急忙从土坑底下翻出藏着的肉，像抱着一大捆稻草，亲自跑去牛塘坞杀猪佬家，放在门口偷偷走了。

　　杀猪佬躺在床上，早上起来，听得婆娘哭闹声，一着急中风了。下半年杀猪佬去世。这是后话。

　　几天后，香香带着两个孩子从娘家回来。耳朵上多了一对珍珠耳环。一路上逢人就说："知道吗？这叫茄珠坠儿，是真正名贵好珍珠,我姆妈的嫁妆。"村里人都知道香香很虚荣,很好炫。

路过裁缝铺,香香进去坐了一会。她拿出从娘家带回的两段雀蓝刻丝绸、金莲花纱绫,和一段非常抢眼的五彩织锦缎料子,放在小裁缝那里。临走不忘关照:"过完年,天暖和了,你给我量尺寸,连夏天的旗袍一起做掉。"

香香喜欢戴朵,眼睛里尽是姹紫嫣红,难免艳俗、品味浅。不像沁沁,有自己的鉴识,清雅素净。

秋雨走后,留下的小东西因为没有奶水喂养,整天啼哭。翠玉婆娘抱在怀里也是心疼。阿毛婆娘刚生完孩子,奶水多得吃不完。小癞痢跑去商量,能不能让冯家的小孙女蹭口奶,这多余的,挤掉了也不就是挤掉了,白白浪费。

阿毛爹说:"来吃奶可以,先把我家门口堵住的那条道开通,否则免谈。这算盘不是你老茂头一个人打的。"

老茂头很倔,就是不肯。他对婆娘道:"喂点米汤、米糊不是照样能养。不就几个月,就可以喝粥吃蛋羹。"

翠玉平时只晓得闷头干活,与邻里之间关系还好。阿毛婆娘荷仙同情翠玉婆娘,奶水胀的时候,常常会跑来冯家大院门口,召唤翠玉婆娘,把孩子抱出来给喂上一顿。老茂头装没看见,他连这点人情都不想欠上。

老茂头与刘夏有一种特别的缘,他心疼刘夏,胜过心疼自家的孙女。他不想让沁沁领刘夏回家吃午饭。

"这孩子,中午饭就让他在这里吃,又多不了他这一口。"老茂头摸着刘夏毛茸茸的小脑袋,脸上出现少有的慈爱。乃成坚持要刘夏回家去吃饭:"爹爹,你从来不做吃亏的事。我们管教学,还管饭?"

　　沁沁坐在窗前。纸窗木榻,屋檐向外伸展。自从有了云雾山匪首刘芒的依靠,她已经几年没练绳鞭。雨天,春雷伴着雨声响成一片,屋檐水直接泻成一条条直线,形成飞流的雨帘。雨打芭蕉是一种声音的享受。她喜欢沉浸在与乃成那段美好的回忆中。这么多年,刘芒从来没有走进过她内心。现在与刘芒这样的家庭组合,对她来说最合适不过。

　　莫家的芭蕉树,种在庭院的白粉墙跟前。雨后天晴,太阳透过芭蕉树,照在白粉墙上,映衬有水墨画味道。莫家庭院一共有五进,每个庭院都种植不同的花卉,富贵里隐藏着农家的朴素。

　　水稻扬花,已经透出了黄色,短短几天功夫,禾穗就从禾叶下面涌上来,笔直挺秀,稻花如半颗米粒,长得精致。莫家后门外,大片的水稻地临水飘来稻花香。墙角边,芍药嫁接在牡丹上,开出很大的花。

二十　道破真相

山里桃红柳绿,被阳光照得金灿灿的麦穗发出一种刺鼻的麦青香味。乃成路过裁缝铺,听见里面传来老婆香香轻佻的嬉笑声。他停住脚步,往里张望,小裁缝拿着皮尺,香香扭动身子,在他身上蹭来蹭去的发嗲:"我的身子是香的,你闻闻,不用香料就有香气。"香香那只戴金镯子的右手,无所顾忌地在小裁缝裤裆里拧了一把。

"香香,你在干什么? 不怕被人笑话。"乃成双目怒睁,直着脖子嚷道。香香吓得猪头猪脑的,那张漂亮的脸蛋开始扭曲,嘴巴里语无伦次,不知如何解释是好,连忙一脚跨出裁缝铺。

泥道上,两人在争吵。

"你们俩都干了些什么? 真不要脸。给你点挑逗,你就迷了?"乃成两眼冒出凶光。

"没有……哦……真没有……他跟你一样,那家伙是没用的。"香香话音刚落,乃成当胸给她一拳,她一点思想准备也没有,来不及站稳脚跟,跟跄了一下,跪倒在泥道上,嘴巴正好磕在迎面走过的一头牛拉下的一堆牛粪上,牛粪还热呼呼的冒着气。路过的众人被此场景乐出一阵笑声,就如春雷震耳,一个个前仰后俯,笑得话都说不出来。笑到极处,猛然听见"扑通"一声,只见香香紫涨着脸,像只无头苍蝇一样乱转,踩了个空,掉进了边上干涸的水沟里。见香香跌进水沟,众人更加好笑。

香香被戏弄得一脸恼怒,感觉很没面子。她想要发作,料想他们口众人多,哪里说得过,只得强忍住,觉得自己面上一阵阵热气直升上来,心是痛的,那疼痛烧出了满眼的委屈。她躲着人群走开,一句话也不说。嫁到冯家,她已经把仇恨憋得足足的,几乎把自己憋成了一个沉默的火药罐,又不敢随便发泄。

这件事绘声绘色地开始在村子里传播,之所以像蜂蝶在春天里传花粉一样,是出于一种人的天性和本能。人们往往还在这新鲜听闻上添油加醋、增枝长叶,都说老茂头把未拉下的屎橛子带到裤裆里了。

村子里开始编起了歌谣:"冯家的儿,和尚的卵……冯家的媳妇,裁缝困……"

传言排山倒海般朝老茂头家压来。老茂头打听得实,直怒得他气涌心头,双眉倒竖,一时忍耐不住,一口气跑到裁缝铺,恨不得擦掌磨拳地把小裁缝揍一顿。他对小裁缝咬紧牙关骂道:"你这忘恩负义的东西,这些年我养条狗也知道感恩主人。你倒好,干脆跑到我老茂头身上来撒尿!这里已经容不下你,明天一早,你必须滚回老家去。"老茂头狠狠地告诉他,"你上马是我扶上去的,下马也得我来拽!"老茂头想,在我家眼皮底下都敢这样,这还了得,不赶他走,我今后在村里怎么还有脸见人。

麦子大片大片地黄在田里,金光闪闪。

早上,小裁缝推着独轮车走了。

事情算是过去了,然而冯家人的脸色仍旧非常难看。当着村里那么多人,香香给他们丢尽了脸。日久天长,免不了要跟香香找

　　　　　　　　　　　　　　　大山坞

碴儿。香香觉得这事是自己招来的,只能不做声。

天色是淡淡的青灰,托出大山的黑影,像一个坚实的黑色花苞,矗立在裁缝铺小屋的背后。裁缝铺大门被风吹动,啪啪作响,衣柜里没了布料,空荡荡的衣架子挂在那里,见证了他们关系解体的肇端。

老茂头的小孙女越养越瘦弱,一直没有人给她取名字。小癞痢说,腊月里生的,就叫"小梅"吧!

小癞痢开始每天早晨天蒙蒙亮就来冯家,先把冯家的四进院里的落叶扫一遍。翠玉婆娘烧早饭的时候,会把小梅抱下来放在竹编摇篮里。小梅哭声很弱,像猫咪在叫。小癞痢帮翠玉婆娘给小梅喂好米糊,家里的大大小小差不多也一个一个开始起床。小癞痢把尿担挑出去,清洗好,再把水缸挑满。这些活以前都是翠玉婆娘起早干的,小癞痢默默地承担,为的就是能经常见到自己的女儿。老茂头夸小癞痢良心好,晓得心疼人。他也知道带个孩子,自己婆娘忙不过来,对小癞痢的感激却只是嘴里说说,也没提加点工钱。

老茂头家第一进是没隔间的敞屋,门厅边上放着两口楠木棺材,老茂头很早就让木匠打好,一直被闲置在那里。平时,他们用来装花生、核桃之类。左边屋内平常放着织布的机子、拧麻绳的拨架,地上摊着土豆、红薯、玉米棒,老屋的木梁上吊着蜘蛛网,老宅古屋有一种阴凉和一种散发出的特别气息。第二进,中间是正屋,高挂的中堂,低摆着香案。当中是一张金丝楠木雕龙的八仙桌。东厢房是学生来上课的学堂。西间是书房。第三进是内宅,摆放一整套茶几圈椅,有休息、睡午觉可以躺下的软榻。西面是佛堂。四进是儿孙休息、玩耍的房间。楼上都是一家大小各自的卧房。后院是厨房、柴房、茅房、仓房。北面是一个很大的晒谷场,晒好稻谷用风车扬好,装进麻袋,堆码到仓房里去。挑担、扬谷、装袋、堆放都是力气活,小癫痢脱光了衣服,身上还是汗珠乱滚。

"小癫痢,歇会儿,来喝碗茶水。"秋雨在的时候,常常会这样唤他。如今,每当他堆码的时候,耳边总会响起这熟悉的声音。

这两年,小癫痢不计劳酬地在老茂头家干活。比起那些长工,老茂头越来越信服小癫痢的心眼耿直、手脚利索,做活儿让人放心。

老茂头家的粪池挖在牲口棚的西侧,这个粪池挖了有十多年,以前一直雇佣村里的掏粪工打理。掏粪工是最苦最肮脏的活儿,一天工钱比下田多。老茂头见小癫痢整天赖在他家干活,干脆把原来的掏粪工辞了,由小癫痢来经管他家的这块大酵母。经过大粪施与的土地,庄家长势好。

老茂头笑眯眯地打量着自家的粪池:"庄家一枝花,全靠粪当家。"

二岁的小梅因为没有奶吃,长得很瘦小。开始翠玉婆娘还视若自己孙女,须臾不离怀,时间长了感到身子很累。

小癫痢看小梅的眼神,不像冯家人那么冷漠。他的目光始终跟着翠玉婆娘的身影打转。小梅像一只幼小的袋鼠,被一块方巾裹住,绑在"阿婆"(大山坞人称祖母叫阿婆)的背上。

翠玉婆娘最近老爱岔气,腰部酸痛,小便茶色。想去分水城里德润堂坐堂医生那里查一下。老茂头说德润堂不能去,号一下脉就是银子。这并不是疑难杂症,喝点热水,撒几泡尿,放几个屁便好。

渐渐地,翠玉婆娘连烧一顿饭的力气都没有。小癫痢建议去莫家沁沁开的诊所,抓几帖中药吃吃看。

去年大年三十，年夜饭过后，刘芒把莫子林留下的那封信拿了出来。不用解释，所有的真相都在里面。积压在心头几年的事实一旦说破，刘芒的心情像羽毛一样轻松释然。

沁沁读完信，长长地舒了一口气。她希望是这样的真相，她对刘芒的感情不是"爱"，更多的是依赖。从小爹爹疼她，两个姐姐照顾她。因为没有母爱，她总觉得心里头永远少了一样东西。她渴望被姆妈搂在怀里的那种感觉。今天，她终于明白哥哥对她的疼爱，她感受到这种爱，甚至可以胜过养育她多年的爹爹。她伏在哥哥肩上痛痛快快地哭了一场，想到自己身边还有一个亲人，对生活重新燃起了希望。

哥哥对妹妹说："你想嫁人，就把孩子还给冯家。你想独自带大孩子，哥哥会一直帮助你。"

沁沁想：当真相大白之际，一切已无法挽回。我经历了人世间的悲哀，经历了割断恩爱。我已经尝到红尘爱欲的"无常苦"，余生就把自己献给普世大爱，与乃成只能相约来世。

"哥哥，我一直想皈依佛门。正月十五我想去寺庙拜了皈依师父，从此吃斋念佛，行医积善，"沁沁说，"这些年，哥哥为了我耽误了自己的婚事，也该找个女人安个家。"

刘芒说："我们之间这样不明不白的关系，也该有个了结。把刘夏还给冯家是早晚的事，部队那边催得紧，等我走了，把刘夏过继给冯家，对乡里也说得过去。"

刘芒之前一直没动过成家的念头。云雾山上来了一个女伤员，伤病痊愈后，留在山上照顾其他伤兵。女兵生得一副绵软多肉的体格，一张坦率开诚的面容。女兵的目光常常让他分神，一双大而柔顺的眼睛，里面隐藏着无穷的心思。她的长睫毛垂在眼帘，话不多，忙完护理伤口的事情，便一个人坐在山崖边，替那些伤员缝补衣裳。补丁一块叠一块，她笑着交到伤员手里："厚点暖和。"

他们有过目光的冲撞，很快，刘芒避过了眼。因为一旦成家，他或许就只顾上妻儿，再难照顾沁沁了。

年后，刘芒在莫家一进门西间设了佛堂。东间的中药房打开，里面清扫一遍。抽屉里过剩的中药，全部换成新的。大门边上挂了一块圆木牌子，用黑漆写上"沁沁诊所"。

沁沁开始亲自坐堂就诊，兼营中药。门庭红火。沁沁学她爹爹，不管门楼高矮，更不因人废诊。早上，她送刘夏去冯家读书，中午亲自去把他接回吃午饭。丫鬟娟娟说："小姐，让我送小少爷去上学。"沁沁摇头："我也需要出去走走。"

安顿好妹妹，刘芒白天在家，夜里回云雾山夜宿。云雾山住着一些伤员，他们手里捧着盛满饭菜的大碗，笑得快活。病愈后，刘芒让手下的兄弟给他们把茅草般的乱发理干净，又带他们下山，去分水城里逛悠，进澡堂子搓了背、抒脚修鸡眼。这些伤员都是左宗棠部队赶杀太平军时受了重伤，刘芒带着弟兄把他们一个一个背上云雾山。自此，送走一批又会引来一批，云雾山成了左宗棠部下伤员治病的后方。刘芒每次下山，总要问妹妹拿点伤药，还常常会关心库房里的药够不够，需要进货说一声，他会让下面弟兄们去办。

乃成扶着姆妈来看病。翠玉婆娘脸色蜡黄，肚子鼓胀，太阳穴两边被老茂头贴满了片片大蒜。老茂头说，大蒜是个好东西，头痛医头，脚痛医脚。翠玉婆娘从头到脚，散发着不受欢迎的辛辣气味。

沁沁不多说话，把脉时镇定自若，成竹在胸。她看了看病人舌苔，捏捏肚腹。

大山坞

沁沁想起好多年前,牛塘坞冯大的老爹来找爹爹看病,当时她就坐在边上,爹爹也让她摸了脉象,还给她解释了这种病情。

那年夏天,天热得有些异常,空气里弥漫着一股说不出来的气味。冯大冯二兄弟俩用一块门板抬着奄奄一息的老爹,放在莫家大院地上,说是他们爹爹吃不了、喝不了,小便都是血。

爹爹把了脉,见他肚子胀得鼓鼓的。爹爹让冯大去村里铁匠处借一把小烙铁,自己从灶间捧出碳炉到庭院,君儿跟着从灶膛里铲来一堆火红的碳,放进碳炉。爹爹把烙铁煨在火炉上,吩咐冯大两兄弟一个按住双臂,一个按住双腿,把裤腿卷到膝盖上面。他还特别叮嘱,无论发生什么情况,都不能松动,一切严格遵照自己的吩咐进行。

火盆里火很旺,一会功夫,取出来的烙铁已经烧得通红。爹爹从火盆里取出钳子,提着木柄,用一块沸水煮过的白布擦干净烙铁上的碳灰,一声叫道:"压紧!"烙铁快速地在冯家老爹左腿足三里、右腿足三里各按一下。老人痛得像杀猪似的嚎叫。只闻得一阵皮肉焦灼的奇臭。爹爹在伤口上撒了一些药粉。

爹爹说:"抬回去,不用包扎,让伤口烂,隔天来换一次药。伤口会自然愈合。"冯大姆妈拉住莫子林的胳膊:"这病真会好?"爹爹朝她点头:"毒都从伤口里流出,肚子里的血水跟着排尿泄干净,应该没事了。"

那年初冬,冯家老爹两条腿的伤口处开始结痂,留下两个鸭蛋大的疤痕。冯老爹的肚子恢复正常,胃口开了,小便开始淡黄,微启的眼睑里,有一缕显示生命回归的活光。冯大家挑来一担苞谷,他们家穷得实在拿不出东西,苞谷还是借的。莫子林让他们挑回去。冯老爹一家带着感激不尽的歉意回家了。

老茂头在一边看不懂,叽咕道:"这真是神了。这样搞搞病也会好,还不收钱? 我上次痔疮脱落,就让他塞塞进去,敷点药膏,还收了我一点银子。"

这些往事稍稍有个由头,就会被勾起。此时,乃成母子俩坐在沁沁对面,乃成看沁沁的眼神,有种说不出来的滋味。乃成生性懦弱,遇上沁沁的目光就一筹莫展。乃成姆妈也觉得自己很尴尬。

沁沁的那双眸子聪慧灵秀,和其他漂亮的或粗俗的女人在一起,就能显示差异来。她的眼里有一缕傲气、一丝刚强,让乃成生畏。

"你这病是做伤了身子,我先给你抓几贴药吃了看看,再试试针灸治疗。用姜片敷在关节上,用艾叶熏,现在就怕你体弱吃不消。如果药对路了,也需要几个疗程。回家多躺躺,家务事不能再干了。"沁沁轻声朝乃成姆妈说道。

乃成姆妈想到自己嫁到冯家,确实受苦很重。她一生劳作成了惯性,根本停不下来。从早到晚干活,她浑身疼痛,尤其是腿和肩膀,现在是脚后跟都踩不下。

乃成抓了药,带着姆妈回到家里。老茂头问:"怎么了? 病得严重吗?"

乃成扶姆妈上楼,对香香说:"以后家里的饭你开始学着做,姆妈的病需要养。"乃成亲自给姆妈熬中药,家里现在能做这种事的也只有他。他曾向爹爹提出给家里请一个烧饭做家务的女佣,爹爹回答他:"你那婆娘养在家里干嘛,不弄点事给她做做,她也会跑到外面去'现世'(乡里人骂人的话,指到外面坍台)。"

乃成想:是你自己招来的,现在知道不行了。

乃成用一根筷子挡住砂锅里的药渣,把煎好的中药汤汁滗入一只蓝边小碗,晾到温热时端给姆妈喝了。现在家里满屋子从早到晚,都是一股强烈的中药的苦涩气味。

下半年,杀猪佬婆娘来找沁沁,她穿着破旧的衣服,给人一种脏兮兮的感觉。她哭着说男人最近不吃不喝,一直在睡觉。自从初一家里的肉被偷,杀猪佬一急之下就躺倒了,不会说话,也动弹不了,快半年多了。

沁沁从杀猪佬瞳孔里看到生命的末日:"火萎了,给他准备后事吧。病已到深处,神仙都救不了。"

一家人听了放声恸哭,家里充满了凄惶。杀猪佬婆娘搂着两个十岁多的儿子,只会干嚎,已经流不出一滴眼泪。当晚,她一根麻绳在门前的大树下,悄悄地自缢了。一个守着杀猪为业的乡下女人的世界就这么一点大,她是男人的命,男人也是她的命。他们为了活着,才紧吃苦做,劳碌奔波。杀猪佬婆娘的死,在大山坞没有引起太大的震动和太多的伤心,大家是在为两个未成年的孩子悲哀。

海棠大伯在祠堂召开会议,两个未成年的孩子,谁家愿意领养,或者让他们住村口窑洞里,跟着小癞痢打零工。沁沁说,这俩孩子还在长身子,打零工恐怕不行,就让他们跟着我学医吧,我来养。

冯大、冯二两兄弟把杀猪佬夫妇抬到村外北山头,没有棺材和寿衣,只凑合着找了一张苇席,草草挖下一个土坑,把两个人放一起,埋葬了事。

大山坞山里的土馒头,馅儿在大山坞村子里。

从那以后,有人说,村外北山头上,常常传来哀嚎声。小癞痢对江湖瘸子说,杀猪佬夫妇俩的幽灵游荡在村子外山野里,在寻找害死他们的人作替身。你当心点!

　　江湖瘸子听了此话,总是意难平,朝小癞痢瞪了眼,跛了腿走开了。他似信非信,北山头再也没去过。

二十一　没娘的孩子磕墙根

　　翠玉婆娘这一躺下,就起不来了。乃成一天两次给姆妈煎药,亲自端到姆妈床头。

　　家里缺了个帮手,老茂头一个劲地在叹气,他更是需要小癞痢帮助打理家院。

　　小梅没有人带,小癞痢在灶膛前铺了一个稻草窝,上面盖了一条小棉被。他让小梅坐在灶膛边取暖,进出做事也能常常顾着她。小梅已经三岁,会开口说话,吐词不清,她叫小癞痢"阿乎"(阿叔)。翠玉婆娘躺在楼上养病,也顾不上小梅。香香说自己要带两个孩子,让小梅白天黑夜都吃睡在灶膛边角落。小癞痢捡来一只雪白的小猫,小梅高兴地把小猫抱在怀里,轻轻地对着小猫说一些别人听不懂的话。她的边上摆放一个葫芦瓢,里面盛着吃剩的米饭和鱼骨头,是小癞痢拿来喂猫的。

　　沁沁送刘夏来上学,给乃成姆妈看病,发现小梅被胡乱扔在灶膛角落。回家跟刘芒说了。

　　香香在厨房做饭,水瓢碗盏一阵儿响。她把一块腌肉放到菜板上,用菜刀切。刀不快,切不动。香香把菜刀放到水缸沿镗了几下,嗤嗤嗤,直冒火星子。她拿刀朝灶膛角落里缩着的小梅晃了晃,恨不得一刀宰了她。小梅本能地把身子越发缩紧。

平时,香香对小梅不顾不问,心里甚至产生一股怨恨。她始终认为,是秋雨的到来,自己男人才不要她了。没人的时候,香香看小梅的眼神是恶毒的。遇到香香在灶膛烧火,她会把小梅连同那只小猫一起拎到柴堆上,口里不停地骂骂咧咧。小梅紧紧搂着猫咪,身子簌簌发抖,连哭声都不敢出。

小癫痢不回来,小梅连茶水都没得喝一口,饿了,在葫芦瓢里抓猫食充饥。

夜里实在渴,小梅偷偷跑到饭桌前,爬上凳子,抓过茶壶就对嘴喝。没想到香香上楼前,故意在壶里灌满滚水。小梅一口吐出,嘴里已经起泡,不能吃饭。饿极了的时候,想抓一口已经发硬的猫食塞进嘴里,痛得只能吐出来。这次又饿了几天。

刘芒找到乃成:"你这个人,就是不配结婚生孩子。前面两个你嫌傻,不要看;这个好好的,就是因为是女孩,你又把她当根草扔在一边。我真不知道你这人心是啥做的,怎么就一点不懂人性?"

乃成表示自己也是无奈,一边要照顾姆妈,白天还要给孩子们上课,目前家里也实在腾不出人手来照看小梅。要么让沁沁帮忙拿去带一下。

"这话亏你说得出,当初为啥急着退了沁沁娶香香。告诉你,你的孩子必须由你们家自己带。以后再发现有人虐待小梅,上祠堂说理去!"刘芒说完甩甩袖笼走了。

乃成私下里只能对小癫痢说:"你多上点心,等小梅大一点就好了……"

香香良心坏了,她每天变着法子折磨小梅。乃成拔出拳头警告过她多次。家里其他人看着,也没有一个人想出来制止。翠玉婆娘躺在床上自身难保，老茂头一点不稀罕这个囡子头。乃成清楚这原本就不是自己的种，也不想多搭理这件事，他每天要做的事很多。香香在乃成面前还是有所顾忌，有时候还会装模作样的来几下。唯有小癞痢，看在眼里，痛在心里。

小癞痢从路边捡到一个红薯，烧火时放进了灶膛。烘烤的红薯散发出一股香味，花花、朵朵闻到香味，跑拢来，倚在小癞痢身上，讨着要吃红薯。小癞痢哄她们，让她们去问姆妈要一个，重新给她们烤。香香在厨房听到，气呼呼地跑过来，掏出灶膛还没烤熟的红薯扔在地上，用脚碾了一下。

夜里，冯家人都上楼睡去了，小梅悄悄起身，在地上摸爬，在草窝里摸到一个还热呼呼的红薯。这是小癞痢晚上过来偷偷放在那里的。他知道小梅会一直惦记那个红薯。

以后的日子，小梅天天晚上会摸到烤熟的土豆、红薯、芋艿。

刘夏在老茂头家上学，沁沁每天接送，有时会上楼去看看乃成他娘，把一下脉，换几味中药，隔天给她扎几下针灸，烧一下艾叶。艾灸熏得满屋子烟草味。翠玉婆娘的病还是不见好转。

沁沁和乃成见面很少说话，乃成变得越来越颓废。香香回了一趟娘家，带回一包"烟草"给乃成解解闷。

有金和有银跟着沁沁很勤快。白天没事，他们嘴里一直朗朗中药药名，学扎针灸。晚上刘夏回来，一起在院子里玩一阵。

晚饭后，三个孩子煤油下，刘夏抄经书。有金和有银因为没上过学，不会写字，沁沁一边教他们描经书，一边教他们认字。

小癞痢也有好几次想开口，让沁沁收下小梅。可是，这个话题怎么出口？小梅是众人所知的冯家三孙女，虽然不被待见，过着猪狗不如的日子，那是因为冯家重男轻女，老冯家缺德。

乃成很快对大麻上了瘾。香香在他书房里放一盘砖茶，熬出来的茶水又浓又苦，乃成烟瘾上来了，香香先给他喝一碗浓茶提一提神，再给他点燃鸦片。乃成无心教学，他在村里找了一个代课先生。那是村里怀才不遇的精瘦私塾先生，海棠大伯的小舅子，名叫阿匹横龙。

　　阿匹横龙出生没几天，就被村里一家大财主家领养。传说他是大姑娘生的私生子，土匪强暴了他姆妈。他姆妈家人都认为这个种不好，再说姑娘将来还要嫁人，就悄悄地把出生才几天的婴儿放到大山坞一家生不出儿子的大财主家门口。财主家如获至宝，当亲生儿子抚养。阿匹横龙从小性格蛮横，生就的雀儿头，戴不起王冠。他喜欢和野孩子混在一起，喜欢恶作剧。财主家看看苗子不对，就开始严加管教，常年不许他出家门，请了私塾先生上门教学。长大后给他娶了同村的姑娘翠花。姑娘漂亮贤惠，家境也非常不错。

　　阿匹横龙跟随新娘子回门那天，鬼迷心窍，拿出兜里的方手绢，包了人家米缸里的米，塞进袖笼里。临走跟丈母娘、丈人举手告别，把米撒了一地。新娘子顿时感到丢尽了脸面，回家就提出要求离婚。公公婆婆再三挽留，新娘子的心已经彻底凉透。没隔多久，新娘子跟了一个生意人去了上海，再也没有回来过。

　　村民们始终不明白，这阿匹横龙中了什么邪？家里要啥有啥，还缺这两斤米？阿匹横龙说，他拿两斤米，是想去村口小店换两斤山核桃，送给村里孩子们吃。他的解释引来村民们一阵哄笑。

　　家里又给阿匹横龙娶了一房媳妇，新媳妇老实，也管不着男人。据说，阿匹横龙还是不学好，偷了家里的东西出去赌，把老婆娘家带过来的陪嫁细软输个精光。

　　阿匹横龙读了六年私塾，做点教书的事还可以滥竽充数。他戴了一副黑框眼镜，垂了薄薄的长胡须，常作仰天之状。他上课喜欢东拉西扯，搞得孩子们一头雾水。

刘夏回家跟姆妈说："换了个先生，上课老想打瞌睡。"

乃成整天关在书房里抽大烟，对家里的事不闻不问。刘芒回来沁沁把这些情况说了。刘芒的话很狠："这样没出息的人，当初你怎么就会看上他。一个男人连起码的骨子都没有。"

"也不能全怪他，他们家现在的状况，要让他担当起来也难。女人没讨好，一世苦！"沁沁用感伤的口吻，说着人生朝露的话。

刘芒觉得沁沁说这话，带着她自己的伤感。

刘芒来到冯家，要找乃成谈谈。他细心瞄瞅着乃成，发现那双平日里透着冷气的眼睛躲躲闪闪，浮泛着一缕虚光。那是一个在日常岁月里消磨了锐气，被捂熟的男人。

刘芒说："我看你再这样下去，不像人样倒像条狗。幸亏沁沁没嫁给你。"听到这话，乃成的身子猛烈地抖颤了一下，一霎间眼睛睁大，热血冲顶，对着刘芒怒吼道："把沁沁还给我，我才会活成像样的人。"说着拿起烟杆，用手指捻搓成一个烟泡儿塞进烟枪的小孔儿，化作青烟吸进喉咙里。他的烟瘾发作似乎比死还要难熬，脑子里却出现从未有过的清醒。他突然放声痛哭，呼唤着沁沁的名字，趔趔趄趄走出房门。香香闻声跑了过来，乃成一把推开她："我啊，快要死在你手里了。"

香香问刘芒发生了什么事？

"你不该惯他抽大麻，再这样下去，我看你们冯家真要被你弄倒灶（乡里话指败家）。今晚趁他睡着，把烟杆子和剩余的烟叶统统给我收起来，我明天一早来带他去莫家诊所戒烟毒。你看看他现在被大麻抽得脸上不见一点贵气，整个人没有了一点超拔于世的勃然之气。"刘芒说完气呼呼回到莫家。

第二天,刘芒来找老茂头,说:"换了新先生,儿子说听不懂,以后不来上学了。"

刘芒说:"自古以来,山里人最重视两件事。翻修祠堂是善事,兴办学堂更是大善事。教育孩子,必须推荐一位知识和品德都好的先生。办学堂是大事,精神像乳汁一样可以育人,乳母哺乳和私塾先生灌输思想是相同的,有时候先生还必须比父亲更严厉。你们找来的阿匹横龙这东西,是在误人子弟。"

老茂头听了此话,发了急:"那我马上回掉那个先生,还是让乃成自己教。"他可惜两份的学费泡汤,还有一种讲不清的情愫,他喜欢上了刘夏。

"那更不行,让一个烟鬼教学,教出来的孩子能行吗?"刘芒态度坚决,"除非你让你儿子把大烟戒了。"

"戒过,乃成说不抽大烟浑身疼!"老茂头无奈地说,"上瘾了,要戒掉很痛苦,再说这烟都是我们亲家提供的,他们家有钱,几辈子都抽不穷。"

"人废了,你知道不,这点便宜你也想贪,你看看你儿子现在什么事都不想干,这样下去,坐吃也要山空。"

乃成从书房里走出来,刘芒指着他骂:"你爹爹姆妈辛苦了一辈子,你倒好,不孝敬老人,迷上了鸦片这种东西,你对得起这个家吗?"说完拉起乃成就往外面走:"去!找沁沁给你戒毒。"乃成看刘芒的目光始终充满仇恨。

见了沁沁,乃成那周期性的悲哀重又到来。

沁沁问乃成:"你自己想把大烟戒掉吗?"

乃成说:"我戒过几次,就是不抽的时候浑身疼痛难熬。"

沁沁说:"你这病是自己找来的麻烦。我给你先开七贴药引子

大山坞

开胃汤：生北山楂一百克，广木香五十克，沙参五十克，磁石五十克，每天一剂，让有金给你用水煎好，你每天上午下午，一天两次到诊所来找有金把药喝掉。同时家里熬一罐肉皮冻，出现饥饿感就吃一点。夜里睡不着，可以吃指迷散。"

沁沁把一包药丸交给乃成："指迷散一次吃一粒。戒毒的过程必须有刘芒陪同，一起住在莫家，暂时不要接触香香。"

刘芒每天带着乃成，去田里帮他爹爹干两个小时农活，对着大山喊叫一个小时。

刘芒悄悄问沁沁："有这种戒毒方法，倒是稀奇，你不会是在糊弄他吧？"

沁沁说："医生的职责是救死扶伤，怎么可以拿医德来开玩笑。"

沁沁告诉刘芒："抽大烟的人都不会是能吃能喝。因为他们的胃气下降了，所以必须喝药引子加开胃汤升提胃气；戒大烟的必须吃肉皮冻，让阴精饱满；抽大烟的人四肢不勤，所以必须干体力活；抽大烟的人心情郁闷，所以必须大声喊叫、发泄情绪；抽大烟的人睡眠少，因为热人心室，所以必须吃指迷散。但是三分药治，还需要七分养。鸦片有很好的止痛疗效，可是上瘾的副作用也会使人丧命。我爹爹留下的这本《本草纲目》里记载得非常清楚。"沁沁说着拉开抽屉，取出那本厚厚的书说道，"这些年我就是在不断地学习，掌握了不少治病的常识。"

二十二 长工泪

　　草籽再度开花。那天下午,小癫痫没出工,他背上小梅来到草籽地。小梅已经五岁,由于营养不良,长期不出门,身子缺钙,两条腿软绵绵地荡在那里。小癫痫背着她钻入草籽地,在里面嬉闹玩耍,采了一把各种颜色的草籽花。小梅开心地捧着:"阿乎,这里是什么地方?""这里是草籽地,你的爹爹姆妈以前也来过。"说这话的时候,小癫痫已经满脸是泪水。小梅侧脸问:"阿乎,你哭啦?"

　　"没有,阿叔是大人,大人不会哭。阿叔是走累了,脸上冒出了汗。"

　　小梅在小癫痫背上扭动身子,想下来自己玩。

　　"阿乎,花花姐姐、朵朵姐姐都有姆妈,小梅为什么没有姆妈?小梅也想姆妈。"

　　想到与秋雨在草籽地的那一次,小癫痫再一次泪湿眼眶。他把小梅从背上放下,坐在草籽地里。现在他们父女之间,不管再怎么艰难、凄苦与可怜,日子总还得延续下去。

　　小癫痫从口袋里掏出一团新鲜米饭,里面裹着一点咸菜。他逗小梅唱山歌:"小梅阿叔一起玩,欢欢喜喜捏饭团。小梅捏个汤圆饭,叔叔捏个鸭蛋饭。我们把它当晚饭,啊呜一口吃掉它。面前坐着小姑娘,张着嘴巴不说话,阿叔拿饭去喂她,叫她不要想妈妈……"

平时小梅很注意听大人讲话,希望能从他们嘴里听到有关她姆妈的事。

香香曾经恶狠狠地对她说过,你妈是被冯家赶出去的,说不定早死了。说这话时,香香在灶台边狠狠地剁肉。

今天,小梅抬起头问"阿叔",眼里含着泪花:"小梅的姆妈真的死了?"

小癞痢把小梅紧紧搂在怀里说:"小梅的姆妈住在山那边,因为家里穷,没有饭饭给小梅吃。小梅快快长大,阿叔带你去看姆妈。"小癞痢心里一直在等着这一天。

"阿平,你告诉姆妈,小梅听话,小梅吃一点点饭就够了,叫她快来看小梅。小梅想姆妈,花花姐姐和朵朵姐姐那么大了,还让她们姆妈抱,小梅不会,小梅长大了,帮姆妈做事。"小梅眼里流出了伤心的泪水,她咬住下嘴唇,不让自己哭出声来。

夏天,满灶间飞舞的绿豆苍蝇像蜂一样嗡嗡作响。香香把切好的大蒜头倒进锅里,爆出一声脆响和大蒜香味,再放入切好的茄子,锅子里吱吱拉拉地响着。香香一边用铲子搅着,一边抱怨:"这个家不待见我,没有我,你看看他们饭也搞不到吃。灶根那囡子头也是冯家的种,我看也不比我那两个囡子头好到哪里?"小癞痢在灶膛边烧火,听了此话急忙低头拉风箱,右手慌乱地往灶膛里塞进木柴,心里一阵酸楚,忍不住想流泪……

小癞痢口袋里总会放几个山里捡来的干白果,灶膛熄火后煨在炭火里。白果爆裂的响声特别像他放屁的声音,常常给小梅带来一点欢笑。这时候,小梅的眼睛里除了悲哀之外,还会闪过一丝闪闪发光的感情。

小癞痢对香香说,葫芦瓢里的猫食都已作馊,以后不要让小梅吃。香香噘着嘴说:"她爱吃,我咋办?"

"你每顿给她喂饱了,她怎么还会去吃?"

"什么?你算什么东西?竟然管起东家来了。告诉你,这个家现在都是靠我在料理,你有意见向老头子提去。我还巴不得他们休了我。真是的,还拿这么个东西来烦我,"香香气呼呼,"小癞痢,这个家我看是弄不好了,我都不愁,你瞎操心什么?去去去,干你自己的活去。"

小梅自打出生,每天处于饥饿的状态,饥饿已经侵入她的骨髓。半夜里,她爬出来,在灶头附近找冯家人遗忘的、被扔掉的东西。她爬上凳子,拿桌上他们吃剩的菜。她在柴堆里拣白天他们扔掉的玉米。撕开玉米,里面颗粒稀疏,用小手掐了掐,玉米还嫩,直往外冒浆,她饿极了,对着生玉米啃了起来。

花花和朵朵手里捧着白馒头,故意吃给小梅看。

"就一小坨,眼屎一坨。"小梅说得可怜巴巴,也许是受了感染,朵朵破天荒掐了一大团,扔给小梅。小梅躲在稻草窝里,把嘴里塞得满满。小癞痢刚巧走来,连忙用小碗倒了点凉水给小梅。小梅心里一直觉得,只有"阿乎"(阿叔)对她最最好。

江湖瘸子与女人过了一阵,就把她赶出来,原因是她好吃懒做。女人不想走,瘸子经常打她。她来到村口,掀起衣裳让大家看她这样那样的伤痕。人们也无法问她什么。瘸子说,我连养自己都嫌麻烦呢,她苞谷糊吃三碗还想吃。

女人被赶出来,在村口晃悠。小头鬼想占她便宜。那些天,不知多少男人荡着邪恶的心。再后来她怀孕了,她说是小头鬼的,小头鬼不认账。女人挺着肚子喝了百枯草。

百枯草，是一个令人毛骨悚然的名字。人若喝，一边喝，一边肠子就烂掉了，无救无解。

女人死了，江湖瘸子和小癞痢把尸体抬到村外野山头，挖了一个坑埋了。

小癞痢叫来小头鬼，一个爆栗子过去，小头鬼躲开了。小癞痢再次冲上去，揪住小头鬼头发让他跪下，让他自己抽自己耳光，再用笤帚一顿乱打。小头鬼生得皮实，还是被抽得浑身上下都是青印。小癞痢又是一脚飞起来，小头鬼一头扎进在臭水沟厚厚的烂泥里。

"你承认了？"小癞痢眉毛粗黑，像两条毛毛虫，一犯犟就一耸一耸地动。

小头鬼从水沟里爬出来，一身泥水，整个人一萎顿，似乎矮了一截。他半晌没说话，蹲在地上低着头，使劲地拽着路边的狗尾巴草。

小头鬼缩着脖子沉默了好些日子。

刘芒帮乃成戒了烟，老茂头很是感激。他现在对刘芒，就像当初对海棠大伯那样巴结，遇见就眯着眼笑，不停地夸他。刘芒一点不谦虚地接受着这样的奉承。

老茂头威胁儿媳："香香，你再让乃成抽鸦片，我们老冯家立马休了你，不信你试试。"

这年秋天，家禽瘟疫弥漫大山坞，像洪水漫过青葱葱的大山坞田亩和牲口，大家不懂如何遮挡和防卫。先是瘟鸡、瘟猪，最后连牛也不放过。有人找尤才"攒灵姑"（乡里话卜卦），尤才眯上眼睛，嘴里不知念叨着什么，最后说："村子里有一股邪气，看来是要来一场劫数。"他说,桃木可以驱邪。

村民们纷纷上山砍桃树,背下一捆捆桃树枝儿,在自家院子扎下一排排桃木桩,心里才觉得稳妥一些。沁沁让刘芒去告诫大家不要信邪,可以搞一些草药熏,或者采用石灰消毒。

老茂头不信邪,他让家里长工用独轮车拉回几车生石灰块,放在院子里,又挑来几担水浇在石灰堆上,石灰腾起一片呛人刺鼻的白烟。老茂头吩咐长工把浓厚的石灰浆铺垫到整栋房子的外墙脚地上,在鸡棚鸭棚、猪圈羊栏里里外外都撒上石灰。

村里人迷惑不解地问老茂头,老茂头说:"我从来不信那个算命的尤才,他能算到自己几时死吗? 沁沁说,这瘟疫是细菌传染的,石灰能杀毒。"

"那是不是把牲口圈都到石灰窑里就没事了?"大家还是信尤才。村里差不多家家户户都扎了桃木橛子。

这一年,大山坞牲口都染上瘟疫死得精光。老茂头家安然无事。

老茂头家牲口的命是保住了,可是翠玉婆娘的病情一点不见好转,开始不能进食,水喝了一点,有一半都渗进了嘴唇里,人越发消瘦,咳嗽得厉害。老茂头领着翠玉婆娘到尤才那儿去讨圣。尤才住在寺庙旁的小屋内,正在啃一个烤红薯。看到他们进来,把啃了一半的红薯放回小灶台上,拖出长凳,让他们坐在房门口,自己从床角拉出一条脏兮兮的长衫穿上。他收了碎银,点上一炷香,闭着眼睛,嘴里念念有词。半炷香的功夫,他睁开眼打了一个长长的哈欠说:"问不到! 上面说你得有事有人,无事无人不给看。"

老茂头说:"不给看就不给看,把钱还我。"

"钱已被收去,你自己去要回。"尤才重新闭上了眼睛。

夜里，老茂头在院子里放一张八仙桌，摆上香案，桌子上供着一个香炉，炉子里燃起三炷香，香炉旁摆着两个烛台，烛台上燃着两根红色羊油大蜡。烛光在老茂头眼前跳跃闪烁，平添了许多神秘色彩和希望。老茂头佝偻着腰跪下去，额头在青石板上轻微的一声脆响，求老天保佑。

乃成厚着脸皮去找刘芒，想让沁沁来家里给姆妈看病。

刘芒带着沁沁来到冯家。老茂头连连作揖："沁沁啊，救命菩萨，能治好我婆娘的病，多少钱都可以。"

沁沁说："乃成姆妈的病是肺痨，加上长期透支体力，又没有好好的东西吃下去，身体很虚弱。我一直在给她调理，想让她身体稍微强壮一些，再给她做治疗，现在这样，我也怕治疗中有风险，但不做治疗，看来也是熬不过去了，万一治疗……"

"没有万一，我知道我婆娘寿数长着呢，刚结婚那年我俩请过八字，算过命，婆娘旺夫旺家，寿数比我还要长。"老茂头在边上急切地说。

沁沁把了脉，仔细检查了病人的身体后，让乃成姆妈在诊疗室小床上躺下。她让有银去准备一小盘切好薄片的姜片，从药柜子里取出艾叶卷，剪成一个一个小段放在一边。

沁沁掀开乃成姆妈的上衣，翠玉婆娘已经被病魔折磨得瘦骨伶仃。沁沁把姜片三片一叠，放在乃成姆妈背上，从颈椎到股椎稀疏地一长排，然后点燃艾叶，用镊子钳住，一个萝卜一个坑似地放到姜片上面。艾叶火球把姜片烧得滚烫，乃成姆妈疼痛得一声声惨叫……

乃成紧紧攥住姆妈伸到空中乱扑乱抓的双手，瞅着她焦黄塌陷的脸盘，心如刀绞。一阵痛苦之后，姆妈无力地歪着头安静下来,掀开姜片,皮肤里渗出一些黑紫色黏稠的血液。

沁沁说:"伯母的病是肺痨引起慢性支气管炎,还伴有右心衰竭。按照我给的三帖中药先稀释痰液,因为肺里有痰,阻碍了心脏收缩,所以右心衰竭,经过我给你治疗,回去再吃中药,能把痰去了,心脏不费力了,那还有好转的希望。"

"这三服药吃了要是不回头,就准备后事吧。"

贵人有贵命,贱人有贱命。三帖药吃完,翠玉婆娘奇迹般地存活下来。

眼看着自己的婆娘——原本皱纹罗织皮肤、干瘦干瘦、快死的人却又活了过来,老茂头心里又渐起了得意:"我说过,有什么能比命大?"

二十三　云雾山伤员

　　去年年底,刘芒在村里组织人力,由祠堂出资,兴修大山坞村里一带水利工程,还为村里那宽阔的大溪坑两岸修建了一座桥梁,方便了村民的出行。

　　今年恰逢山洪塌方,洪水直往各道渠里灌。那天凌晨,刘芒从云雾山下来,路上遇到暴雨,人被浇成落汤鸡。他不顾浑身湿透,跑去祠堂边上使劲敲锣,暴雨中的锣声有点怪,像被糊住一般,但敲得急切,人们还是听得见,年轻力壮的纷纷起来,去引渠里水浇地。浇过洪水的地麦子长得非常好,黑油发亮,收成也高,因为洪水里有牛羊粪。

　　老茂头家与阿毛家为引渠之事吵了起来。山洪汹涌,流进老茂头家堆柴的那条路口水渠,应该顺势拐进老茂头家后院的那片麦地里,但由于整个通道和水渠内都被木柴堆放堵塞,严重影响了洪水流入小麦地的顺畅。老茂头穿戴蓑衣笠帽,一个人焦急地在水渠里往外搬木柴,他把木柴临时堆放在阿毛家墙角边,引起阿毛家的不满,他们在雨中争执。

　　阿毛说:"你自己想想,如有人越过了你划好的那条线,你就会暴跳如雷。我们家门边一条通道已经被你堵住,现在又在我家墙边堆放木柴,这做人太不厚道了。"老茂头说:"暂时放一下,等山洪从水渠里通过后,就会把木柴搬走。"阿毛说:"谁会信!"这口气他咽不了,挡了他家多年的道,今天自己家墙边,非不允许老茂头堆放东西。说着说着,两人扭打在一起。

眼看自家麦田里没有被肥水浸泡,老茂头急得双脚直跳,他念念不忘自己所受的损害,性子变得越加刻薄,他骂阿毛家缺德、坏良心,就是要看他家笑话。阿毛把老茂头放在他家墙角边上的木柴重新搬到原来的水渠里:"让你堆,就让你堆!"

见村里人都开始在自家田里、渠沟里忙碌,刘芒回家把湿透的衣裤换下来,连打了几个喷嚏。他没有受寒的感觉,到灶台找了点吃的,回到屋里垂眉不语。

昨天夜里,云雾山闯进一杆子来路不明的人马。他们是被追杀受伤躲进云雾山,伤员们身上、腿上都是血,步履艰难,伤口的血咕嘟咕嘟在往外涌冒。那些伤员呻吟了几声,声音微弱下去。领队的带来了左宗棠的口信,要求刘芒收下伤员,提供药品,协助柳青尽快让伤员痊愈。

领队的说:"左公已经瞅中你这块料,希望与你搭手共事……"

这个长着四方脸盘、浓眉阔嘴的汉子带着浓重的乡音,言辞诚恳的话令刘芒感动。

"左宗棠打败了太平军,多次战役已经让部队历尽风雨飘摇,士兵们仍在坚守阵地,需要不断输送新的战士。可是我明白,无论谁当朝坐江山,都容不得土匪。"刘芒在犹豫。

"左公认为你与其他土匪不一样,现在山上伤员还需要你,我们也没想让你当下就上部队。你先慢慢思量思量,啥时想跟我们走,留下兄弟守山,我亲自来接应你。你文武双全,部队需要这样的人才。"

刘芒说:"这事让我再想想……"

"柳青是个苦命的姑娘,拜托你好好照顾她。"

"知道了。山里现在那么多伤员,也少不了她。"

下山前,刘芒吩咐弟兄们把这些伤员藏好,他回莫家去取药。

雨停了,刘芒提着药箱回到云雾山。

伤员们身上的血污,已经被柳青带着弟兄们帮助清理干净。昨夜,弟兄们把他们一个一个背进庙里,用剪子割开他们的血衣,把他们身上伤口四周的血瘀清洗干净。厨师连夜烧出大盘大盘的荤素菜肴,让他们吃得肚饱气胀,痛痛快快地睡了一夜。

刘芒不慌不忙地打开药箱。伤员身上受伤的部位还在淌血,刘芒往伤口四周撒上一层白色的药粉,柳青开始为伤员包扎伤口,伤员们被折腾得昏睡过去。刘芒吩咐柳青:"先不要让他们睡着,每人嘴里塞两粒药丸,是莫家祖传的止血止痛治伤口的特效药。药丸和着温开水,让他们咽下去。拍拍他们胸前,然后再让他们睡下去。用了这种药,伤口好得快,再加上每天的营养,不用多久就会结痂。"

两周后,山里的土匪开始带领伤员进行康复练习。他们有的舞刀,有的练拳,有的练爬树翻跟斗,还有的对着树上的鸟儿练枪法,个个灵如猿猴。

伤员们在云雾山住了个把月,伤口痊愈,又生龙活虎起来。他们在山里伙食好,想想在家里,过年都吃不到这样的美味。他们也搞不清,刘芒给他们下的是什么神仙妙丸,把命都捡了回来。

刘芒看出他们对当土匪的羡慕神情。临送别前,特别地叮嘱:"干我们这一行,被世人憎恨,如同野人般没有尊严,饥一顿饱一顿,无时不面临横死。还是你们为国打仗,死也光荣。这次你们躲进云雾山,我们兄弟是把你们当英雄来款待。山里人防土匪,防战乱,各村各族都有自立的保安队守防。夜里你们出山,我带着弟兄们送你们,天亮前同你们的部队会合。"

弟兄们端来一大锅粥,稀薄的粥里搁了许多野菜。他们愁眉苦脸地对伤员说:"山里的食物都留着给你们吃,瞧瞧,我们自己只能喝这个。"

二十四　命如草芥

　　去年,大山坞人在刘芒的带领下蓄水、引渠山泉洪流,在自己家门口连到田里挖上了一道道渠沟。

　　田野里的麦子,在不知不觉间由青色变成枯黄,麦浪在风中波动。麦子熟了,被收割的麦子、金字塔似的草垛,疏疏朗朗一堆堆排列在土地之上,太阳照在上面,闪着耀眼的金光。冯大冯二兄弟用领来的土地上收获的新麦,蒸成一屉又一屉胖馍馍,给大山坞村里每家每户都送去几个,回报大山坞村民在贫困中给他们转机的馈赠之恩。兄弟俩还特地捧了几屉,送到村口一群长工居住的砖窑洞里。

　　平时疏于管理的老茂头,渠沟在关键时刻被堆放的木柴堵住,流通不畅。到了收割麦子的时候,锄出来的那一小片,五亩地只打了三斗,比起四邻自然不如。老茂头深知这一回自己吃了大亏。

　　领地少了的农户开始在后悔。眼看有几年好收成,大山坞人的日子越来越好过。勤劳有劳力的农户,粮仓开始堆满。到"吃公祭"的日子,五谷归仓,农事已毕。辛苦一年的农户,穷也好,富也好,都开始庆祝,痛饮一杯生活的琼浆。《诗经》所曰:"九月肃霜,十月涤场。朋酒斯飨,曰杀羔羊。跻彼公堂,称彼兕觥,万寿无疆。"

　　也有农户领了地，家里缺少劳动力，交不出租子，被押到衙门打大板。第二年，他们也学着把田租给佃农种，靠收租可以勉强过关。仅仅几年功夫，大山坞田地的价格开始直冒上涨。

　　冯大和冯二兄弟俩分得了房子，又遇上稻谷丰收，当年就买了一座青石石碾，安放在晒谷场右侧。一年四季有人在那里碾除稻谷的外壳，碾碎苞谷颗粒。老茂头说，这座石碾又不值多少钱，这不就是显摆嘛，我是有钱也不会去买了给大家用，自私的话一茬一茬冒出来。可是他们家的稻谷苞谷都是小癞痢挑了大担过去，天没亮的时候，转磨声就吱吱嘎嘎响起来了。中午饭由香香送去，就怕被别人占了位。

　　小癞痢筋肉凸起，个子中等，脸庞轮廓很周正，干活的时候，两边的咀嚼肌鼓了起来。自从秋雨怀孕后，他一直对冯家心怀内疚。他无怨无悔地为冯家干活。

　　自从莫子林死后，大山坞村民把刘芒看作活佛来敬仰。村里几户有钱人家送来匾额一方，文曰：附事修和，积德行善。款曰：大山坞村民恭献。

　　如今村里出一点事，都指望刘芒能出来说话。海棠大伯老了，重新选乡董迫在眉睫。刘芒提议冯大为候选人。有人说，按辈分还轮不到他。

　　此话的起源来自老茂头家。老茂头认为自己苦苦熬了十多年，论资格村里没有一个能胜过他。

　　这几年，冯大和冯二兄弟俩凭着辛苦劳作挣了不少粮食，有现成的房子住，他们不用操心造新屋。两兄弟各自娶了媳妇，生了孩子。媳妇对公公婆婆很孝顺，得到村里人的一致赞扬。他们买了一头壮牛,喂饱了一大早就牵出来,拴在门前大树下,供村里缺少劳动力的拉去使用,不用付钱,也不用喂食,用毕拴回便是。树枝上挂了一块牌子写着"用好当日归还"。兄弟俩感怀于大山坞村民的慷慨,让他们穷日子得到了翻身,他们怀着感恩心、同情心、悲悯心,渗透于平时的日常生活,在村子里乐意助人。

农忙季节,他们家门口放一口大锅,锅下炉子生得火旺,一锅粥熬在那里,旁边放着满满一罐自家腌制的萝卜干。路过的长工和乞丐端着粗瓷大碗,蹲在路边喝。冯家两兄弟深深体会到当年"借青苗"的无奈、饥饿之苦。现在他们放出去的"青苗"只收两成利润。他们的善举,严重威胁到老茂头家的收入。老茂头感到他们家的富贵已经开始倒着走,快撞响了门廊上的风铃,让大山坞人家喻户晓。

老茂头的脸变得像老树皮一样枯黑干涩。

收罢麦地以后,老茂头想到要开始翻地,让土壤在伏天里充分暴晒。秋天播种小麦时,那土壤就松散绵软如同发酵的面团儿,老茂头让小癞痢一大早把冯大兄弟拴在大树下的壮牛牵走,去自己家小麦地把昨儿割下的麦子驮回来,壮牛拴在自己家后院,一个晚上没送回去,第二天一大早又赶去犁麦田。连续两天,壮牛累乏了,到傍晚不肯用力,走走停停,停停走走,牵回去后,壮牛病倒了。

村民告状到乡董那里。海棠大伯直摇头:"以后村里发生纠纷,你们直接找刘芒去解决。我老啰,听到这种不要脸皮的事心烦,村里乡董没有重新选定之前,所有事让刘芒去处理。"

老茂头听到风声,刹那间又忘了刘芒对他家的恩德,匆匆赶到乡董海棠大伯家责问:"让一个外姓人处理族里的事,对得起咱们村子里的列祖列宗吗?这简直是被人笑掉大牙的事。"

海棠大伯挥手驱赶道:"这儿轮不到你说话,再选不出乡董,也轮不到你,你把心放回肚里,老老实实种自家的地去。"

小麦地旁有几棵香椿树,开着红芽、绿芽。收工前小癞痢蹭蹭蹭地爬上香椿树,摘了一地的香椿头,又跳下树,脱了外衣裹上,带去东家,让香香晚上炒了吃。上次他看到小梅喜欢吃,就一直放在心上。

大山坞人都知道,香椿头必须吃新鲜的,但不能多吃,多吃了会头脑不清醒。又不能长时间炸透,或者煮透、蒸透,这样吃了也会让人感到不舒服。

这一天夜里,香香把家里吃剩的香椿头,拌进两口米饭,堆满一小碗,放在小梅跟前,嫌弃地扫了她一眼:"你喜欢吃就多吃点。"说完上楼睡觉去了。

大早,冯家人还都在睡梦中,小癞痢来到冯家扫大院。他每次来得早,是想先去看看小梅。小梅病歪歪地躺在稻草窝里,边上放着一个小碗,上面还沾着几片香椿头叶子。小梅的嘴角边都是白色的唾沫。

小癞痢摇动小梅,小梅使劲睁开眼又闭上了。小癞痢朝楼上叫:"香香,你给小梅吃了什么东西,都成这样了?"

乃成从楼上奔了下来,看到情况不好,叫小癞痢赶紧抱上小梅去沁沁诊所。

诊断结果是香椿头吃多了,食物中毒。

乃成在埋怨香香,香香装得委屈:"不给她吃,说我不好,吃了又说吃太多。这囡子头难伺候,我一个人要忙一大家子,平时也只有小癞痢来搭把手,你们躺着的躺着,闲着的闲着,有谁体谅过我?"说着,呜呜呜哭了起来。

翠玉婆娘躺在床上叹气，自从这个媳妇娶进门，她的心里就没好受过。这一病就是几年，沁沁说她病灶已经痊愈，因为体弱，还需要休养。她也在着急，等自己能起来干活，小梅白天就跟随自己，夜里带她一起睡。

香香装模做样在熬补品。她把冬天吃剩的一块阿胶，放点肉桂、党参炖在一起，说是平时自己太忙，没照顾好小梅，见她身体太弱，大伏天给她补一下。

小癞痢说，你一日三餐能让她吃饱就可以了，小孩子不能乱补。

小癞痢不放心，跑去问沁沁，沁沁说，夏季热是湿热，不能滋阴，不能吃补药。小孩子吃这个东西等于是吃毒药，万万使不得。

乃成朝香香发了大火："你不要猴子学走路——假猩猩。你安的什么心别人会不知道？你就是看这囡子头不顺眼。那怪谁？告诉你，小梅今后让小癞痢来管她吃饭，等姆妈能起床了，姆妈会带，不许你插一竿子。"

"这婆娘，你再让着她，她真踩着锅边上炕。"老茂头起床，来到灶膛边点上烟枪头，在一边火上加油。

院子里的栀子树上开满了白花，在夏风中花香四溢。小癞痢捡来一个玻璃瓶，洗干净盛满水，插上几枝栀子花，放在灶膛的角落。

花花和朵朵早上起来，跟姆妈吵着要去摘树上的花。香香嫌烦，弯腰去灶膛边想拿那瓶花。小梅像一只受惊的麻雀，把瓶子紧紧抱在怀里，不肯放手。

突然一声凄厉的惨叫，只见香香顺手抄起旁边的树枝，朝小梅身上猛扎，随着小梅的叫喊，鲜红的血染红了破衣裳。

乃成听到尖叫声,跑出书房,见状,揪住香香的头发就是一顿暴打。花花和朵朵在一旁吓得大哭起来。

"你这是干什么? 孩子血肉模糊的?"乃成俯下身子,摸了摸小梅的脸,厉声问道。

"是她自己磕的。"

"怎么可能是自己磕的? 你把孩子伤成这样想干什么?"乃成怒吼道,"你这样虐待孩子,我要送你去祠堂,让大家评评理!"

小梅躲在稻草窝里,哭声像猫叫:"阿乎,带我去找妈妈……"怀里的白色猫咪也被鲜血染成红色。这一天,小梅不吃也不喝,静静地躺在那里。

小癫痫端来一盆热水,用布条蘸着热水轻轻擦小梅的伤口。做这些事时,小癫痫神色就像梦游。

第二天下午,小梅蜷缩在稻草窝里,一眼望上去就知道那是个有病的孩子,而且病得不轻。小癫痫向东家提出:"我看这家里也没人带小梅,我干脆把她送到她姆妈那里。"乃成偷偷塞了一把银子给小癫痫:"也只能这样了。"

小癫痫背上小梅,往山那边走去,提篮里带着小梅心爱的猫咪。猫咪已经被小癫痫拿去大溪坑里洗得干干净净,窝在提篮里,像一只雪白的兔子。小梅游丝一般的声音在小癫痫耳边飘:"阿乎,我们去找姆妈……找姆妈。"

"对,小梅,阿乎带你去找姆妈。"小癫痫抽泣着,唱着,"小梅阿叔一起玩,欢欢喜喜捏饭团。小梅捏个汤圆饭,叔叔捏个鸭蛋饭。我们把它当晚饭,啊呜一口吃掉它。阿叔背着小姑娘,姑娘嘴巴不说话,阿叔拿饭去喂她,说要带她去找姆妈……"

小梅在阿乎背上睡着了。

秋雨家像被遗落在山间的一堆牛粪,默默深息。门口不远处有一棵腊梅树。小癞痢解开背带,把小梅从自己身上放下,抱在怀里,坐在草地上,轻轻地抚摸小梅。小梅微微睁开眼,小癞痢把头垂下去,像老羊疼爱小羊,在女儿苍白的脸上舔了一口。小梅很轻很轻地呼唤着:"爹爹……姆妈……"一个命如草芥的孩子,就这样永远地闭上了眼睛。

腊梅树下,小癞痢发了疯似地刨坑,双手鲜血淋淋,泪水血水流淌进小梅的土坟里。埋葬好小梅,小癞痢去山里摘了一大把栀子花枝,插在坟堆前。

猫咪静静地蹲在一边。小癞痢靠着坟头,悲不堪言地合上眼睛,两只眼皮痉挛似地弹动着,一直忍不住地淌眼泪,胸腔里憋得透不过气来。想到后面发生的事,当初自己就不该那么做。

临走,他从腰带上撕下一块破布,把乃成给他的碎银子包好,放在秋雨家门口。

二十五　万物终有皈依

左宗棠的部队镇压了太平军立下头等战功,手握重兵对付"捻军",最后与李鸿章等人设计杀害"美国人白齐文"。最终成清政府难以驾控的巨大力量。

这一年,中日两国缔结了彼此平等的《中日修好条规》和《中日通商章程》,双方签约墨迹未干,日本就要求修改条约,紧接着开始了一系列侵华、侵朝活动。

太平天国起义后,以李鸿章、曾国藩、左宗棠为代表的洋务派官员与清廷上层"保守派"为应对内忧外患,形成了"洋务派"与"守旧派"两种阵营。洋务派方面主张摹习列强的工业技术和商业模式,发展近代工业以获得强大的军事装备,利用官办、官督商办,增加国库收入,维护清廷统治,为中国迈入现代化奠定一定的基础。

刘芒这次回来,把知道的一些情况告诉沁沁。一些新兴知识阶层的革命组织在招募士兵。辛酉政变后,清廷政局逐渐趋于稳定。时局还是很乱,中国社会有待推动中国民族思想的解放,社会需要变革。刘芒说,等云雾山上的伤员回归部队时,他想跟着一起走。

沁沁说有一件事,一直想问哥哥:"前不久乃成跟我说,香香告诉他,村里有人在分水城里遇见你带着一个年轻女子,在德润堂药房买药,出来后一起又去了附近客栈。香香这个女人总是喜欢搞点事儿,瞎话儿编得随口来。我担心这样下去,会对你在大山坞的声誉产生负面影响。老茂头当面奉承你,心里巴不得你有点事。这个事我已经跟乃成说了,那个女子是你妹妹,乃成是信了,可香香那张嘴,管不住她。"

"沁沁,上半年山里又来了一批伤员,我也没功夫与你细说一些情况。那个姑娘是左宗棠部队的卫生兵,她受伤后被送来云雾山治疗。她懂医学常识,知道什么情况用什么药。她伤好以后,部队通知让她暂时留在山上,协助我一起工作。当时我也曾想到让你上山来,想到刘夏,还有大山坞村民也需要你治病,更重要的是干我们这一行随时都会遭遇不测,我也不想把你卷进来。你留在村里,有个诊所,有个儿子,做哥哥的可以安心做自己的事业。"刘芒关切的眼神注视着妹妹:"我随时会跟部队走,云雾山的弟兄会代替我照顾好你和刘夏。那个女兵名叫柳青,一段时间相处下来,我觉得她是一个可以信赖的姑娘。我们是一起去分水城里买过药,被人撞见。说我们同去客栈,那是香香添油加醋胡编的,不要信他们。柳青有自己喜欢的小伙子,也在左宗棠部队。"

"时光容易把人抛,红了樱桃,绿了芭蕉。哥哥年岁不小了,是该娶个嫂子,给我们刘家传个香火。天下土匪,每一家首领都有老婆。也不能让你为了我,夹着委屈过一辈子呀。你们走了,我会带着刘夏好好地生活在大山坞,只要自己坚强,我们的人生终会放射出光彩。"沁沁的目光里有对哥哥的不舍,有无限的悲悯。

现在的沁沁已经心如止水,了却尘缘。乃成有事无事总想来找她,面对乃成,她只有一种淡然的浅笑,锁进眼帘心底的是他十多岁时的模样。

她明白万物终有皈依,命运自会安排自己的去处。每天夜里,她守着佛经,过去的忘了,静了,不求了,也便解脱了。

小梅死了,小癫痫再没有踏进老茂头家门。小癫痫饱受世态炎凉,独自忧伤,渐渐离群索居。他一脸憔悴,裤管和袖管显得空荡。曾经的那一场梦已化为浮云,不知了去向。他不知道如今自己还在乎什么。他的心时时被一种哀伤侵袭,悲痛与绝望折磨着他,内心冰冷不已,在麻木中虚度光阴。

江湖瘸子出工前,唤他起来,桌上摆好热气腾腾的两大碗山芋汤。碗中看不见山芋,已煮成糊状,吃起来不用筷子,两人各自吸溜一大碗,再用舌头把大碗里面舔一遍,连一点汁水都不舍得落下。瘸子去窑洞外取行灶肚里埋着的玉米,他用火钳刨了刨灶孔里的玉米,把烤熟的几根夹了出来,拿回窑洞里,递给小癫痫一根。简单粗糙的食物,与他们的胃很是契合。

"吃吧,吃了才有力气干活,你这样下去还活不活?"江湖瘸子好言劝说。江湖瘸子在啃玉米时,唇齿之间上下翻滚滑动所涌出的满足感,让小癫痫心里一阵刺痛。

小癫痫泪眼模糊,内心悲怆,久久凝望着江湖瘸子:"兄弟,玉米你吃了吧,等下你还要出工。我是做不动了,多吃也是浪费。"

生命真是奇怪,一方面无可奈何一方面却还在拼命挣扎;一方面拼命挣扎一方面又步步滑向死亡。孤独的心灵与孤独的个体活着很痛苦。有限的生命,扭曲的存在,到死也不知道自己的爹妈在哪里。这世界上最可怕的折磨,就是持续地摧残你的心,还不让你死去。小癫痫活在无限痛苦之中。

"我以前有对不住你的地方,你不要记在心上。我这辈子很少得到别人关爱,跟你们兄弟一场,算是老天对我最大的恩惠。记住我,窑洞里有我们深深的情谊。"小癞痢紧紧握住瘸子的手,喉咙不知不觉地紧了一下,眼眶红了。

小癞痢瘦得脱了相,脸颊塌陷,颧骨暴突。看着他一天天枯萎下去,江湖瘸子找到刘芒,建议让沁沁给小癞痢诊断一下,他看似病得不轻。

小癞痢说自己没病,就是吃不下东西,身体无力。沁沁敲了敲他的肚子,发现有点胀,但不像是腹水,不知体内大量的气体从哪儿来的,怀疑他得了肠梗阻。可是小癞痢坚持说他每天吃山芋,开始屁很多,渐渐地拱在里面,放不出来,后来一直腹泻。沁沁说,大量腹泻的人,肠蠕动是强烈的,不会发生肠梗阻。

沁沁让小癞痢躺在手术床上,吩咐有金用手指伸进小癞痢的肛门,检查一下他的直肠。

有金说:"阻力很大,好像肛门口有物体!"

沁沁问:"什么东西?"

有金说:"占据整个肛门,很硬!"

沁沁问:"能动吗?"

有金说:"能动。"

沁沁让有银拿个便器和大止血钳,亲自坐到病人床前,用大止血钳夹住肛门口的占位物体,感觉活动体良好。沁沁钳住物体往外一拉,一股黄色液体突然从病人肛门里喷射出,溅了沁沁一身臭。小癞痢躺着一个劲地说:"抱歉……"

有银迅速递过便器接住病人的肛门口,小癞痢噼里啪啦拉了大半盆稀屎。

沁沁进里屋洗干净身子,换了干净的衣裳走了出来问:"是什么东西堵在肛门口?"

有金用大血钳夹着用清水洗干净的一小截黄瓜屁股。

沁沁问病人:"谁给你塞的?"

小癞痢说自己最近每天提着裤子,拉稀不迭,夜里也要起来十多次。实在憋不住,就切了一段黄瓜屁股塞在肛门口,后来它自己游了进去,果然一觉睡到天亮。当时心想黄瓜会自己烂在肚里,可是不久这肚子就胀了起来。

久痢属于运化失常,沁沁开了调补脾胃的参苓白术丸。该方有升提中气的四君子:人参、茯苓、白术、甘草;有健脾止泻的白扁头、莲子、山药、薏苡仁;有调气的砂仁、桔梗等十味药材,全部药材研磨成细粉,再加入炼蜜为丸。沁沁说,这个药能治疗大肠运化失常。如果伴有其他病理,还需要另外处理。

刘芒说,这点药都是去山里现成找来,沁沁自己做的,不用小癞痢付药费。说完,背起小癞痢往村口窑洞跑去。

小癞痢吃了药丸,还在泻。有金说,我上次在他直肠里摸到一个肿块,当时以为是炎症,没太在意。如果说他腹泻一直不见好,我估计那个肿块有问题。

小癞痢在日渐消瘦。沁沁检查后说,小癞痢得了不治之症,直肠里长了个恶性肿瘤,无法医治。

一个月之后,小癞痢弥留在大山坞土地庙里。供奉土地神的庙宇,属于自发建立的小型建筑,简陋者于树下或路旁,以两块石头为壁,一块为顶,即可成为土地庙。这是一座以水泥和砖块砌成的中型土地庙,建立在"大皇殿"后面的一棵大树旁。土地庙两边用黑漆在白粉墙上写上一副对联:头上有青天,做事须循天理。

土地庙源于远古人们对土地权属的崇拜。土地能生五谷,是人类的衣食父母。每个人出生都有"庙王土地"即所属的土地庙,类似于每一个人的习惯。人去世后,在土地庙行超度仪式,做道场。

村里很多人来为他送上最后一程。大山坞有一个千古不变的纲常，外乡人不能死在村子里，但是土地庙里可以安放尸体。

刘芒说："小癞痢曾对我说过，他不想那么快死去，他心里一直藏着一个无法完成的心愿，一头野猪，一栋茅草房。面临死亡，他只能看淡。他也知道外乡人不能死在大山坞村子里。他希望他能死在土地庙里，以求土地神为他引路到土地庙，禀告他真实的姓名、生辰和来自哪里。活着，他没有亲人，怎么长大的自己也不知道，他孤独……"

小癞痢的话，只有江湖瘸子能听懂。

沁沁按了他的脉搏，掰开他的眼皮，看了看瞳孔说："快了。"

大家开始张罗摆放脚尾水、碗公、盛沙的香炉、香烛和冥纸。弟兄们涕泪横流，跪在小癞痢身边。小癞痢就像糊里糊涂来到世上，又糊里糊涂离开了人世。

众人望着这一幕，心里都是酸酸的。

那是小癞痢的天堂，去往天堂的路上，有熟悉的大山坞人的声音，送了他一程又一程，前面他看见自己心爱的女儿小梅……

二十六　火烧冬瓜

山泉淙淙作响，山脚边几头羊在吃草。乃成约来刘芒，有事要说。

乃成问刘芒："沁沁这些年过得并不好，我每次见到她，都是那张没有表情的脸。"

"你给她心头结了一个痂，她这辈子怎么还开心得起来。"

"我看是你的问题吧，告诉我，是不是娶了她又嫌弃她了？听说你有了别的女人，就养在云雾山。我看你就是为了进祠堂，才娶了沁沁。你把沁沁还给我，你山上养着女人，我也不给你出去宣扬。我的牌已经摊在桌上了，咱们为什么不能达成某种协议呢？"乃成眼睛里有认真，有疑惧。

乃成的话令刘芒感到失望，自己妹妹怎么会遇上这样猥琐的男人。

"我看你啊，火烧冬瓜心不死。想让沁沁重新爱你，你得先像个男人。这些年你想想，自己都干了些什么，颓废、自暴自弃、不负责任、混混沌沌地活着，我看你再这样下去，地狱的门都要开着等你进去。沁沁自然不会瞧得起你这种男人。"刘芒气愤地说，"你这是情迷，不是感情。"

"人是最怕吃后悔药的。这是生活的苦果。既然你已经娶了女人，就该安安心心陪着自己女人过日子。想让沁沁给你做小，休想！以后把气理理顺再来跟我说话！"刘芒说完转身走了。

乃成一下怔住了，脸上的尴尬一波一波闪过，最后传出一个嘶哑的声音："装什么蒜？你不是也有了女人，再去寻欢！土匪就是土匪，人前再抖也抖不出人样，等我找到证据，让你们两个沉猪笼。"乃成越发冲动得不能自持。他的愤怒声没有回音，没有反响，孤立无援，恰似空谷绝音。

如果痛苦真能自然发泄就好了，就像洪水有了流通的渠道。而乃成的心里一直憋屈着，还得强咽内心的悲痛，在人前装出超然物外的样子。

又是一年，灵山多秀色，空水共氤氲。满山的杜鹃花盛开，地头上开了些无名野花，引来野蜂飞舞，香味在风里浓烈地飘着。刘芒带着沁沁和柳青在山里采草药。

柳青告诉他们，自己从小死了父亲，家境不济，跟着母亲在有钱人家帮佣。东家对她们很好，长工"大牛"对她们母女也经常帮衬。

原来柳青姑娘和后生大牛在暗中相爱，不料同村有一家财主，这户人家非常有钱，生了一儿一女都不是聪明人，儿子更傻一点。财主一直想娶个妾，留个像样一点的香火种子。婆娘凶悍，不许男人娶妾。财主见柳青长得漂亮，想给自己傻儿子娶回家当媳妇，心里想的是占为己有。柳青死活不从。那天财主家派人来抢亲，在村里正好遇上柳青和大牛在一起，几个人扭打在一起，路人见状纷纷不平。正争执间，忽然纷传："左公来了！"

此时正逢左宗棠部队打进秣陵节村口，得知发生强抢民女逼婚之事，左宗棠怒不可遏，当即下令，传部下保护受害民女。这时柳青姑娘已经被殴打得鲜血淋淋，正要被人强行抱持上轿，被赶到的士兵拦下。柳青被带到随军卫生队治疗养伤，康复后为谢左公的大恩大德，自愿留在卫生队学习，当一名战地卫生兵。大牛为了找到柳青，投奔左宗棠部队，被分配驻京部队保卫清政府，两人已久未见面。

柳青说："见到刘芒哥哥，自己总会忍不住想念大牛。"

"我现在只是梁山上的军师，无用哦，否则一定领着你，去把你的大牛找回来。"刘芒平时话语不多，但一旦开口，还真不乏幽默。人的情感真是复杂，他明白柳青对大牛的感情，却又难以控制自己对柳青的爱慕。

太阳升高了，明晃晃，将乡里村庄的屋檐照得透亮。刘芒陪柳青去秣陵节看望姆妈。柳青姆妈正在溪坑边帮东家洗衣服，一看到女儿回来，激动地站了起来，甩干湿手就往女儿身上扑，那张肌肉松弛的脸上满是泪珠。她告诉女儿，十天前的夜里，大牛潜回秣陵节来看望自己，顺便想打听一下柳青的消息。看门的黑狗看见大牛回来，亲昵地跟在后面甩尾巴。大牛在柳青姆妈的房间外轻轻敲了两下。柳青姆妈知道是孩子们回来看她，披上外衣，打开房门。

油灯下，拉不完的家常话。柳青姆妈告诉大牛，柳青现在在云雾山给伤员治伤，可能还需要一段时间才能回部队。大牛说，他已经调回浙西部队，马上可以和柳青在一起。临走他给柳青姆妈留下一些银子："这是部队发的一点银子，我也没有亲人，姆妈你就留着花销吧。"

柳青姆妈激动地说："我代你们收着，将来你们成家了，有的地方需要花销，孩子啊，路上小心，村里有保安队，被人发现要关进祠

大山坞

堂,还有可能走不出村庄,我这里很好,不用你们挂心。""姆妈,你不用担心,这村里我闭着眼都知道有几条路。现在我就上云雾山去看柳青。"大牛匆匆向柳青姆妈告别。

柳青姆妈哭着告诉柳青:"谁知道啊,那晚我刚躺下,就听得村里的狗开始叫,不一会,全村的狗都跟着叫了起来。我穿好衣服出门打听,才得知保安队看到一个闯入村子的士兵,保安队追赶他,他被石头绊倒在村口断崖边,扑倒在地,手里抓住了草,被人猛地一脚,掉下了峭壁,只听得他在半空里摔下去时的大声叫喊'柳青啊'。我拐着小脚来到断崖边喊救命,喊破了嗓子,没有一个人敢出来救助。可怜的黑狗在崖边陪了我一夜,还不停地朝断崖下面'汪汪汪'叫。"

柳青姆妈滔滔不绝地哭诉着,直说到气喘吁吁、嘴唇发白、浑身直打哆嗦才停下来。

刘芒拉着柳青问:"是哪边山崖?我们去看看。"

这是一处可以通往山上的断崖,地处秣陵节村子的村口不远处。往下看,满眼绿色,竹子、杉树、青冈、松树……浓浓淡淡的绿,堆满乱石的山谷里,空气中浮荡着花儿野草的香味。一丛树枝上有一个野鸽,似在为凄伤孤单的爱不停地咕咕叫着。

刘芒说:"下面深不可测,下去有些危险。这十来天,大牛不被摔死也得饿死。"柳青哭倒在刘芒怀里。刘芒说:"这仇我一定帮你报!"

几天后,刘芒带着弟兄们来到秣陵节村庄,找到保安队队长。保安队队长得知云雾山土匪来了,吓得躲进祠堂不敢出来。

"你们给我听着,我刘芒从来不会干伤天害理的缺德事。杀人偿命,这是天理。我今天不问出个究竟,大家的日子都休想过。大牛是本村的长工,大家应该都认得他,那晚为什么下手那么狠!我想知道他究竟跟谁结了那么大的仇!"

"是周有财让我们干的。那天夜里,保安队员都在祠堂门口打盹,周有财悄悄唤醒大家,给每人手心里塞了一根银条,叫我们去打一个人,要结结实实地打,但不能打落牙齿,也不能打断鼻梁骨,总之不留下诸如此类破相的伤痕,也不能打死。"

"那晚没有月亮,天空一片漆黑,我们追赶着那个人来到村口,他想往崖边跳,后来是自己不小心踩了石头滚落下去的,我们不知道是大牛。要知道是他,我们也会故意放他一条生路,大牛在村里人缘好,帮助过不少人,我们怎么会想害死他?"听到死的是大牛,保安队长才出来说了真情。

"是周有财这个畜生干的!当年想抢我给他傻儿子做老婆的,就是他!"柳青带着伤心愤怒的哭喊声,"我去与他拼了。"

周家门口围着看热闹的。刘芒在门口大声叫喊:"周有财你给我出来!杀人偿命,你看这笔帐怎么算!"

周有财从院子大门里走了出来,扶住门框降了下去,像蔫驴一样,吓得浑身打颤,尿水顺着裤管流了下来,不停地求饶。他说他没有要他死,是他自己不小心滚下山崖。

"不管什么人杀害了大牛,我也要把他揪出来,绳之以法,伸张正义,为大牛报仇雪恨。"

"我的女儿香香嫁到你们大山坞村庄,咱们现在多少带点远亲。你们这次饶了我,我愿意为你们祠堂捐二千斤粮食。"

"香香是你女儿?你知道她在婆家都干了些什么?偷懒、偷人、给孩子喂白酒、给自己男人抽鸦片。婆家几次想把她休了,这样的女人哪户人家受得了。明天上午我带香香回娘家,这事就算扯平。"刘芒一直听说老茂头怕得罪亲家,不敢休了香香。大牛已经遭遇不测,现在拿香香去换回这口气,正好。自己的妹妹也可以与乃成重新复合。

刘芒对柳青说:"我想把你姆妈带回大山坞,跟沁沁住一起,我看她辛苦了一辈子,也不用再帮佣,莫家慈悲,也养得起。"

"东家对我们很好,再说几个孩子都是姆妈带大,他们跟我们很亲,你想带走她,也许人家还不会同意。等将来姆妈老了再说吧。"

回到大山坞,刘芒把事情经过,以及自己想把香香送回娘家的想法告诉沁沁。"不!"沁沁说。重音就是一个字。

"在别人眼里,二婚的女人就是过水的面,我不想被人说闲话,更不想拆散乃成的家庭,他还有两个可怜的傻囡,不能让她们母女分离。大牛死了不能重生,周有财家缺德,这罪孽也不能让他女儿来背,"沁沁对哥哥说,"我爱过,也被爱过。我的生命体验并非一张白纸。"

沁沁双眼早已看破红尘,一颗禅心如沾泥之絮,不随风舞。

刘芒低估了妹妹,妹妹内心的强大,胜过七尺男儿。刘芒不再与冯家去提休媳妇的事。

二十七　老茂头犯浑

深夜,周有财潜入大山坞女儿家。这两天他在想,刘芒没有把香香送回来,也许是冯家舍不得香香。今天,他借口想两个外孙囡,过来看看。老茂头不知真相,见了亲家一个劲地陪笑脸。周有财从怀里摸出两根大金条子,塞进香香手里。香香见了爹爹,感觉自己声音也亮堂了。她拉着两个囡,一直陪伴在爹爹旁边。

周有财在村子里被刘芒扫了脸面,这口气一直出不来。今天他想来唆使贪财的亲家,去临安衙门告状。

"亲家啊,发财的机会来了。最近在传说,临安衙门发了布告,捉拿清政府部队的叛乱分子,悬赏可不得了啊。听说知情者上报如实,赏金一百两。你看看你们村里有没有嫌疑对象。"有财的笑脸很迫切。

"我只知道自己家里的田地家产,这个倒是没有关心过。"

"告诉你,很多人都在说,你们云雾山上藏有伤病员,我觉得刘芒这个人很可疑,他老婆开个诊所打掩护,不断往山里送药品。"周有财目光躲躲闪闪地说。

"这个我也听说过,刘芒还经常带着一个姑娘,去分水城里德润堂买药。"香香也觉得报复刘芒的机会来了,显得异常兴奋,"爹爹,我恨刘芒,要不是因为他,你乡董老早当上了。"

老茂头被说得有点心动。这是个机会,抓了刘芒,可以领赏钱,还有机会争取当乡董。可是,他又惦记着那天,刘芒夫妇在他们家曾经开玩笑似地说过,你那么喜欢刘夏,就让你儿子先学好,我们把刘夏过继给他。这句看似随便说说的话,却被他当了真,深深地扎在心头。

"这事我不好做,你干吗不去?"

"我在自己村里出了点事,有人告到县里,还在调查中,现在我去告密不太合适。"

"爹爹,去吧,以后能当上个乡董,比什么都重要,我们要看长远的利益。"香香再傻,跟着会算计的爹爹,也学到了合算不合算。

周有财说:"放心吧,布告上写明保护举报者。想想,不然以后谁还会去举报,那不等于去找死吗?"

"这倒也是……"老茂头心想歼灭云雾山土匪,还有莫家沁沁在,到时候跟她商量过继刘夏,也许也是可以的。

"如去要赶早,今晚你跟我回家,我给你轿子都已备好,等在村口。"

"等我去跟婆娘说一下。"

老茂头与有财的对话,翠玉婆娘已在门外听得,见老头子真要去干此事,急得不知如何是好。翠玉婆娘病愈有一段时间,她一直对莫家心怀愧疚,这个死老头,鬼迷心窍,尽干缺德事。

"你好意思呀,他们治好了我的病,你还去做这种恩将仇报的损人事。"翠玉婆娘急得直抹眼泪。

"放心,刘芒功夫大着呢,他死不了。我也是想,这些伤员也许就是叛乱分子,他们住在云雾山,早晚会被人盯上。今晚我跟亲家公回秣陵节,明天上午从那里出发,下午可以到达临安清政府,亲家公帮我轿子都安排好了。"老茂头拍拍婆娘的肩宽慰道。

"老头子啊,你怎么就知道,云雾山上的伤员一定就是叛乱分子?"

"到那里我会把情况告诉衙门,是不是叛乱分子,让他们自己上山来查。你这老太婆不懂世面,外面都在传说,清政府里面一直在搞分裂,也许刘芒得罪了哪一路人,他们得到我的情报,会立即杀上山去。我么可以领点赏金。最最关键的是,刘芒这小子一直跟我过不去,有这么好的机会,让我出口气也舒服。"老茂头兴奋又紧张地说。

翠玉婆娘有些听不明白。

老茂头跟亲家公一走,翠玉婆娘连忙去了莫家找沁沁。女人传话说不清楚,她告诉沁沁,亲家周有财来访,让自己家老茂头去临安清政府告密,说云雾山土匪勾结什么人,明晚调动部队上云雾山,要把你们这些土匪统统剿灭。那晚正巧刘芒也在。

左公部队内部开始混乱,士兵情绪很不稳定,李鸿章对左宗棠有种种不满,清政府内部有了派别。刘芒觉得不管情况如何,必须保住云雾山里的弟兄们。如果自己带着弟兄们连夜逃离云雾山,躲进山岗顶上,完全没有问题。可是清兵李鸿章部队如果真上了云雾山,扑了空,老茂头必死无疑。这样他会对不起来报信的翠玉婆娘。

"看来这一仗必须要打,我这脚趾头非得把这双鞋顶破!"刘芒说。

"我跟你们说了,你们要想办法去求援助,千万不能逃跑的啊,不然我那死老头会没命的。要知道,报假案会被斩脑袋的,我不想他死……"翠玉婆娘苦苦哀求。

在乱世中,百姓也好,土匪也罢,甚至做强盗首领,都随时会有厄运降临。刘芒第一个反应是，如果这次被抓，妹妹和外甥怎么办？刘芒听此消息后，血脉贲张，背上土枪，恼火地朝妹妹吩咐："我现在就去其他山头找援助，幸好山里还有很多痊愈的伤兵没有离开。你这里多备一些伤药，今晚我不在家，你好好照顾自己和刘夏。"

老茂头坐在轿子里，想到自己十八岁那年，被临安知县派委，为打完了仗、断了伙食开支、回程路上的部队赶脚送饷银，没想到在富春江边亲眼目睹了一场战乱。前面清兵部队遇到一帮强盗在相互厮杀，与他同行的押解官中了飞来的子弹死了。他灵机一动，趁混乱中将骡子背上被稻草覆盖的银挟木箱卸下，偷偷沉入路边富春江边水草丛里。

他牵着骡子回到县府，告知半途中清兵遭遇强盗杀害，强盗抢走了银挟木箱。这个时候，清兵死了，强盗逃了，连陪同他一起的押解官也死了。全部死无对证！风头过后，他选择了一个漆黑没有月亮的夜晚，牵着自家的骡子，骡子背上驮一大捆稻草，按照白天去探过的那条路走去。他已经做好了记号，走一个弯路，放一块溪坑里的鹅卵石或一根玉米芯子。

他是个吃得起苦的男人。这个夜里，他一个人牵着骡子，来到江边，脱光了衣服，下到水里，把那只箱子拖上岸，扛到骡子背上，箱子上面盖满稻草。然后他擦干身子，穿上衣服，一路小心地牵着骡子，天没亮之前回到家里。他在屋子后面挖了一个坑，把银挟木箱埋在里面。此后他得了一场伤寒，差点把命送掉。

这都是四十多年前的事了，在老茂头家族苍茫神奇的历史长卷中，这件事也称得上奇迹。他很庆幸自己福大命大，所以，这一次他也信心满满。

刘芒连夜去找山岗顶上的二当家。刘芒的父亲死后，二当家把大当家的座椅留着，每天勤拂拭，座椅擦得铮亮，自己还是坐边上的椅子。自从刘芒离开山岗顶上，这是第一次重返故里。他说明了来意，二当家立即召集弟兄们跟着刘芒从荒野绕道去了云雾山。

云雾山上聚集了土匪、士兵百来号人，黑压压地占据了很大一片地方。这么多人聚在一起，即使不打仗，也能形成一股巨大的威力。这支部队组织得那么匆忙，却很完善。他们手持土枪刀剑，在云雾山外围围成一圈，各个路口隐伏着一个暗哨，发现情况便连发三声尖锐的嗯哨，时刻等待循声而来的捉拿人员。刘芒想，这些都是他的血液，他们中的很多人，也许注定要在我之前死去，也可能会是全部。白天，刘芒让弟兄们吃饱喝足，开始睡觉。山里的生活与外界阴阳颠倒，昼伏夜出是所有土匪们共同的生活规律。

临安清县府得到冯茂远的密报，密令当地知县安排下去，不要打草惊蛇，争取速击速战，歼灭云雾山土匪。

知县命典史、捕头带领差役和兵丁，选择当天晚上趁山里的夜色围剿云雾山。

当晚，一支清兵队伍鸦雀无声地走在云雾山树林里，走走停停，走走看看，顺利地越过了半山腰。他们很快被云雾山哨口上的土匪发现，为了保护老茂头的生命，刘芒吩咐部下：必须等他们过了半山腰，一个人假装开始惊叫："有土匪上山啦！"接下来几个人叫，最后大家一起呼叫，用气势先压倒对方。接着一轮相互攻击开始，山上燃起篝火，篝火旁竖起了"云雾山刀客"的鲜红大旗。火光下，下面黑压压的人群像黑夜的乌云，往山上蔓延。他们边走边往上面放箭、开枪。子弹呼啸而来，打向云雾山顶，不停地飞溅起碎片。山上的土匪和士兵开始往下面扔滚木和石头,还有烧红的火炭。互相对射了一阵子,山里的枪声渐渐稀落下来。山上的人占了优势——差不多的士兵人数,居高临下。云雾山土匪和痊愈的伤兵举着砍刀,从上而下,那种杀法使起来挺顺手,下面的士兵像割麦子一样被扫倒。空气中开始弥漫一股浓烈的血腥味,山里燃起熊熊大火。刘芒带着大家,从容不迫,高声喊道:"大家都是为清朝政府卖命,何必自相残杀。退回去,放你们一条生路。敢上来,给我杀!"

很快,山下面的人一个一个变成了鬼魂。站在山下的典史一声命令传下去:"撤!……"

云雾山一直是百姓口口相传的厉害山头,刘芒曾给大家立下规矩:可以逛窑子,不许抽鸦片。现在连知府衙门都觉得,云雾山刀客难以对付。

几天后,老茂头想去临安府里领赏金,他认为自己的情报是正确的,山里确实有部队士兵。他来到临安府大门,看门的向府里禀报来人姓名,里面传来一声喝令:"叫他滚!"

老茂头灰溜溜地回到家里,翠玉婆娘跟他喋喋不休,诉说他的种种不是。

刘芒认为,在他一生中,无数次与官府士兵和各山头的土匪交战,这绝对是最精彩的一次。虽然自己的人也死了一些,受伤的也不少,但是云雾山上的土匪和伤员,都感觉这仗没打过瘾就结束了,打仗的士兵通常都不怕死。他觉得这仿佛都是命运的捉弄和安排,自己生来就是上战场的人。现在他感到自己拥有的人心实在是太多了。

二十八　香香与铁匠

香香听人从秣陵节传来自己爹爹被羞辱的事,对刘芒更是恨之入骨。许久以来,香香一直陷入一种精神危机当中。这一次她想,自己豁出去了。铁匠长时期对她的撩拨,她都不理会。她嫌他脏,自己再没有男人,也不会跟铁匠这种人。可是,村里她还能依靠谁? 香香为了帮爹爹出这口气,恶毒地下了死狠心。

夏天的夜晚,天上突然乌云密布,电闪雷鸣。正逢江湖瘸子和小头鬼晚上收工回家,大雨突然像从天上倒了下来,他们俩一起开始奔跑,想赶往前面凉亭里去躲雨。猛然一个闪电,小头鬼倒下了,江湖瘸子吓得浑身发抖,连忙去叫来了村民。雷电过后,大雨也停了。村里人开始围着看热闹,议论纷纷。有人说:"这就怪了,为什么闪电落在同一个地方,却是选择性地劈人? 一定是那个讨饭女人的阴魂找他来了。"

尤才也说:"雷劈恶人,小头鬼一定做过丧天害人的事,所以会遭雷劈死。"

刘芒和沁沁带着药箱赶到现场,看了小头鬼的尸体,沁沁说:"江湖瘸子是光脚穿草鞋,人之阳气必与地之阴气接通。不然易遭雷劈。"

小头鬼前几天在云雾山里,从死亡的官兵脚上扒下一双皮靴子,穿上感觉自己顿时变得很威武。他还特地让皮匠打了掌子,走路时学着部队士兵,铁掌在脚下咔咔响。他劝窑洞里的弟兄们也去搞一双。江湖瘸子说:"我害怕,太瘆人了,鞋穿上脚,就会想到那个死人。"

沁沁说,人体不连接地面,外加奔跑中剧烈运动,那么就容易被雷击中。大山坞村打赤脚的人,平时不容易生病,黄帝内经里说过,自明朝以来,就有光脚不怕穿鞋之说。因为穿鞋的人与地球绝缘。

香香此时正好路过铁匠铺。暴雨倾泻,她顺势躲了进去。周围黑压压一片不见人影,铁匠一把把香香搂进怀里。山里人生来就不懂得刷牙,铁匠口腔里喷出的臭味,让香香难以忍受。

香香把嘴巴贴到了铁匠的耳朵边:"帮我做件事,我给你……明天后山脚下见。"香香说完就走。在铁匠的眼里,香香走路的姿势都会让他产生邪念。

后山,渠沟旁一株株一丛丛不成气候的灌木,点缀出一抹绿色。香香和铁匠在约定的时间假装偶然相遇。见四周没人,香香匆匆说道:"把刘芒家那小杂种,骗去你们老家卖掉。"

"找个山坳,做做掉得了? 带去义乌多麻烦。"铁匠目光狠毒,望着香香诡异一笑,肚子里酝酿着诡计。

"不行,杀人要遭雷劈的,还是找户人家卖了,银子都归你!"

沿着山根走一段,铁匠的目光转而变得殷切、火燎。他想对香香动手动脚。乡里有句俗语:"妻不如妾,妾不如偷,偷不如偷不着"。偷不着的饥渴完全笼罩住了铁匠的心灵。香香推开他,不小心一脚踩到旁边长满绿色苔绒、滑腻不堪的小溪石头上,脚踝被石头碰烂了,脚后跟淌着鲜血,碎裂般地疼。

铁匠见香香脚后跟在流血，蹲下查看，突然又掏出裤裆里的家伙，对着香香脚上的伤口，说："用热尿浇了就不会感染了，还痛吗？"

香香皱起眉头说："不甚痛了，只是这尿淋在我脚上，一股尿骚味。"话说毕，两人都惊恐起来，脸色骤变——他们听到了一声咳嗽。

两人匆匆朝各自方向岔开，香香一拐一拐朝家里走去，她听见身后铁匠踩到了蜗牛，发出清脆的响声。

之前，香香去尤才那里算过，她给了尤才一把银子，差点把尤才的心脏炸破。尤才镇定之后，慢悠悠地说："命相好，就是你的人生前方都是枯井，你得提防，不要踩到井里去，绕过了那一口一口枯井，你将会安享富贵荣华。"

尤才的话给她打足了勇气。她想，自己怎么会去踩那一口一口枯井呢？把刘夏送到义乌去，神不知鬼不觉，只要自己不说，谁会知道。

这年大山坞遭遇干旱，早稻颗粒无收。经历了大半年的干旱，无风、无雨，村民们迫不及待地从青葱葱的苞谷杆子上掰下尚未干须的棒子，把嫩绿的皮衣下一掐即破的颗粒用刀片削到石臼里捣碎，合着野菜面粉做饼吃。眼看这个火辣辣的太阳，不抢先收了苞谷，恐怕到时收不了。乡里人靠天吃饭，他们含着饥饿的恐惧与生存的艰辛，不知道老天会让干旱持续多久。大山坞人有勤俭持家节衣缩食的乡风，一般农户喜欢看着米囤在屋里堆得满满的，就是发霉长蛆了也是粮食，面临荒年，更不能随便吃掉它。他们平时用山芋连同皮一起，放一点苞谷粉，和本来留给猪吃的陈苞谷下锅煮烂，家家户户都这样省粮食，就着咸菜喝稀糊。

突然一场透雨,漆黑中有苍脆的声音不时划过。电闪雷鸣接踵而来。火辣辣的雷炸了大半夜,风雨声响彻整个村子。后面又连下几场,所有的田禾都呼啦啦长高了。可惜这一年的苞谷都被提前收了。

万籁俱寂,雨也停了。大山坞里人心被几场大雨稳住了。棉花受到干旱天象的制约,这一年没种,小麦也只注重一料麦子。因为干旱,这一年种下去的两季水稻秋分不出头,出来都是壳,只能割了喂老牛。清明时节种下去的南瓜、冬瓜、西瓜、芋芳,早黄豆被几场大雨淋活泛了。山芋藤里窜出了秧。

立秋前,村民开始忙着去西瓜地里,往西瓜洞里插山芋秧苗。等白露前西瓜收空,山芋秧苗窜出来,秋风起,寒冬到,就可以去西瓜田里捞山芋。

干旱还在继续。下半年的庄稼,全部给火辣辣的太阳晒枯。九月里,大家悲悲凄凄收完秋,没有往年收获时给田野谷场和屋院带来欢乐的气氛。大山坞人都知道,来年的日子已经无法过了。

大溪坑的水开始干涸,鱼儿在上面翻着白肚皮。村民们提着水桶,每天去山里找泉水。大山坞村子的老人说:"灾后是荒,荒后是瘟疫。这是老天爷收生,在劫难逃。"

县里衙门派差役来没遍没数地征粮,他们连一年收几季庄稼都糊涂了。这两年把村子里农户的粮仓快逼空了。

过了春,乡董海棠大伯找刘芒商量,村民都饿了大半年了,祠堂里的粮食,交了征粮留下的也不多了。剩下的拿出来在祠堂门口烧一大锅饭,给大家饱吃一顿,让大家哭哭笑笑,想怎么样就怎么样吧。只有这一顿,吃了,大家就有上路的精神了,叫他们回去的路上不当饿死鬼。

刘芒走到人群中间,几十号人一起朝他跪了下来。刘芒说:"祠堂里仅有的一点粮食,不能再交征粮了,也不能烧了吃掉,必须留到来年做种子。这两天,我准备去村里几户富裕的人家走访看看,让他们有余的粮食捐一点出来。明天冯大家开始在家门口、大院外施粥,大家可以去那里每人喝上一点。"

早餐时间,太阳冲出地平线,驱散了雾气。火一点燃,饥饿的人群开始呻吟,濒死的老人眼里焕发无比的希望⋯⋯

饥民们每人手拿一个平时盛饭吃的小碗,早早等候在那里。他们带着全家人,站满了院子,又蔓延到外面,把房子和溪坑之间的泥道都站满了。冯大家门口放了一口大水缸和一个大箩筐,有好心人每天往箩筐里倒一碗米,也有人不断地往水缸里加水。边上架二口大锅,稀溜溜的苞谷糁子里,煮着绿平平的野荠菜,里面再放一些红薯。

"每人一勺,不多也不少!"仁慈而慷慨的冯大中气十足,不断地叫喊。

女人们自发上山采野荠菜,在山里找泉眼。她们用耳朵听着泉水,待到自己的水桶灌满泉水后,又挨着泉眼洗干净自己的头发,水的匮乏使这些女人蓬头垢面,眼睛失却光泽。洗完后,她们会如饥如渴地匍匐在泉眼上,敞开喉咙把自己的肚子灌得死去活来。回程是艰难的,水的重量加上水的金贵,让她们屏息敛气地把水桶提回家,力争不让一滴水丢落在途中。

傍晚,女人们从背篓里倒出一堆绿莹莹的荠菜,摊在冯大家院子地上,一大锅粥里面掺和苞谷粉和野荠菜,增加点黏稠度,灾荒的日子对人们来说,吃什么都香。

冯大、冯二开始上山打猎。他们在庭院里支起砖头,架在大铁锅的下面,麦秸、棉杆燃烧的柴火,烹饪出来的味道特别香。他们几乎是趴在地上吹火拨柴。一柱青烟冒过屋檐，伴着香味在房顶上滞留不散。村民们闻到香味纷纷聚拢在冯大家大院，他们鼻子闻到了肉香，满嘴都是唾液。肉块切得很小，只够给大家塞一下牙缝。

这段日子，家里没有储备粮食的农户每天肚子饿得痛，嘴里冒清口水，在冯大家门口打转。蕨根糠粑吃下去，不喝点荠菜粥，粪便像铁蛋一样堵在肛门口。要用指头抠，趴在床上让家人用细棍挑，活作孽。

老茂头家的宅基地是祖上传下来的。明末清初，有钱人造房子都会考虑备荒年，老茂头家小屋里储存饲料和柴火，夏天堆积麦糠，秋天垒堆谷杆。门口安着一扇矮木门，防止猪狗进入拱刨。小屋外堆放一滩疳积，腌臜龌龊，这是出于安全的考虑。因为小屋下面有一个很大的地窖，地下通道直接延伸到他家西面的瓦顶大仓房。这是一个秘密，万不得已的时候才传给子孙。老茂头家的地窖，至今连老婆儿子都不知道。

每天夜里，等家人都睡了，老茂头悄悄地起床，来到后院西边仓房。他打开仓房下面的通道门，把一袋一袋的稻谷往地窖里搬。连搬几天，身子累垮了。翠玉婆娘不明白，老头子每顿可以吃两大碗米饭，咋就白天老说困，想睡。

那晚，翠玉婆娘见老头起身，悄悄地跟着他，见他扛上一袋稻谷，故作吃惊地轻声叫道："老头子，你这往哪搬啊？"

老茂头见婆娘跟着，也知道瞒不过去。他确实也已经累得需要一个帮手。他告诉婆娘："刘芒这小子，早就看上咱们家的粮仓，我不藏点起来，以后一家人没得吃，有谁会来管我们。"

"那你也不能一个人偷偷搬，累坏了身子，还不是亏了自己。"

翠玉婆娘心疼自己的男人，"你都多大岁数了？有些事该让乃成来搭把手。"

"这孩子嘴巴不牢靠，被人一糊弄，就会说出去。我们家几代人都没有走漏风声，不能坏在他手里，"老茂头气喘吁吁地对婆娘说，"你身子骨也弱，帮我背后托一把就行。"

连着好几天，粮仓里的粮食还是高高码着。翠玉婆娘苦苦劝说："老头子啊，我们就捐一点出去吧，眼看着村子里有人被饿死，我们这样做，恐怕自己良心上也过不去。"

"你懂个屁！这些粮食都是我辛苦挣的，捐出去？你说得倒轻巧。拉出去的屎还想夹回来？搬进地窖的粮食，才是我们家活命的希望。我们家一直没有断粮，所以精气都很充足。你看，我一个人可以扛一袋粮食。"老茂头拍一下胸脯说。

天上满是星斗，没有风，只有狗在吠着，那锣鼓声清晰地传来，刘芒带着村子里几个年轻人来到老茂头家："老茂头，修建大山坞房屋寺庙，你赖掉了五十两银子，至今没人来与你计较。这次灾荒，你家准备捐给祠堂多少粮食？"

"长工死的死，走的走，我家劳动力少，这几年收成也不好，留着点粮食自己家保命还差不多，谈何捐粮？"老茂头像头犟驴，"祠堂的大仓房里倒满了赈济灾民的黄澄澄的麦子，干吗不先用起来，你就是看不得我老茂头家的粮仓满满。"

他们俩碰面说话，一个火星就会引起一场争吵。

跟着刘芒来到老茂头家的这些人贼精贼精的，他们闻到了一股香味，眼睛在昏暗中闪闪发光。他们嗡哄着鼻子说："香，真他妈的香！"老茂头家的桌上，刚刚摆上几碗白花花的大米饭，一盆炒腊肉。刘芒笑着说："看来我们找对了门户找对了人。大山坞村里所有农户都在有粮捐粮、没粮出力。你们家倒好，关着屋门吃独食。

村里已经饿死了人,你们家却饱着呢。告诉你!是自己打开仓房,还是明儿一早我们带着箩筐来挑?"

"村子里比我们家有钱的人多得是,他们捐粮是九牛拔一毛,我们家缺少劳动力,这些存粮都是杀鸡取卵,珍贵着呢。再说捐粮是自愿的而不是硬逼,现在倒好,开始上门抢了。告诉你们,等祠堂里的粮仓空了,村里都没粮了,你们就上我家来,我把粮仓打开统统捐掉。"老茂头操着浓重的大山坞方言,拗口聱牙地急叫。

"祠堂里的粮食要留住做种。我先去其他农户家看看,当务之急活命要紧,我们再信你一次,过几天,我们自然会再来。你同意捐粮,这话是你说的,修宅子的五十两银子不跟你追讨了。"刘芒的心里总有一个声音,他明白世界的本质,人生的内核,他认准原则。

"你以为我老茂头是被吓唬长大的,平时我真不忍心驳你的面子,一直在谦让你,你却一次又一次来找我麻烦。这回我说话算数。我们家也真不差这几个散碎银子,我就是气不过,凭啥要我出钱给大家修宅子?"

其实,老茂头是老虎长了老鼠心,他畏惧刘芒。这就像卤水滴豆腐,一物降一物。

见村里没来找自己麻烦,老茂头觉得还可以安稳一些日子。"这两天了,也没从我指缝里流出去一粒粮食。我们咬咬牙再坚持几天,让刘芒来看我们的粮仓。"老茂头得意地对婆娘说。

夜里,老茂头带着婆娘,提着两盏油灯,再次来到后院西面的仓房。他是一个上独桥耍猴戏——不要命的人,想拼着老命多藏一点粮食。

他把一袋袋粮食搬进地窖,回到仓房想坐下歇一会儿,却猛地愣住,头顶"噌"地一声,头发倒竖起来,浑身像浇下了一桶凉水,抽紧了筋骨。他看到原本搁在麻袋上的油灯倒下了,火捻子燃烧起来,煤油很快地渗透到装稻谷的麻袋里,一股火焰窜起,开始恣意狂舞着,像疯狂的鬼火一样。火烧起的稻谷喷发出浓郁的香味,那谷香熏得人泪流不止。老茂头带着婆娘从通道里迅速跑出,搬动搁在通道边的石板,先把通道口堵住,不让火焰往通道里蹿。他们迅速跑出仓房,呼天抢地痛不欲生⋯⋯

干旱已久,从哪里去找水?

刘芒带着村里的汉子迅速赶到现场,指挥大家从屋后去找山涧水。刘芒从山里接来两桶水,夹在担桶和端盆的男人们中间,走进粮仓,大火炙烤得他的脸皮疼痛,滚滚浓烟呛得他睁不开眼。因为缺水,那场火已经无法扑救,被烧毁的稻谷麦粒弹蹦起来,在空中噼啪作响。也有村民站在远处,幸灾乐祸地看着老茂头家粮仓里的稻谷和麦子顷刻变成了壮丽的火焰。

仓房已经被吞吃得干干净净,只剩下骨架子。老茂头怅然地望着渐渐低下去的火焰,骨架子矗立在那整片燃烧成黑色、灰色的渣土之中。

粮仓独立建造在晒谷场边上的一个方位,大火没有蔓延到老茂头家房屋。

"老茂头花了一百两银子修好了他家的粮仓,不肯拿出来布施的粮食也化为灰烬。"村子里都在议论纷纷。

老茂头听到这些传讯以后,肺都要气炸了,他不单是心疼那些粮食和银子,主要是不能忍受这样的幸灾乐祸。这是老茂头一生中最为窝囊的日子。

在老茂头漫长的生活道路上,他带着婆娘,坐在同一辆独轮车上,缓慢平稳地朝前走着,虽然道路坎坷,常常因为缺乏润滑,使车轮发出嘎嘎刺耳的不和谐的声音,可是他们从来没有翻车。

翠玉婆娘把一双手搁在老茂头那双粗糙的手背上,缓缓地抚摸着。她低声说:"老头子啊,我们不是地窖里还藏着粮食。不生气哦,让他们去笑,他们没吃,我们饿不死。"

缺粮断水,怎么还能坚持得住?饿死的村民开始摞成垛子,死的都是老人和孩子。一些老人说:"过了春荒还有秋荒,等不到秋天,我们都不知道死到哪里去了!"

村民们每天跪在庙宇里的菩萨面前,祭天地谢罪,超度一些亡灵冤魂,以求苍天保佑,给大山坞村庄一份宁静太平的岁月。

终于盼来了雨水。大山坞又迎来了一场瘟疫的灾难。呕吐、腹泻在村庄蔓延,开始大家都以为是吃了什么毒野草。村子里所有的老人孩子开始呕吐、腹泻,吃什么吐什么,随后又拉稀。大家没在意,还以为前阵子吃糠粑蕨根,肚子吃得胀鼓鼓的难受,泻掉一点舒服些。这也是夏季常常容易发生的不适。老人都说:"千斤难买六月泻,夏季是排毒的好季节。"

尤才说:"这不是病,是一股邪气,一场劫数。"

沁沁说:"连续一年半的干旱,脏水产生的霍乱。霍乱属于寒湿化热。发生霍乱之后,由于霍乱弧菌的作用,迷走神经高度兴奋,胃肠蠕动增强,胃肠粘膜分泌功能增强,从而发生呕吐、腹痛、腹泻等症状。"

莫家上辈留下的古书里,有讲到怎样治疗霍乱。沁沁为大家开出了药方,该方有清热燥湿的黄连和温中散寒的吴茱萸,吴茱萸用甘草水灸过,这样能缓和吴茱萸的燥热性情。这三味药的药力很弱,在这三味药的基础上再反复加减处方,配上木瓜、龙涎香、元胡和红藤。

大饥荒刚刚过去,村民又开始忙于丧事的大小事项。

深秋，大山坞瘟疫弥漫的一个月，隔三差五就有抬埋死人的响动。

尤才坐在村口的大桥上，摆下摊子祛邪镇魔，从四面八方来请仙的人群络绎不绝。尤才身穿纸糊的黑袍，站在鬼头大刀和黄裱纸中间边唱边跳，舞动鬼头大刀，刀起刀落，最后飞落在大桥下面村子入口处的大溪坑附近。尤才窥视着桥上的一群人。唱到："村里有邪泉，藏在龙脉里。龙脉水不清，灾病不见底。"

大山坞村民骚动了，他们忧伤而悲泣地凝视着村口的大溪坑，这一刻神奇的巫术使他们恍然觉悟。他们知道水源就是瘟疫之源。

莫家大院从早到晚飘出的都是一股苦涩的中药气味。院子里铺上油布的地上，晒满了各种草药。年轻力壮的男人和女人体质扛得住，喝了沁沁的药止住了腹泻。

秋老虎来袭，溽热难熬的傍晚，层层叠叠的枝叶遮挡着灼人的光焰。冯大家爹爹姆妈没有逃过这一劫。开始，冯大、冯二每天要搀扶爹爹姆妈一次一次上茅房，茅坑里落着绿头苍蝇和绿色稀屎。老人从茅坑边站起来，两只胳膊酸软得挽结不住裤带。两兄弟进城买了大捆的宽紧带，让媳妇把老人的裤腰带全换了。现在他们躺在堂屋地上放着的两块门板上，呻吟是那样衰老粗重，如浮油一般在堂屋点点飘荡。一段日子的腹泻让他们喝不下中药，透亮的皮层包裹着骨头，血肉被完全消耗殆尽。他们让儿子别再给他们灌药，已经没有用了。他们同时发出锈迹斑斑的喟叹："阎王催我们去阴家了！我们也活够数了，看到两个儿子把家打理得那么好，也宽心了。不想老挂在枝头不落，给儿孙添麻烦……"

两个儿子忙挖掘坟墓、买蜡买香买纸、买木板钉，冯大爹爹姆妈先后断气,躺在原先儿子们给他们打好的楠木棺材内。冯大冯二忙得连跪在灵前再看一眼的机会都没有,就被压棺人手提斧头捉着柏木银钉,咣嚓一声扣上了枋盖,打了钉。刘芒让死者的小辈聚集在临时搭起的席棚下的灵桌前哭泣一回。传染病的死人必须及时埋葬。

刘芒和沁沁就像大山坞村里的两尊神。他们为灾情、饥荒、瘟疫忙碌的整个过程中,从来没有考虑过自己。大山坞几乎所有人遇到事都要请他们帮忙。刘芒参与了每一户丧事的葬埋仪式,他带着村里的男人扛着铁锹去下葬。沁沁带着村里的妇女去山里找草药。人们在悄悄相互议论,沁沁入了佛门,连这么好的男人也不要了。

老茂头家仓房烧了之后,翠玉婆娘开始每天一早去大皇殿寺庙烧香。

早上起来又不见婆娘,老茂头一边洗脸,一边朝灶房发问:"你姆妈是不是又去烧香了?"灶房里传来香香一声"嗯"的回答。老茂头心头窜起一股火:"烧香磕烂额头也没用!天上不会掉粮食,要想过好日子,还是得靠双手劳动做出来的。"灶房里香香没有应声。

对刘芒,老茂头再也鼓不起报复的勇气。在捐粮问题上,他已经感到理亏,事做绝,话也被他说绝。他自认为,虽然自己家烧了仓房,但是这次瘟疫,自己家里一个人也没死,是老冯家祖荫厚实,加上那场火,地基更旺,瘟神也奈何不得他家。

瘟疫在沁沁诊所的草药治疗下,很快得到了稳定。病菌是随着这一年冬天的一场大雪自然终止的。

夏天的黄昏,褪去疲惫的薄暮,日光照在云朵,在天边流动。老茂头穿了一件有破洞的汗衫,洞里隐隐露出灰白色的胸毛。他一个人躺在院子的藤椅上,疲惫憔悴默默无语。小癞痢死后,老茂头家很多活找不到人干。他觉得自己现在就像山上的老荆树疙瘩,活得无趣,只有心尖儿那么点跳动。真不知道人活着为了啥?难道就是想留个香火。别人家生儿子像下蛋,可以连着来。我老冯家怎么想留个种那么难?跟骆驼穿过针眼似的。

这天刘芒带着沁沁上山采药,香香望着他们背篓的身影渐渐远去。她假装路过铁匠铺,凑近铁匠悄悄地说:"今晚趁天黑偷偷带他走,怕夜长梦多。夜里就得带他到你们老家。"

下午,铁匠守在冯家大院门口。看见刘夏放学出来,他凑上前和蔼地说:"大伯会打手枪,回家吃了晚饭,你来大伯的铁匠铺子拿。"说完走开了。

有金忙完诊所的事,匆匆赶来接刘夏。

刘夏晚饭也没心思吃,心里一直在念叨着枪。他看爹爹有枪,男人有枪很神气。天黑了,他偷偷溜出大门,直往铁匠铺子奔去。夜幕下,家家都在吃晚饭,刘夏一口气奔到铁匠铺子:"大伯,枪呢?快给我看看。"

"刚刚给村口的小鬼头(乡里把男孩称小鬼头)拿去玩了,走,我带你去取!"铁匠背起刘夏往山脚下走。

"大伯,村口在那里。"刘夏的手从铁匠的脑袋上划过。

"大伯知道,他们就在那山头玩。"

那一天的天空布满灰色的阴霾。空气是凝固的、窒息的,空气中充满了动荡不安的元素。天开始黑下来,朦胧的月光下,一株连着一株的银杏树投下参差的阴影。铁匠背着刘夏,野草拂着脚背。一路上为躲避熟人,他畏首畏尾,就像畏光的夜虫子,急步往通往义乌的那座山头走去。刘夏很快在一路的颠簸中睡着了。

等在路口的香香焦灼地望着那个山坡,一直看到铁匠背着刘夏,吭哧吭哧从山上树丛里走去,隐现的脑袋完全消失才离开。她的思绪有些混乱,却又有点清晰。她希望刘夏不要再回来,又感到一颗灾星似乎已经悬在上空。她脚下轻飘飘的,走路没有一点声响,整个身子都像要离开地面飘飞起来一样惊恐……

山上,铁匠却像一条出了山的狼,天地开阔却危机四伏。

刘芒和沁沁回来,有金有银正满山村焦急地寻找刘夏。听说儿子不见了,刘芒首先想到的是老茂头。她心急火燎地来到冯家。老茂头还在院子里乘凉,听说刘夏不见了,没往深处想,草草地说:"去找找,总在村子里,小孩子么就爱贪玩。"

刘芒说:"带上你儿子来我家诊所,我有事跟你们说。"说完他先回了。

乃成跟着爹爹来到莫家。沁沁关照有金兄弟关上大门,今晚任何病人不接待。

爷俩坐下后,似乎有点说不清为什么怯惧和紧张。

乃成坐在圈椅上缩成一团,就像蜗牛缩在壳里。他的身子就像一个生不起旺火的炉子,阴阴的。面对他们,刘芒的那双眼睛像一把剪子,有着洞察事件的犀利:"大伯,当年你为什么要烧莫家房子? 为什么要拆散沁沁与乃成? 害得莫家去陈王府为了救沁沁丧了命! 为什么要去衙门密告我山上藏伤员? 为什么要把刘夏藏起来?"

一连四个为什么,把老茂头吓出一身冷汗:"我没有……我没有私藏刘夏啊……"今天怎么啦,遇见鬼了,这些藏在心头的罪孽,原来莫家都知道,老茂头开始头发昏,两眼直冒金星。

"刘夏是沁沁和乃成的儿子,为了留下这个孩子,我和沁沁假冒夫妻,一直打算找个合适的机会,以过继的形式把刘夏还给你们。你们假装疼刘夏，原来是因为一直想害他。"刘芒脸色发青，单刀直入地责问道。

听说自己突然冒出个孙子，老茂头终于控制不住情绪，如失了魂魄，往门外狂奔。他独眼惊恐，过于激动，又掉了门牙，嗓音里夹杂了极其含糊的叫骂声："香香，一定是你这个傻婆干的！你不交出刘夏，我与你拼上这条老命！"

老茂头一路叫喊着跑回家，村子里的人都以为老茂头疯了。他跑到家里，一把揪住香香的头发，要拖她去乡董那里说说清楚，赶快把刘夏找回来。

海棠大伯开了祠堂大门，让村里所有人来听此事的经过。

海棠大伯坐在台上说："香香，你现在当着全村人的面，快把实情说来，刘夏现在在哪里？你做了恶事，就是瞒过了人世间，将来去了阎王那里，阴间有个闲衙门，里面有书记录事，你每天的言行、善念、恶念，厚厚一叠账本，死后评分发配，投身贫家或富家，做尽恶事的被发配做牛马、猪狗。你自己好好想想。"

台下发出一派嗡嗡的议论声和啧啧啧的骂声。

香香浑身麻木，如被雷电击中，冷汗涔涔，浸透了衣衫。她双膝一软，跪倒在地，磕头求饶，把事情的经过一五一十讲了出来。

刘芒马上带着弟兄赶往义乌。第二天下午，刘芒押着铁匠，带了刘夏回到大山坞。

这天上午，刘芒让弟兄去趟秣陵节，把周有财带到了大山坞祠堂。周有财不明真相，还在心疼自己的女儿："香香啊，我的宝贝女儿，就因为你人老实，他们就可以把什么事儿都赖给你。女娲娘娘到底咋弄的呀！她捏出一世界的人来，却偏偏让我的女儿嫁到大山坞，夹着委屈过了那么些年。"

大山坞祠堂里，铁匠跪着，感到某种灾难的声音，吱吱叫着往他头顶上坠落。他不甘心让自己来顶这泡屎,一脸窘迫愤怒的表情。他把低下的头猛然扬起,翻着白脸耍脾气,喉头粗大的疙节猛烈地滑动一下,翻动着毛楂楂下宽厚的嘴唇,对着周有财说难听话:"你养的女儿你自己不知道啊,害了小裁缝,还来害我。是我的错,我都揽下,就是众人的口水唾到我的脸上,我都不会擦。可这真不是我想出来的。是这个女人,她让我把刘夏带去义乌老家玩几天,还是孩子自己跑来我家跟我走的。怎么现在就说,是让我把孩子带去义乌卖掉。哪里卖了? 卖给了谁家? 你们自己也看见了,孩子不是好好的在我家,跟我的孩子们一起在玩。"铁匠振振有词,说出一番口供撕扯对方,把所有的事情都推在香香身上,自家却卸得干干净净,好像与他无涉。他的脸上像是得意,又像是讥诮。

香香脑子里想的和现在铁匠嘴里说的完全是两回事。她像是蛤蟆吃黄蜂——倒挨一锥。她开始后悔不应该说出卖孩子的事。铁匠脑子转得快,她却被一惊吓,大脑控制不住,把什么都交代了。她的智商决定她遇事只会这样。

大山坞有着自己朴素的秩序,大山坞人是有同情心悲悯心的,它渗透于日常生活,渗透于大人孩子心中。见刘夏安全回家,大家都在为香香和铁匠说情。这件事属于错事未遂,并未酿成严重后果。

刘芒说:"香香本来脑子就不好使,她说的话也不能全信。这事就算了,家里人以后多看着点她,不要让她再生出事端。"

海棠大伯气得朝铁匠吹胡子瞪眼,他认为这件事不能就这样算了,铁匠明天必须离开大山坞。这件事由刘芒去安排,借辆马车,把铁匠的一座炉子和风箱、一墩埋在地上的砧柱撬出来,统统搬走。

盛夏的太阳把地面烤得滚烫滚烫,铁匠站在铺子门口,再不多言。马车粗大笨重的木头轮子悠悠滚动着,在大山坞的土石地面上颠出吭噔吭噔的响声。铁匠坐着马车离开了大山坞村庄。

大山坞

二十九　过继

　　听说刘夏就是自己的孙子,嫡嫡亲的孙子,老茂头一时心里很震惊。当天,他领着刘夏回到家里,捧住孙子的脸蛋唏嘘不止,这是他晚年流出的欢欣泪水。

　　刘夏跟着大人奔波了一天一夜,双唇燥起一层干皮,嘴角也冒出了燎泡。老茂头佝偻着腰,抚摸着刘夏的脸蛋:"是我的孙子,我有孙子了。"他领着孙子颠颠跛跛地走进堂屋。刘夏回来,给了他一份伤情,也给了他一份生机。

　　刘夏不清楚发生了什么,惶恐与陌生混杂而生。

　　乃成用一种本能的温柔亲近儿子。刘夏拒绝爹爹的一切温柔亲昵的话,也拒绝阿公阿婆任何一丝一缕的温情接近。

　　香香随爹爹回娘家去住几天,花花、朵朵长大了,跟着奶奶很听话。

　　乃成不相信眼前的事实,沁沁居然给自己生了儿子。当初是他让沁沁心凉了,凉了就捂不过来了,现在沁沁连话都懒得与他说。爹爹做了那么多缺德事,莫家从来不与他们计较,人家的心量如此之大,冯家做的事,怎么说都让他们父子俩自惭形秽。

　　这些日子,乃成为这段青梅往事,为曾经的刻骨相爱,以及与刘芒之间的来来去去,不曾有过丝毫的停歇。自己不经世事所犯下的无知错误,非要自己亲历才能深悟。原来生活中许多看似拥有,其实未必真的拥有;看似已经离去,未必真的离去。沁沁没有嫁人,一直守在大山坞,带着他们的儿子,就生活在冯家的旁边。

老茂头对儿子说:"刘芒和沁沁把刘夏还给我们家,就我与你娘,我仁知道。对外都说是过继。不要再让香香去村子里乱嚼舌头,再整出点事来,你和沁沁都算犯了族规,要沉猪笼的。"

"我当初就反对娶香香,唉……"乃成还是沉浸在无限懊恼中。

"一个人啊,要相信宿命,这都是你的命。你现在也怨不得你爹爹,你爹爹这一世活得不容易。"老茂头又开始说自己,如何遭遇乱世如麻,如何艰辛创业起家,如何……如何……

夜里,老茂头家客厅里,坐着刘芒兄妹和老茂头一家三口。老茂头大半个头都秃了,平时会用梳子沾一下婆娘梳头用的刨花水,艰难地把右边硕果仅存的几根长头发捋向左边,盘在脑袋上。

刘芒飞快地把手指在舌尖上蘸着,捻动那一张张纸。那是莫子林留下的遗书。里面有一段话:……那天夜里,我半夜醒来,去了一趟小屋柴房上茅厕。回来后,刚钻进被窝,肚子又拱了起来,连忙揣上茅纸,再次往门外走去,正看见老茂头的身影,急急忙忙从小屋柴房里跑了出来,从我家院子的冬青树围墙那边钻了出去,柴房里冒起浓烟,火光蹿起,小屋堆积的木柴,豁朗朗一声巨响……沁沁不是我的女儿,那一年,一个被打得遍体鳞伤的年轻女人,带着一个男孩,被人追赶,逃进我家院子……我就把沁沁交给你了。等沁沁回来,你俩成个亲,莫家大院是你们的归宿……如果我能活着回来,会亲自帮你们操办喜事。小芒,记住!从今天起莫叔叔就是你的亲爹,你就是莫家女婿……"

大山依然静睡，溪坑水还在潺流。岁月推移里藏着老茂头的罪证，老茂头感到自己就像被自己踢进了一个乌龙球，这种罪恶的念头，当初不知道是怎么产生的。这二十多年，老茂头的心里被插了一根针，插着痛，拔出来也痛。

老茂头脑袋上的几根头发荡在右耳边。他看沁沁和刘芒的目光里，有祈求他们原谅的意味。

"你这一生做过的错事也够多了，讲起来可花时间呐。一直不想与你追究这些事，是怕拔出萝卜带出泥，让你在村子里无法做人。你想想自己这辈子，在自私、狭隘、恶毒的道路上，从来没有一次偏离方向，离地狱门越走越近。"刘芒粗声粗气地对老茂头说。

刘芒的话句句是把钝刀子，再一次扎进老茂头的心。老茂头恐惧、惭愧，一个唯唯诺诺、无所适从的地道乡下人，不知如何解释，心像栽进了深渊。眼前的一切都酷似他曾经做过的噩梦。

老茂头吓得浑身直打哆嗦，只晓得睁着神色迷乱的眼睛，望着自己的婆娘。

翠玉婆娘责怪老头，要是一家人都像他一样，岂不只能抱在一起去寻短路。她很庆幸自己曾去刘芒那里报了案，救了刘芒和云雾山土匪的命，这可是老大老大的恩德。

老茂头哑然无语，面如槁木。那木雕一样深刻的皱纹里布满悔意。

沁沁说："大伯，过去的就让它过去，你现在也老了，很多事该放下的都放下吧，家里的事交给乃成去打理，他也应该承担起家庭的责任。刘夏过继给你们，也是还给你们，希望你们重视对他的教育。"

乃成像船下了锚一样坐定不动。祸事降临总让人有本能的预感，这些天，他常常会有一种万箭穿心的难受感觉。爹爹做了那么多缺德事,刘芒和沁沁还把孩子还了过来,把老冯家掩饰得就像驴粪球——外表光。

"从今天开始,你就是刘夏的亲爹。人家的男人像屋柱子,天塌下来撑得起!你到这个时候还缩在一边,连个女人都不如,田里的活,什么都拿不起。"刘芒对坐着不吭声的乃成又恼又气又恨。

沁沁说:"哥哥准备跟部队打仗去,我忙于诊所,刘夏就交给你们照看。一家人过得平平顺顺,就是快乐。香香回来,你们也不要再去指责她,让她带花花朵朵常来我家,我给她们试试针灸调理。"

乃成经历了这些事,才明白自己裹携着人性的懦弱,没有心理上的立足,找不到生活的真谛,让一家跟着走了一大圈弯路。他开始对自己有了反省。

吃罢夜饭,洗了手脚,吹熄了油灯,老茂头夫妻两个轻眠在床。老茂头仰面躺着,嘴角上两道竖纹直达下巴,眼下躺着两个泪袋,目光浑浊,觉得自己有点像寿终正寝。他悄声对婆娘说:"翠玉,我感到害怕,害怕活着,害怕见人,害怕早上睁开眼睛。"老泪无声却滂沱。

"要不是人家莫家大度大量,你已经死过多少回了。现在孙子都回来了,一家子就开始好好过,不要七想八想了,睡吧。"翠玉婆娘淡淡的语气中,依然保存着对老头子的那份悠悠亲情。

"我这辈子啊,一门心思走在家庭的独木桥上,得罪了不少人哦。过些天,我去把通往阿毛家那条路上的木柴搬空。"老茂头重重咳了一下,没见他吐痰。

"吐出来!八成是把嘴里的绿痰又吞下去了。死老头子,这辈子大事小事就从没听过我一句。"翠玉婆娘翻过身睡去了。

见大牛的死就这样不了了之,柳青姆妈按捺不住了。她带上十几个馒头，打了一个包裹背上身上，向东家请了三天假，说是去看女儿。她认为杀人偿命是人世间最大的事，非同小可。古人都说：

> 湛湛青天不可欺，
> 未曾举意我先知。
> 善恶到头终有报，
> 只争来早与来迟。

她心疼大牛没爹没妈，死得冤。她一个老婆子要去临安衙门告状！

一路上，饿了，啃一个馒头，渴了捧一口山泉水。夜里睡在九里凉亭长凳上。

第二天一大早，她等在衙门外面，手里捧着请人代写的状子。正值知县升堂放告，柳青姆妈一路跪拜，喊冤叫屈，直至阶前。差役接了状子，问了来历，见是老太太告人命伤害之事，向衙门递上状子，知县看了申诉情况即时批准。

柳青姆妈很快就受到了知县的接见。听老人细说了事情的由来，知县让老人先回家。隔日，知县委捕官相验，随即差了应捕，赴秣陵节村子擒捉凶手。

周有财见刘芒没有再追究此事，以为事已了结，洋洋得意，毫不提防。那天中午，他正眯着眼小酌，不料一伙应捕突然闯入家门。他还没来及问清缘由，双手即被拷上，当即被押去县堂，关进牢里。

两天后，周有财被差役推搡着，踉踉跄跄地进入县衙大堂。他

185

脑袋发昏,刚想喊声"冤枉",就听得大堂两侧比较阴暗的地方响起低沉的、整齐的、训练有素的"呜——喂——"之声。这声音吓了他一跳,一时不知作何应对。

知县大老爷一拍惊堂木,清脆的响声在大堂里飞溅。周有财的身后被人踹了一脚,不由自主地跪在了坚硬的石板上。

"堂下跪着的,报上你的名字!"知县变颜呵斥。

"小民周有财。"

"哪里人氏?"

"临安,分水,秾陵节人。"

"多大岁数?"

"刚满五十。"

"作何营生?"

"在家务农。"

"知道为何传你前来?"

"不知道。"

"大胆周有财,"大老爷猛拍惊堂木,道,"你为什么要害死长工大牛!"

他看到大老爷威严的脸,身体猛然收紧:"那天夜里,我看见一个黑影偷偷摸摸闯入村里,以为是部队打仗的逃兵,就让保安队去查看一下。谁知那人心虚,逃跑中滚落村口的断崖。这杀人要有证据,你们找到尸体了吗?"

知县喝道:"这件案子是因你而起,你为何要给保安队员手里塞银条?"

"冤枉啊,我特别关照他们,打是可以,但不能打落牙齿,也不能打断鼻梁骨,总之不留下诸如此类破相的伤痕,也不能打死。"周有财一心想为自己辩脱。

大山坞

"此案有待调查,在没有找到尸体之前,你先关押在死囚牢里。"

"退堂!"知县大老爷说罢,起身便走,如一股爽朗的风,消失在大堂屏风之后。

周有财被关在大牢里已有五天,身上爬满了虱子和臭虫,吃的是粗饭喝的是浊水。他感到饥渴难忍,眼前一阵阵金花乱舞。恐惧让他产生不详的幻觉,似乎看到了凶兆。绝望中他突然开悟,这衙门不就是要钱,可以用钱买通的事,便有生路。他知道知县大人的小舅子大炮是临安县里有名的霸王,在他手里没有办不成的事。

儿子来给他送衣送吃的。有财对儿子吩咐道:"回去跟你姆妈说,多带点银子,带上你妹夫乃成,来县里找大炮,想办法赎我。"儿子一一应诺。周有财在关键时刻不会让自己儿子出场,他办不成事。

周家儿子回家把情况跟姆妈一说,有财婆娘听闻男人进了死牢,便知失去了三魂,大叫一声,往后便倒,足有两个时辰方才醒来。

有财婆娘知道,送到衙门死牢的囚犯一定是打板子、压杆子、卷席筒、闷口袋、五马分尸、大卸八块什么的,她担心自己的男人会被整死。

隔日,周家女婿带着换了一身青衣的老丈母,坐了轿子,带了四百两银子,托人往刑部衙门细细打听。有人说:"想见大炮不是件容易的事,你给我三百两银子,包你明天把事办成。"

乃成犹豫说,先给五十两,事后一并付清。那人说,办事爽气,先付一半,明天付清。乃成想想说,带我引荐大炮,我统统付清,还必须先去见见活人。那人许诺:"可以,跟我走。"

到了衙门关押男人的死牢门首,夫妻相见,痛哭失声。

周有财对婆娘哭道:"都是刘芒这小子!害得我至此。"

有财婆娘咬牙切齿,也跟着狠狠地骂了一番。她取出一些碎银交与牢头狱卒,望他们好好看觑,免让自己男人受苦。乃成在一边眉头紧锁。

大炮在赌场里,领路人唤他出来,带大家找了一个僻静处。大炮故意为难地说:"人命重事,一般是不易轻放,即便是误伤,没有足够的银子打点,恐怕也只能在监中耐守。"有财婆娘问:"你要多少?"

大炮伸出三根指头:"没有三百两,办不成。"

领他们见大炮的那个人,在一边悄悄伸出两根指头说:"那你们也得谢谢我。"

这一来一回,周家总共付出三百二十两银子。对方轻轻收过银子,告诉乃成,明天等着开庭。

这一天,周有财案子重新开审。

到得会审之时,知县说:"此案经过仔细研究发现,周有财有害人之心,但因为尸体未找到,属于杀人证据不足。待找到尸体重审。来人!给犯人打二十大板。"

差役答应一声,喊了堂威,提来板子,几个人把周有财按住地上,一五一十打了二十板,打完放他起来。知县说:"本县一天到晚公事甚多,现在没工夫与你多说,等找到证据再来问你。"说完这几句,便喝叫差役带他下去,先放他回家。

周有财被打得皮开肉绽,死人一般,热血攻心,眼睛倒插,在家里拐呀拐的,坐也不是躺也不是。他磨牙根似的恨:"我怎么就会受这种鸟气,如今只有先把这口气咽了。等我屁股上的棒疮好了,也让他们看看我的厉害。我又没有杀人,凭什么把我关进死囚牢里？我就不信死囚牢里，会没有一个含冤负屈之人，否则那阴曹地府也不须设得枉死城了！"

乃成说："人要是知道有阴曹地府，也不会干坏事了。"

周有财因为女婿这句话，憋了很长时间，说了一句："活要见人，死要见尸，等找到了证据说话，现在还不知是井落在吊桶里，还是吊桶落在井里……"

三十　刘芒得子

　　路边的野花顶着露水珠。趁乡里人还没睡醒之前,老茂头带着江湖瘸子,在通往阿毛家的那条道里,把堆放在那里的木柴往自己家后院的柴房边挪。那条路被清扫得干干净净,路边的草修剪得整整齐齐。阿毛带着婆娘捧来一簸箕花生核桃,表示谢意。

　　刘芒带着柳青来到秫陵节村口的断崖边,他们从上面的草地笔直朝下,进入树木葱茏的山谷。周围被悬崖深谷包围,有一种可怕的荒芜。他们身上绑着粗麻绳,麻绳一头拴上一个很大的铁钩,他们先用铁钩钩住下面的树杆,再将身子慢慢往下移。他们小心翼翼地从这棵树移动到那棵树,穿过陡峭的山路,匍匐在一棵松树后面,从那往下看。山崖间,野地里长满各种形状的藓苔和蘑菇。崎岖羊肠小道,像瓜藤一根,连绵逶迤,把几户人家串在一起。

　　竹丛里,崖畔边,刘芒看到下面散散落落,有几户人家各占弹丸之地,白墙灰瓦的农舍,四周开满了各种鲜花。阳光透过绿色的阴影,射在几户人家的房子上,刘芒看见炊烟在袅起,他向上面呼喊:"柳青,山里有人家。"

　　刘芒轻轻地拨开荆棘,让柳青沿着他走过的路下来。柳青的意志跟刘芒一样强,但女人毕竟是女人,她的身体不如男人强健。

没下几米山路,她已经远远地掉在刘芒后面。

小路在树林里穿行,树林密布的山谷,是浊气和它所滋生的瘴疬的发源地。很快,刘芒和柳青皮肤开始发痒,脸部和双手红肿。他们俩走近一户农家,在门外叽叽咕咕说话,院门"咯吱"一声响,里面走出一位八十多岁的老者,胡子眉毛雪白,身材高大硬朗,穿一身浅色棉布长衫。

刘芒上前作揖道:"老人家,我们想问您打听一件事。"

"快进院子,我去给你们打盆草药水,一看就知道你们从山谷里走来,碰到了树林里的瘴气水。先洗把脸,喝口水,等过敏退了再慢慢跟我说。"老人很慈祥,领着他们经过门厅,从天井向右一拐,进了一道暗门,沿着回廊,曲曲折折地走了一阵,来到一个幽静的庭院。一间三开间的小平房掩藏在浓密的树影里。

一个老太太影子似地栖息在屋檐下。对于刘芒和柳青的到来,她没有抬头看一眼。

院子很小,中间摆放一套石凳石桌。宅子深处,住着一对老夫妻和他家佣人。佣人端来一个泡着草药水的铜盆,手里捏着一条粉色的粗棉布。

"你们俩用双手把水往脸上泼洗干净,再用面布擦干,一会就好了。"老人笑眯眯地对刘芒说,"我见过你,你是云雾山刀客,遇到什么事了,尽管说来听听。"

"我们想打听最近半个来月,这山崖上是否有人跌落下来?"

"这断崖经常有人滚下来,没人认领尸体,直接山里埋了。你们要打听的是什么样的人?"

"一个年轻后生,体格强壮,二十岁出头,圆脸大眼,皮肤黑黑的。"柳青在一边迫不及待。

"最近来了好几拨,都在打听这个人,有秫陵节村民,也有临安县府派来找寻的。说找到此人，不管是死是活都有重赏。这个人跟你们是什么关系？"

"是她的未婚夫，遭人追杀滚落断崖，我们找他是想知道他是受伤还是遇害。"刘芒脸上的红肿已经退了，说此话时，他瞅了瞅柳青异常急切的眼睛。

"小芒，你先带姑娘回去，等我打听到下落，会托人带话给你们。"老人突然的一声"小芒"让刘芒和柳青怔住了。

刘芒问："老人家，您是何方贵人？"

"你们不必知道我是何人，回去时你们顺着这个村子一直往前走，走过村子尽头，沿着山脚边，绕出去就是通往大山坞的大路。"

佣人端来两个碗，每个碗内红糖开水里，卧着两颗白胖胖的荷包蛋。

"你们吃了点心上路，我回屋歇息去了。"

一路上，柳青低眉默默地不声不响，偶尔抬起头歉意地微笑一下。那眼睛里有种说不出来的干净魅力。柳青是个安静和顺的女人。

刘芒带着柳青离开了云雾山去了部队。刘芒走了，村里人都在说，莫家老爷在世，绝不会把自己的女儿交付给一个四处漂泊的刀客。刘芒是好人，但是沁沁嫁给他一定是不合适的，委屈了沁沁。沁沁说是自己皈依佛门，了却情缘的。她还把刘芒认作兄长。

老茂头刚做了七十大寿，仅有的几根头发也掉了。他右耳背得厉害，听人说话时总是侧起脑袋。田里的事，他开始放手让儿子去操心，他陪着刘夏读书做作业，几乎寸步不离。家里请了一位新来的教书先生。翠玉婆娘每天就忙一日三餐，猪也不养了。

香香一时糊涂一时清醒，沁沁把她们娘仨接去莫家住，想用温

　　　　　　　　　　　　　　　大山坞

情去唤醒香香的良知。另一方面,她也想让冯家三代人能生活安定。村里人不明白,刘芒和沁沁为什么那么真诚地善待香香,一次又一次地原谅她。

阳光很明媚,温暖地抚摸覆盖万物,大片金黄色的油菜花香气流溢。刘芒离开大山坞前半个月,他雇了一辆马车,带上香香母女仨进了杭州城。他对沁沁说:"单靠针灸很难治愈她们的脑部问题。我已经打听到,去大医院,手术可以切除部分脑胚叶,维护她们的心理健康,使她们成为正常的人。""费用很贵吧?"沁沁担忧地问。

"我已经准备好了,不用你操心。等手术做好回家,你需要给她们做护理,针灸治疗也是必要的辅助。这件事我们俩知道就行,无须张扬。"

手术是成功的,空前的成功。主刀医生找到了她们母女仨脑部同样的问题,手术刀在如头发一般纷乱的神经网络里穿行,竟然没有碰伤一根神经。

这是一个很简单的秘密。这个秘密在于他们那自始自终的善良、仁爱,还有那宽广的胸怀。

一年后,刘芒心情阴郁,原因不仅仅是找不到大牛。前年秋天,他接到命令,被调到浙江清政府担任总兵官左宗棠的监军。左宗棠率领部队在镇压太平军的战争中以凶悍残暴著名,势力日渐增强,他自恃重兵在握,开始骄横跋扈,对朝廷的命令开始不大服从。大家都知道,刘芒是左公的心腹。刘芒跟随左公多年,也清楚他有恃才傲物的脾性。他欣赏左公有学问有本事。李鸿章部队慕名找到刘芒,给了他这个差使。这半年来,刘芒四处疏通说情,请求朝廷免其此职。得罪了左公,刘芒知道自己随时随地都有性命之虞。但是恪于上命，不敢违抗，一直在左右为难。最后坚持推说自己没有这个能力胜任。李鸿章推荐了其他人。

刘芒喜欢同一些尚未涉足官场的年轻士兵交往。他们和自己一样，怀着一腔热血，如同那些坚守儒教论理的知识分子，乃至普通民众，都对清朝政府抱有一种复兴的信念。刘芒读过很多书，要对付士兵那些粗人，书本是一样很厉害的武器。士兵们也喜欢听他说那些道理。

太平天国被消灭，曾经出现了一段和谐时期。在这个过程中，一些清朝官吏看到外国的新式武器确实比中国的土炮和长矛大刀厉害得多，他们希望国家强大，能有效地抵御侵略。前段时间，刘芒跟着以左宗棠为代表的官吏，开始兴办一些现代军事工业，叫做"洋务运动"，其中李鸿章办洋务的规模最大。他们扶起了大厦将倾的大清王朝，稳住了一个平静时期。

刘芒对士兵说，自己认为人生的意义，是向往让人活得有指望的秩序。太平天国运动虽然失败，但在很大程度上传播了当时西方的一些思想和价值观，帮助当前落后的清朝百姓了解西方文明。但是当局主持朝廷大计的，大多是一些庸懦之才，朝廷如不急图良策，只恐国势危殆。在他眼里，仿佛出现了一幅国破家亡的可怖图景。

在那之后，刘芒又接到通知，朝廷任命左宗棠为钦差大臣，左宗棠的部队已经离开兰州，经过河西走廊向新疆出发，拼杀疆场，收复伊利和整个新疆。左宗棠手下有几支部队留在京城，需要刘芒火速前往担任指挥，各军有事，随时向他禀报。

正是秋分，天蓝蓝，日光光。在部队的刘芒与柳青的关系很快尘埃落定，成了亲。柳青将要临盆，刘芒把她送回到大山坞妹妹家。刘芒反复叮嘱妹妹，注意休息，好好守着我们的家，说此话时目光柔和地注视着柳青，甚至以开玩笑的口吻和她们结成联盟：我们之间都是亲人，今后无论发生什么，我们仨带着俩孩子相依为命。

左公的部下肆无忌惮地议论朝政、讥评人物，得罪的人越来越多，刘芒担心这样闹下去，难免有一天要闯出祸来，自己又无法劝说他们。他对于官场上的同僚们怀有一种隔阂和戒备的心理，他早已经看出来，皇帝是个多疑独断、刻薄寡恩的人。自己的性格讲究原则，绝不会得到上面的重视。他开始有了自己的想法。

刘芒返回部队后，又目睹左宗棠与官府内勾结设计杀害美国人白齐文，这件永远无法水落石出的事件，让刘芒又一次看到了这些人性格中的狠毒无情之处。他想逐渐采取疏远的态度，准备找个机会重返云雾山，带上老婆孩子过日子。

姑嫂相处，还有些闺阁的气息，一些绵密的心事，和别人不能开口的，就能彼此间说。沁沁说：她心里只有乃成，但是错过了就不想重新拾起。她现在心中装的是阿弥陀佛和所有的病人。

冬去春来，草木萌生。沁沁为嫂子接生了一个男婴，取名刘春。

柳青在莫家诊所与沁沁一起诊治病人，里外几个村子的病人都慕名赶来看病。香香静下心来，跟着沁沁每天读经书，念"阿弥陀佛"，如同变了一个人。诊所里很多事她都抢着干。

这些年，花花、朵朵在慢慢懂事，转眼都已是十来岁的姑娘，沁沁让她们白天和刘夏一起去上课，学点文化将来可以学着开药方，同时可以提高她们的认知能力和精神境界。沁沁常常给她们灌输女子要独立、要学谋生技能的观念。下午课后，有金有银带着花花朵朵一起上山采草药，教她们各种草药的名字。

这两年,老茂头老得快,脸上长出深深浅浅的老人斑,眼皮肿肿的,似有不好的预示。他常带着刘夏来诊所看看。大山坞开始了一派祥和的气氛。

刘夏跟着阿公非常快乐,在私塾课堂上,先生常常拿起他的作业,在班里夸他。

刘夏开始敬重乃成爹爹,是在他读了书,渐渐懂事之后。

老茂头常常挂在嘴边说:"我死后不必张扬,人一死,说是给死人摆排场,死人又能知道什么?还不是给活人撑面子。我呀,要把钱统统留下来,给我的过继孙子娶媳妇。"翠玉婆娘跟在后面望着孙子呵呵笑,她也老态龙钟,脸上的皱纹深深浅浅,如核桃的硬壳子。

"阿公,你干吗老喜欢说死呀死的,我不要听,我要阿公一直陪着我。"刘夏仰脸撒娇说。这段日子祖孙俩相处久了,刘夏喜欢黏着阿公。刘夏知道姆妈每天忙着给病人看病,也无暇照料自己。

诊所里每天挤满人,那些老人有一点点头疼脑热,就喜欢来诊所拔一下火罐、扎一下艾灸。这些香香都已学会。她每天忙忙碌碌,干一些外科护理换药之类的事,她每做一件事都小心翼翼,就像往鱼肚里掏苦胆。晚上香香陪着沁沁在佛堂念经,她脸上的线条开始柔和、平静。她明白这么多年,自己做错了许多事,她要行善布施,洗尽这些污秽。

莫家的五进大宅门内,住进了老老少少。柳青姆妈辞掉了东家的帮佣,来到大山坞莫家带外孙。看到外孙她又会想到大牛,常常独自偷偷抹眼泪。

三十一　新任乡董

一个阳光灿烂、万木葱茏的下午,刘芒回到大山坞,身后跟着一个老头。老头戴瓜皮帽,一袭青灰色棉布长衫,白胡须飘在脸前,很是气宇轩昂。

柳青姆妈抱着刚满月的刘春在院子里晒太阳。见女婿领着客人到来,忙起身招呼,朝屋里呼唤:"青青,先生回来了,还带着客人。"

柳青快步从诊所里走出,见到自己俊朗的男人,心头渐起一股暖意。又见到刘芒身后的老者,柳青感觉有大事将至,忙招呼他们屋里坐。

"老人家,我们去过你们家,大牛有消息吗?"柳青急切地问。

来者就是断崖山坳里那户人家的老人。柳青细细端详老人的脸,觉得从上面能够看出令人非常伤感的东西。

老人不停地叹气:"小芒来我家,我把一些情况告诉他了。大牛其实就在我家养病。那天是我救了他,他当时摔伤,几处腰椎骨撕裂,瘫在床上不能起来。来找他的人又多,他让我不要告诉任何人,等他伤养好会来找你们。可是他伤得很重,一直无法站立,久久躺在床上,身上还长了褥疮。昨天小芒路过我家,看了病情,他带我来找沁沁,说此病只有沁沁能治好。"

听说大牛没有死,柳青背上药箱就急着想跟沁沁走。

沁沁在整理药物,把家事简单交代一下,带着柳青跟哥哥一起坐上马车走了。随着夕阳西沉,他们身后的山里夕照渐渐消失,天色开始昏暗。一扇破旧门内,是一座看似荒芜的院落,幽径通往更深的庭院,四下无人,只有清冷的上弦秋月。老人再次领着他们经过门厅,从天井向右一拐,进了一道暗门,来到一处幽静的庭院。那是一间三开间的小平房,院子里开满了秋季的鲜花,夜色中,花香四溢。一树树碎叶子,在淡淡的月色里颤着。这里充满一种神秘的气氛。

见到大牛,柳青眼里溢出大滴大滴的泪,大牛也泣不成声。

沁沁的医德是崇高的,可是这种崇高往往无法让人理解和接受。她打开药箱,摆放好各种治疗器械和药品。佣人端来了一盆热水,沁沁让哥哥把病人的身子翻过来,擦洗干净,又为自己准备了一大杯茶叶水。她俯下身子对着脓疮"接吻"那令人作呕的善行,让边上的所有人惊呆了。她把嘴唇放在脓疮上,吮吸它,直到嘴里装满了才吐出来。她把脓吸空了,端起水杯跑到门外,把口漱干净,再回进屋里,在伤口上撒上药粉,最后取出带来的一大包伤药丸,嘱咐道:"一次一粒,每日三次。我刚刚检查了一下,腰椎骨已经开始愈合得差不多,说明你们平时对他的照料还是很有医学常识的。伤口每天要清洗,然后撒上药粉,经常替他翻翻身。"

沁沁说:"人体内部有非特异性免疫力,身上有炎症,是病毒体侵入人体,被吞噬细胞发现,会把这类没有活力的病毒体吃掉。所以,健康的人自身免疫力就能挡住一些疾病或炎症。大牛的伤口已经清理干净,勤清洗勤换药,应该很快会结痂。"

"孩子们到了?"里屋有人说话,这是一个老女人的声音,缓慢而又温和。老太太是个瞎子,穿一身灰布裤褂。她摸摸索索走上前,抚摸着沁沁的五官:"刚刚听得你们在治疗,没想打扰,所以出来迟了。医生这行当积善行德,了不起哦。"

"阿婆,医生这行当,跟阎王爷仅隔一层窗户纸,不定什么时候病人在医生手里就去了,也不是万能的。"沁沁跟阿婆说笑。

刘芒让柳青陪伴大牛,带着沁沁跟两位老人来到隔壁房内。

油灯带着一束黄昏的光线,佣人已经把饭菜摆上桌子。老人突然哽咽道:"小芒,沁沁,我有话对你们说。"

老人说,他对不起这俩孩子,是他杀死了他们的爹爹。

"你们爹爹害死了你们的姆妈,我的女儿素娴。素娴姆妈因此哭瞎了双眼。"老人说这话时声音在颤栗,这话就像是从他心灵之中绞出来的。

"外公,您们是我们的外公外婆?"刘芒和沁沁几乎异口同声。

"孩子,这些年,我们躲在山坳里,怕透露风声,被山岗顶上的土匪报复。我们想你们,又见不到你们……"外公伤心激动得说不下去。

"我们每天每天想着你们,想我们的素娴,祈求她的灵魂回到我们的身边。我们相信鬼魂,相信素娴的魂灵一直生存在我们中间。"老外婆的双眼里已经滴不出泪水。

多少年了,这股恨一直埋藏在两个老人心中。那年女儿素娴为了换回爹爹的性命,主动上山当了压寨夫人。原以为刘大麻子会善待女儿,他们一直不敢去惊扰女儿的生活。素娴是个孝顺女儿,她受尽虐待,不想让爹爹姆妈伤心,东躲西躲就是不敢回娘家。后来听到村里传说素娴已经死了,两个孩子也不知去向。好心的村民带他们去了素娴的坟地,那天风刮得阴冷,四周一片凄凉。他们坐在土馒头旁哭得死去活来。这土馒头成了他们之间永远的障碍。他们想刨开土馒头,把素娴像孩子再抱在怀里,如果她是冰凉的,他们可以把她捂热。在坟头边他们知道素娴已经死了,早已不是血肉之躯的活物。但是他们听见素娴在和他们说话,他们确实感到素娴就在他们身边,与他们同在。

那晚,刘大麻子突然出现在老丈人家院子里,这老罪人呲牙咧嘴地哀嚎,带着狂野的神情。常年来为了显示自己不是怂包软蛋,他习惯让自己那两只深陷在眼眶里、几乎没有眼白的眼睛闪烁碧绿的光芒,如两团燃烧的鬼火。他的到来,勾起老人对往事的恐惧和仇恨。他放出家里的狼狗驱赶刘大麻子,自己关上门进屋去了。狼狗性野,见主人一脸怒相,猛地扑向刘大麻子,开始撕咬。

"当晚下大雨,可真是,倾盆大雨直下到天亮。黎明时我恢复了理智,想到院子里看看他是否走了,他躺在院子里,眼睛那么锐利凶狠地睁着,一动不动,他身上的伤口被雨水冲洗着,血没有再流出来。我用手指一摸,他死了,而且僵了……"外公喝了一口水,继续说,"我当时感到害怕,没有那份胆量处理这件事,就派人上山岗顶上找来二当家。二当家怕我们遭到刘大麻子部下的报复,立即让我们锁了大院,带着我们迁移到山坳里躲藏起来。他带着几个土匪,把刘大麻子的尸体抬回山上,为他隆重地办了一场丧事。"

二当家知书达理,跟了刘大麻子几十年也是有感情的。他告诉素娴爹爹:其实刘大麻子已经重病在身,好几次痛苦难熬想自尽。他想到自己死前有些事未了,特地跑去云雾山找了儿子刘芒,忏悔自己的罪恶。这天晚上,他告诉二当家自己来日不多,想下山去老丈人家,看看能否求得原谅。这些年,他的心变成了人间地狱,他知道自己罪孽深重。

素娴爹爹怀着压抑的悲哀,把二当家的一席话向外孙和外孙女诉说。

刘芒突然做出一个决定,他对两位老人说:"外公外婆,我看到你们这么大年纪躲在山里,如今你们也找到了自己的小辈,理应当回到我们身边。明天一早,你们带着大牛跟我们回大山坞,云雾山土匪会保护你们,这段时间我不回部队,陪伴你们。大牛在莫家诊所,病也会好得快。只是我与柳青已经结婚生子,不知大牛会否产生想法。"

"我是怕大牛回大山坞,被香香她爹爹知道了会不会起事?"柳青在顾虑。

"香香现在脑子清楚了,她说,通过那些事后,自己也明白了,在这个世界上,做人一定要规矩。我也在劝她回冯家,她说,那里满眼都是她造的孽,她不想再做没良心的事。我可以让她去说服她爹爹,这事儿不要再追溯,毕竟大牛也被他们害成这样了。"沁沁说。

道路两边,只听水流瀑布从山上直泻下来,回去的这条路一长串石阶,又陡又滑,刘芒带着大家出了村子就到了石阶下。回头看,视线所及的只是一些高大的遮天蔽日的树枝,小小的村庄陡然不见了。

土路很窄,刘芒选择了另外一条平坦的绕路,路的一头直接通往秼陵节村子,绕着山根再朝前走,就进入大山坞村子。他把老人的行李打包,另外又雇了一辆马车,上面坐着自己和外公外婆。进山时的那辆马车跟在后面,躺在担架上的大牛在沁沁和柳青的照顾下,一路哼哼,路过秼陵节村口,再也不敢回头看一眼村口的断崖。

马车在莫家大院门口停住。柳青姆妈抱着外孙欣喜地走了出来,刘芒立马从丈母娘那接过孩子,孩子竟拉下一滩稀屎,脏了他一身。他亲了亲儿子的小脸蛋,进屋换洗去了。

外公外婆和沁沁同住在二进楼底层的东西厢房内。晚饭时刘芒对他们说:"外公外婆你们安心住下,我和沁沁会为你们养老送终。"

刘芒在家里开始编纂工作,他身上重现宁静的文墨生气,四处奔走的劳顿和风尘开始消失。清政府想学习外国制造武器的技术,刘芒参与其中。办洋务,使古老的中国发展了工业,这些工厂运用新的科学技术和管理方法,比中国旧式的城市手工业和家庭手工业要先进很多。大量厂矿企业的建立和采用机器生产,给中国带来新的生产方式,促进了商品交换。清廷派出留学生,修铁路、办交通,从此中国迈开了各类生产技术的脚步。刘芒准备把自己这些年的经历记载下来。

刘芒感到,外国人在中国人厂里做事,当然有他们自己的打算,赚钱是第一。清廷也得提防他们从中控制中国的军事发展。他曾经写奏折递交给朝廷,得到李鸿章的赞赏。

莫家传出一阵阵欢声笑语。

大牛在沁沁的治疗和调理中渐渐康复。沁沁吩咐佣人,用黄芪熬鸡汤给大牛增加胃气和营养。柳青姆妈每天把一个小瓦罐埋在炉膛口,熬点猪血紫米粥喂大牛吃。这是老人习惯使用的民间秘方,补血强身。

大牛说,等我病好了,跟着刘芒大哥回部队。刘芒说,你的腰病已落下终身残疾,战场是不能再去了,留在大山坞,学门手艺,还能养家糊口。大山坞有满天满地的清香竹篾,你好好跟人学个篾匠,倒是一份很不错的手艺。

大牛说,他有酿酒、做酱的手艺。

过去每年夏天,大牛都会给秣陵节村子原东家做酱。酱做好了用来腌黄瓜、菜瓜、茄子。大牛的酱做出名了,腌出来的酱瓜茄子清脆鲜嫩,十分可口。

小癞痢和小头鬼死后,狗兄弟去了其他村子打工。老茂头家请了几个年轻力壮的长工。江湖瘸子变得萎靡不振,每天早出晚归,默默地去给村里一些家道殷实的人家割草挑水,混一碗饭吃。没有事做的时候,他就接受村里乡邻一碗粥一个馍的施舍,夜里孤独地躺在窑洞的土坑里歇息。他双眼茫然,让人想到那些漂浮在河面上死鱼的眼睛。渐渐地,他开始在野地里摇荡着,嘴里不停地说着:"杀千刀啊……偷走了我家缸里的肉……"村里的女人们吓得惊叫起来:"哎呀呀,魂搞错啦! 杀猪佬婆娘的魂附上身了?"江湖瘸子说着说着,学女人走路的样子,开始乞讨,有一餐没一餐地过着……

这些年来,莫家从莫子林到女儿莫沁儿,一直都在做善事,莫家大院在大家的眼里,就像暮色里站着的一枝荷,荷已褪去,只剩下一副坚硬的骨骼。连那些平时习惯嘴碎的人,都投来敬仰的目光。

这一年,冯大当选大山坞新任乡董。

三十二　成全

天空晴朗,恬静而寒冷,又是一个冬季。大牛在沁沁诊所经过一段时间的治疗,已经可以站立行走。他对刘芒说,事情已经过去那么些年,周有财也不会再找他麻烦,他想离开大山坞,重新回到秣陵节村子原来的东家家里。他有酿酒的绝活,东家会接受他。

刘芒看出他的心思,他的心头在起疙瘩,疙瘩在变大。刘芒最后想了想说:"还是留在大山坞吧,这里需要酿酒的农户很多,一年到头有你活干,只是你伤刚好,以后还是需要注意,蛮活不要去扛。我不久就要离开大山坞回部队,那边来催过好几次。我这个人漂泊惯了,不适合留在家里过安稳日子。这里有你在,沁沁和柳青你照看着,我也放心。"

大牛回来后,看到柳青的孩子,心里像咬到了一只苦果子,表情变得很懊丧。刘芒把柳青领到大牛跟前,郑重地说:"我常年在外,顾不到家里,我把柳青还给你,你们两人好好过日子吧。我曾是莫家女婿,已经被大山坞祠堂认可。你们因为我的身份,门弯楼角地也挤了进去。海棠大伯那里已经应允。"

刘芒不再在莫家过夜,他说近来各个村里土匪猖獗,他需要留在云雾山打理一些事。

从此,大山坞村子里很少见得刘芒的身影。

大牛开始在大山坞操起自己的行当,冬天酿酒,夏天前做酱。做酱先要做王,酱王是用麦面和豆粉搓成的一个个手掌大的小圆饼,用文火煮熟而成的。一般人家要么不做,要做就得做掉几升面,一家人早餐可以捞来吃。这种小圆饼越煮越硬,很有嚼头,细细品尝,有一股甜丝丝的豆麦香味。做酱王的用料可以是蚕豆、黄豆,考究一点的用红豆、绿豆。因为用料不一样,吃起来的味道也不一样。等酱王小圆饼吃腻了,端午节后,热辣辣的太阳照几天,正是梅季,剩下的也差不多发霉了。梅雨季节天气潮湿,酱王小圆饼开始发红发绿,最后发黄,便可以将这些饼放到锅里煮烂,再加上盐,盛在一个一个缸里拿出去晒,上面盖一块细棉布,以防苍蝇在上面嗡嗡。大伏天日头一个接一个晒,看那煮烂了的酱王盐水晒得变成酱红色以后,就可以放进生瓜在里头腌酱瓜了。酱瓜腌在酱缸里,放到院子里,继续由着那烈日暴晒。酱缸不能进雨水,进了雨水,便成了一缸汤水,做出来的酱瓜便会发酸,甚至会生蛆。

酱瓜做好,整整一个夏天,汗流浃背的庄稼人就靠这道菜来佐饭。

大山坞村民不会错过每一个节日。中秋节前夕,家家的院子里飘出一股扑面而来的甜香,大家开始忙着烤月饼。月饼馅子在灶台的大锅里炒好,一盆一盆端出来,放在院子中央的石桌上,一家人围着捏月饼。月饼馅儿很多种,红豆沙、绿豆沙、莲蓉、香芋、枣泥、咸蛋、腊肉、桂花白糖、栗子泥……

做好的月饼放在木头印版里压出十二个生肖的图样,再烧一盆炭火,编一个铁丝网罩,搁在炭盆上面开始烘烤。做月饼成了大山坞一道景观,那种香味在村子里缭绕,几天都散不了。

莫家大院里,老老少少喜欢吃月饼。他们各自拣了自己喜欢的月饼,咬一口,连说好吃。香香拿了两个桂花白糖月饼对沁沁说:"我们不吃荤的,这两个我用的都是素油。"

柳青沏了一壶茶端上来:"外公、外婆你们喝点茶水,当心噎着。"莫家大院老小的笑声交织在一起,构成了大山坞村子少有的快乐家庭。

刘春六岁多了,他身上出现了刘芒的各种神态,说话的认真、笑容的友善,举手投足都是他亲爹的模样。他喊大牛"爹爹",他喜欢吃爹爹做的酱王小圆饼。然而,大牛的心里渐渐地开始感到不安。

腊月二十九是传统的小年。午饭时间,柳青把洗完澡的刘春领出来坐在院子里,在太阳底下的小方桌上给他盛了一碗晶莹剔透的米饭,摆上一盘他喜欢的油炸小土豆、青菜、萝卜、一块红烧肉。

莫家人开始忙着安排调理过大年的物品。这是冬季最寒冷的时节。

乡里人喜欢早吃早睡,天漆黑一片,趁着肚饱的热量钻被窝,会过日子的人在早上天色刚亮便开始起床,晚上早睡既省灯油又舒服。这一天晚饭后,莫家人忙碌了一天,也都开始早早入睡。刘芒带信过来,过年要回大山坞。

凌晨左右,只听得有人敲门,沁沁以为刘芒回家了,忙起身开门。门栓刚抽出一半,"嘭!"地一声,大门被踢开,闯进几个蒙脸男人。没容说话,沁沁的口就被堵住。秣陵节山头的土匪说:"不许出声,我们只要刘芒的孩子。"里屋传来孩子的哭声,几个男人向里屋冲去。混乱中,土匪抱走了刘春。事发仅仅几分钟,神不知鬼不觉。

沁沁手握杠子，奋力敲打门前的铜钟。大声呼救："土匪抢孩子了！"

孩子的哭声惊动了莫家所有人。柳青起身不见刘春，顿时明白了：他们是借过年了，为钱而来，报复刘芒。她从门后提起抢，向外冲了出去。

柳青追了出来，只见刘芒骑马带着乃成在前面紧追，"叭"的一声土枪声响，震得栖在枝杈上的喜鹊、乌鸦、斑鸠等惊叫着飞起来。土匪看到刘芒回来，放下孩子赶紧逃跑。

乃成抱起孩子，回头见是柳青赶到，大家都舒了一口气。

乃成对柳青说："我爹爹最近身体不好，想让沁沁上门来诊断一下。"两人边说话，边走进莫家大院。

清晨的光，像混沌初开时一样，光与黑分离，从天际聚拢起来，天空亮了。

刘芒告诉大家，这次回来想看看家人，看看大山坞的秩序，回部队后有更重要的事等他去做。

刘芒觉得，中国人脑容量太小，看不远，尤其是农村，小农经济意识太强。当前一些腐朽的旧秩序很不完美，有重大缺陷，已经有人在争取变革。否则，我们这个民族眼看就要沦陷。尽管我们这个时代，这向往仅仅是遥不可及的渴望，许多人放弃了指望，有些人还是开始行动——这些话他都是偷偷对沁沁一个人说的，说得很冷静也很简练。

"我这次出去，准备组织农民武装起义，和附近各地互相串联，参加抗粮抗税的斗争，免除老百姓的钱粮赋税，打击贪官污吏和土豪劣绅，反抗清朝的残暴统治。"

刘芒的悲悯心像月光一样，照亮沁沁对未来生活的希望。沁沁说:"这些年,你已经把大山坞的秩序理顺,我支持你出去,家里的事有我们在,你尽管放心。"

刘芒犹豫了一下,对妹妹吐露了心里的纠结:"我在这里,大牛的心情不会好。柳青和大牛就如你和乃成,他们也是青梅竹马,相爱得很深。我散漫惯了,要我常年住在家里,对着黄土背朝天,我也是不习惯的。我也想成全他们。"

"你这样做,不是会被村里人戳着脊梁骨骂死。你带着柳青离开这里的那年,村里有不少人来我这里说闲话,我们之间的真相别人不知道,所以对你有不公道的看法。再抛下柳青走,你身上的曲解真会多到俯拾皆是。"沁沁笑了笑,那是个意味深长的微笑。

"这些都是命运的播弄,我大概小时候就受了《论语》的影响,还可以承受委屈和苦难。世间的事错综复杂,难以分辨。一个人,要是只知道自己活着,只想到自己的梦想,不知道别人的状态、痛苦,这样的存在,有什么意思?所以我们以后对待别人,凡事不要只看表面,也得学会不轻易论断他人。我想柳青和大牛生下了自己的孩子,过去的一些自然会渐渐淡忘,"刘芒说,"我早晚会离开村子,把柳青交还给大牛,我最放心。你们不要怕被人议论,好看的女人总是容易被人猜测议论,那些不起眼的女人没人招惹。"

刘芒悄悄离开了大山坞村子。他留下了一封信,这是他内心向善的本性,使他做出了最后的决断。刘芒做出了悲壮的选择,放掉柳青,那种钻心的痛,一定是刘芒切入骨髓的感觉。这选择堪称有力,石破天惊。他原本有权力和柳青、儿子在一起,有权利过安定的家庭生活。

刘芒这辈子最爱的是姆妈、妹妹、老婆孩子。可叹命运又注定,不能与他们的缘分长长久久。

沁沁、柳青妹妹：

　　我的亲人，请原谅我不辞而别。这几年我与大家一起经历了许多，现在我该走了。中国的传统民俗，家是一对夫妻必须在一起长年厮守，是一团历史与社会的衍生物。为了老人、为了孩子，你们应该回归各自家庭。大牛的回来，对柳青来说是最好的归宿。祝福你们！

刘芒

　　冯家后院的几棵老樟树上，乌鸦呱呱叫。老茂头病了，起初是头痛目眩、上吐下泻，继而又是高烧不退、神昏谵语，伴有全身水肿，不停地干呕。他喝水都吐，大便如水样，水泻不止。最后不吃不喝，多天无尿。

　　沁沁说："大伯得了尿毒症，我先开一些中药，每天一剂，水煎频饮。同时要喝鲤鱼汤。如果他能喝，还可以治，如果他喝不进，那也只能没办法了。"

　　出门后，沁沁对乃成姆妈说："大婶，大伯的病是过于劳累，平时吃的咸，导致肾脏里平时工作的肾小球坏死，堵住了肾小管。吃药是能激活休眠的肾小球，让它们出来工作。"

　　"沁沁，我爹爹的身子能激活吗？"乃成在一边悄悄问。

　　沁沁说："每个人生下来，神经细胞的数量是一样的，有的人通过学习，变得聪明，有的人懒得读书，放任了休眠的神经细胞，人就愚笨。其他器官也是如此，都会有休眠的细胞，所以，一个人的潜能是很大的。可是大伯的体质太差，年纪也大。药喝不下去，也是无法治疗的。看他样子，我觉得你们应该给他准备一下后事。大伯这次病得不轻。"

翠玉婆娘耳边刮进沁沁的话,说让他们准备后事,吓得浑身发抖,像一只受惊的兔子似的呆住了,随后扑通一下坐到了地上。乃成和沁沁眼明手快,两人把她扶起来,搀进屋里。翠玉婆娘压低声响哭泣。她就像要虚脱一样,垂着头,茫然地重复着:"老头子,不能走……不能走啊……"这个时候,一个人的绝望远比死亡可怕。

清明前一天,下着牛毛细雨,一团团破棉絮似的灰云,在天地间懒洋洋地滚动。傍晚,一只大黄狗开始在村口叫,叫声像啼哭。村里的老人说:"今晚,村子里要死人了……"

老茂头家的一些事,大家都在猜测中。刘芒走后,沁沁让香香和花花、朵朵搬入冯家大院。柳青带着刘春和大牛一起住在莫家,家里有丫鬟佣人伺候。有金、有银二十几了,还没有娶媳妇,每天在莫家诊所跟着沁沁忙碌。

秋季,老茂头就开始咳嗽、气喘,原指望服几贴草药调理一下会好转,谁想病势日益沉重。接下来的高烧让他一时昏迷,一时清醒。

月亮已经沉落,村子里一片漆黑。老茂头躺在床上,阴阳两界之间荆棘丛生,雷电交加,刀山火海,沼泽陷阱,激流险滩,他感到害怕。时间在一分一秒地过去,他活着就像是为了忍受这一切。糊涂一阵醒来,他会略微开了一缝眼,断断续续嘱咐家事:"一家人在一起要和睦。乃成要学会担当,不能什么事都推给沁沁,也不要让你姆妈再劳作,她跟了我辛苦了一辈子……香香要听沁沁的,尤其花花、朵朵的婚事,交给沁沁安排……我死后丧事办得不必张扬,你们一定要听我的……"

结束尘世烦恼的时刻终于来了,老茂头觉得自己只剩得一口余气在胸,他明白自己的末日到了。他躺着,静静地等待死亡,只见许多鬼判持牌提索来捉他。他开始昏迷，乃成从大皇殿寺庙请来帮助做超度的和尚们，床前点上一炷香，只希望和尚悠扬的焚音读诵能送老茂头一程，让他带着罪恶的悔意，带着人世间所受的辛苦、自私、贪婪、遗憾、孤独回家……

活着的岁月，都潜伏在老茂头额上的皱纹里，残存的几根胡须，也变成了枯草。生命的游丝在晃晃悠悠地飘，眼看着就要断了，却还那么顽强地悬挂在那儿。刘夏附在阿公枕边，用手在不停地抚平阿公脑门上的皱纹。老茂头用尽力气说了一句："小夏，你是阿公的亲孙子。"说完这句话就再没动，他注视着孙子的目光一直延续着，直到他的脉搏不知不觉地停止。老茂头临走时眼睛里有泪水，闭上眼睛像睡着了一样。他的灵魂离开了，完全没有一丝痛苦的挣扎就死去了。他死得安详，死得有福气。

第二天，老茂头家大小守在村口，等待刘芒回来。刘芒装扮成一个受聘赴任的教书先生，身上带着火药枪，进了村子。

丧事是刘芒操办的，乃成跟在后面，永远是一副窝窝囊囊的样子。冯家的灵堂搭起来了，翠玉婆娘一屁股坐在灵牌前的椅子上，用双手捂住了脸，咿咿呀呀哭了起来。乃成穿着孝服在一边也是泪水长流。刘芒说："节哀，无情不孽，有生皆苦，这就是人生。"这句话让人听了感到一种新的启迪。

全村姓冯的几乎都来了。村里的人都在议论，说老茂头到死都抠门。灵堂设得很简单，席口没几桌，请来的仪仗不气派，送殡的队伍倒很长，很多人没吃到斋饭，都在说老茂头家的房是显摆，地是累赘，攒下的银两变成催命鬼。放着那么大的家产，到死了也舍不得拿出来给人吃一顿，真是吃了死猪蒙瞎了心。

俗话说："想要俏，要穿孝。"沁沁和香香白皙的皮肤，加上一身白孝服，别有一番俏美。刘夏、花花、朵朵是孙辈，白孝服上要加红,无论是腰带还是头巾,那一抹红色,更让她们亭亭玉立的少女身子在白色人堆里显现出来。冯刘夏的白孝服上带着红,走在最前面。

出殡人手里的丧幡迎风作响。送葬的牛车迟滞地在泥道上前行,百号人的送葬队伍跟在后面。丧号昏天黑地响起来,高亢的丧歌四起,丧歌里的节拍,古怪而富有底蕴。

前些日子,香香跟着沁沁,让尤才看了坟地。尤才指着冯家老坟后面的山梁,山梁上有人建了一座墓地,压住了下面的风水。尤才说:"你们这个家族是不是开始在走下坡路?"

尤才建议不要再在老坟地打墓,重新选址。香香冲着尤才说:"你别胡说,那天我不是也让你看过。"话一出口,香香立即感到自己失言了。尤才斜她一眼说:"我是对你说了,不要迈进那口枯井,你偏要去迈,这不,出事了。"

老茂头的墓地,最后选在云雾山边水沟南面。山上的一脉清泉流进水沟,前面是他家麦田,麦子成熟的季节,风吹麦浪传来芝麻开花的天籁声。坟的东面是他家大片的稻田,可以闻到他最爱的稻香。尤才说:"他也辛苦一辈子,死了,让他占尽风水。"

墓上雕刻着许多稻穗、麦穗花形。墓碑上刻着老茂头自己写的墓志铭:葬近稻麦田,荫后福无边,子孙多连连,富贵永绵绵。

在老茂头的心里,永远藏着一个"贪"字。

三十三　如意姻缘

　　刘芒回来,没有再进莫家,他带上刘春住在云雾山。花花、朵朵、冯刘夏都已长成少男少女。刘春像六月里的高粱,开始拔高。刘芒给私塾先生放了一个月的假,每天带着刘春下山来冯家给孩子们上课,传授外面的新思想。这些孩子相互处得很和睦,像亲姐弟。

　　课堂上,刘芒在讲:"……中国人民要想摆脱帝国主义的侵略,求得国家富强,只有加强学习新的理念,只有……"

　　晚上没有月,星星是稠密的,在黑色的天空中点缀着。大人孩子都已入睡,沁沁披衣下床来敲哥哥的房门。

　　"还没睡呀?"沁沁看见刘芒床头翻开的那本书,煤油灯在床边忽闪忽闪。

　　"有事找我? 香香和你们共在一个屋檐下,她现在脾气改了吧?"哥哥问。

　　"香香她们娘仨在我的针灸治疗下,好了很多,再也不会胡来。前几次她爹爹来看她们,见到香香带着女儿住进冯家,还是与乃成同一屋子,放心地走了,也没再提大牛那桩事。"

　　"我的性格注定要漂泊在外,只要你们过得好,我也就安

213

心了。"

"可是……"沁沁想说又不想说。

"跟自己亲哥哥有什么不好说的,告诉我,家里发生什么了?还是乃成?"刘芒着急追问。

"他总是这副样子,除了给学生上课,外面收租一摊事儿,家里事也不闻不问,倒是香香现在变了一个人似的,家里吃喝全靠她张罗。就是……"

"怎么啦? 快说!"刘芒着急了。

"柳青过得不好……"

"啊……"刘芒一下子从床上弹了起来。

"你走后,柳青就和大牛居住在一起,开始柳青对大牛百般迁就,照顾有加。也不知大牛是怎么想的,他总觉得柳青欠了他,动不动就说自己受伤是为了柳青。听久了此话,柳青也不高兴了,两人开始拌嘴。大牛对着刘春指桑骂槐。有一次,大牛对刘春说了一句'野种',柳青冲上去就是一个巴掌,打得大牛后退几步,跌倒在地上。从此大牛开始装病,外面活也不去做,每天早上醒来就是捧着酒壶喝酒,喝醉了找柳青吵架。柳青姆妈护着大牛,一直劝柳青,想想从前大牛好的地方,忍一忍。最近,柳青姆妈也被气哭了,她把刘春托付给香香带,自己又回了秣陵节原来帮佣的那户人家。我知道,柳青还爱着大牛,她希望大牛能给她快乐,哪怕是虚假的快乐。可是大牛做不到。为了不让自己的怂恨表露在脸上,她对大牛还是选择忍气吞声。村子里不明真相的人,开始骂你不是一个做男人的,扔下老婆孩子又走了……"沁沁说到痛心处,泪珠在眼眶打转。

刘芒的脸僵在煤油灯闪烁的火光里,他不明白,大牛为什么不珍惜柳青那么好的女人。

"你去找大牛好好谈谈,如果不想与柳青过,就让他离开大山坞,你还是刘春的亲爹。男女相爱,女人可以背水一战,可以不顾一切,无私的、无畏的、全身心的付给对方。男人不行,害怕舆论的压力,在特定的情况下就会充分暴露他的本性,回避、怯懦。对待世俗舆论,男人比女人更自私。乃成是这样,大牛也是这样……"

"我和柳青曾经相爱拥有过,她是一个曾经滋润过我的唯一的女人,此生我也没有什么遗憾。就像春花秋月,来也匆匆,去也匆匆。现在让我回到柳青身边有什么用?我的两只睾丸,早已经在战场上被子弹打掉。我不想月下提灯——挂虚名。大牛好歹还是个男人,明天下午我去找他谈谈,"刘芒接着说,"在别人眼里,我也许不是一个好男人,我的生活颠沛流离,枯燥无味。但我每天都陶醉在自我的充实中。当前的世道,清政府已经陷入腐败卖国,我们中国男儿匹夫有责。"

庭院里摆着一张方桌子四条板凳,柳青沏好了一壶茶放在桌子中央。大牛懒洋洋地从屋内走出,摆出一副懒得理人的架势,走到了桌子跟前,大牛屁股宽,板凳窄,猛地一下坐翻了,跌了个四仰八叉。大牛扶着那曾经受过伤的腰慢慢地从地上爬起来,柳青捂着脸,在一旁哭得痛彻心扉。

跟一个酒鬼说话,就像墙挡在眼前,无处找窗。大牛喝得烂醉,嘴里喷着酒气,见到刘芒,两眼布满血丝。

短暂的沉默之后,刘芒问大牛:"你和柳青从小在一起,挑水的娶个卖茶的,人对桶也对,正相配。好好的日子不要过,想怎么样?"

"不是原配!"大牛气冲冲说出一句。

"那你是歪着枕头睡觉——想偏了心。当初柳青为了找你,冒了生命危险。大家都以为你死了。我从部队回来，还想着去找你，才得知是我老外公、老外婆救了你。把你从我外公家里抬回大山坞，也是为了成全你。我是背石头上泰山——受累还不叫好。把柳青还给你，你不想好好干活，咬着铁棍还说牙齿硬，强装本事，没事寻事。你觉得日子过腻了，我跟你换回来，你现在就卷上铺盖给我走人！"刘芒语气越说越强硬。

"好！我就知道你脚后跟朝前——想吃回头草。走就走！"大牛气呼呼地朝里屋走进。

"我已经学着以极小的反感来忍受大牛的自私和怨恨，他始终三不罢四不休，天天跟我吵，我怀疑他得了心病。他原来不是这个样子，他人真不坏。"柳青在一边说着，颤栗着。她的心由于某种极度的忧伤而感到痛苦，那张一贯光明滑溜的脸上仿佛生了一层锈。

柳青见刘芒，一种想哭的冲动，莫名地被什么撩拨着，胸口堵得厉害，就想不停地放声宣泄，脸上有一种难言的凄哀。

她说：自己一直认为愧欠了大牛，所以对他百般的依顺。这些年，柳青一直没有怀上，大牛怕村里好心、歪心眼的人笑话他不中用，孩子都生不出，尤其在刘芒面前像似永远矮了一截。他背着人偷偷吃下几副猪肾、狗肾，晚上还是用不出力道。他躺在床上不停地叹气。时间长了，惹得柳青不高兴。

"青青，我们要是有自己的孩子就好了，哪怕生个囤子头也好。"

"是啊，但这种事情急不得，刘春也是你的儿子。"

一说到刘春，大牛心里就不舒服："不一样的。"转过身睡去了。

大牛想孩子都想癫了。每天开始酗酒，胡话乱嚼。

柳青像哄孩子一样哄着、安慰着自己的男人："我们就是一辈子不生育，我都不怪你，你出去酿酒，我在家给沁沁当下手，日子过得不会比村里哪户人家差到哪里。就是老了，也是我和刘春一起服侍你。你不信，我就给你赌咒起誓……"

一听老婆要起誓，大牛怕不吉利，连忙捂住柳青的嘴巴，轻声骂："要死了，多少吉利话讲不得？生不出孩子，是我没用……你不怪罪我，我心里都明白。我就是想到那个人，浑身上下不舒服，还有眼前晃着的那个孩子。"大牛把心里的麻纱事扯出来消气。

几年前刘芒离开大山坞村子，柳青把自己一副痴心、痴情全交给了大牛。她觉得自己应该就是大牛的女人，跟刘芒之间，只是在思念大牛的痛苦中，生了一段情。

柳青说："我跟大牛说，我生是他的人，死了就是进坟地，也要和他共一个洞眼。可是他心里的那个结，始终无法解开。"

刘芒和沁沁、柳青仨坐在院子里说话。刘芒看柳青的目光里全是心疼。

半晌不见动静，大概也就是吸了一锅烟的功夫，屋内传来惊天动地的打鼾声。

柳青问刘芒："这样的人，还有救吗？"

"慢慢来，等我走了，会好的。"

有一种渴望总在刘芒心底盘旋，让他透视人类的渺小、人生的无谓。它抹掉尘世虚假的光泽，让他看到世界原本的幽暗与芜杂。刘芒告诉沁沁，太平天国之后，清政府收拾战乱的烂摊子，因为富庶的江南多年不能正常交税，朝廷在管理上显得困窘。本来在洋务运动思想上，留下一批拥有西方视野、能够全面批判传统文化的思想精英，刘芒也在其中，但大家还没有形成民族振兴的合力。虽然有近代化的军事思想人才，但因为上有保守权贵排挤，下有人民揭竿造反，由于收罗的都是土匪民团，属于乌合之众，十有八九都是逛窑子抽大烟的二流痞子，他们有着恶劣的基因，根本不经打仗。后来因为封建制度的腐朽、统治者的愚昧，最终毁掉了这场"自强"的迷梦。

刘芒跟随左公，经历了湘军平定太平天国运动，洋务运动，保卫西北之后又参与收复新疆。左宗棠果断地下了进军南疆的命令。他对官兵说："这次进军是攻打阿古柏这些侵略者，保护维吾尔族老百姓。"阿古柏失败之后，俄国军队仍然赖在伊犁不走。刘芒决定跟着左宗棠亲自到新疆部署兵力，不收复伊犁，就不活着回来。但是腐败的清朝政府害怕左宗棠与俄国打仗，会把事情闹大不好收拾，又把左宗棠招回去了。刘芒一度很消沉……

俄国割走了霍尔果斯河以西的大片领土和北疆的一部分领土，还蛮横地勒索了九百万卢布的赔偿，扩大了我国西部地区的通商权利。

纸桥大战后，法国政府加派军队向驻扎在越南的中国军队挑衅，一些爱国将士开始纷纷投奔中法战争。刘芒带着自己的部队，跟着冯子材老将率军冲出镇南关，在中越军民的沉重打击下，法军从此节节败退。然而，中国军民用鲜血和生命换来的胜利，却被腐败的清政府断送了。清政府与法国签订了《中法天津条约》。这是屈辱的不平等条约！刘芒开始对清政府失望，对朝廷的日益衰落感到忧虑。

法军又在中越边界发动更大规模的进攻，当前严峻的分歧和争论，也阻挡不了大家迫不及待的强烈反抗。这次他要参与老将冯子材的部队，他部下的士兵，多数是鸦片战争以后留下的精英。

"我马上要走，还得去广东招募士兵，充实力量。这里的事你多操点心，刘春也长大了，我这次回来想带他一起走，这样，柳青和大牛关系也许会好转。"刘芒的心已经抵达那让人悚然的血肉战场。

"我看你怒火冲起，真是感到害怕，常言道，小不忍则乱大谋，当时你要是压不住怒火，动手打了大牛，我看柳青也不会饶你。其实他们俩是真爱，因为爱才相互折磨。"沁沁觉得自己哥哥做得有理，她在夸哥哥。

"大牛是个忠厚老实、能挡风遮雨的男人，把他的心病治好了，他们还是可以一起过的。我走后会安排弟兄，去秣陵节把柳青姆妈接来大山坞，与他们同住，老人年纪大了，在女儿身边可以有个照应。"刘芒精光四射的双目露出一份笃定。

刘春好比干渴的小苗子得了春雨，突然地蹿出一头高，没有了幼儿的稚嫩，才十二岁就是一个眉清目秀的小男孩。他文文静静，乍一看像个姑娘，生得俊：双眼叠皮，长长的睫毛，眼珠子水汪汪的，黑葡萄一样。刘芒说，儿子跟着他，他要教会他许多东西。

花花、朵朵到了该嫁人的岁数，沁沁和乃成、香香商量，是否要请个媒人找两门亲事。

花花、朵朵自从跟着姆妈到了莫家，变得很懂事。沁沁用书里学来的针灸加推拿，两个囡子经过几年的治疗已经有了基本的正常思维，只是底子老实，虽然出落得水灵模样，细看还是有点木讷。沁沁说："给这俩孩子找婆家，我得先看看婆婆厉害不，否则，嫁过去要被人欺负。尽管她们做人很本分，遇到厉害的婆婆，还是无法挡得住。"

花花、朵朵倚在沁沁身边，娇情地说："我们不想嫁人，我们愿意一直守在沁沁诊所，和有金有银大哥们一起，给人治病。"

沁沁恍然，这么多年，有金、有银从未提起过要娶妻成家，原来他们和花花、朵朵之间早已互相爱慕，这可是一桩好事！当晚，沁沁去找乃成和香香,把这意思说了。香香问乃成:"你能同意这门婚事吗? 我看花花、朵朵嫁给有金有银,他们可以另立门户,各自行医,生存应该没问题。"

乃成说:"我早就看出来了,在沁沁诊所,他们四个相处得很开心,我也有心撮合他们,但婚姻这事不能父母包办,所以一直没提起。今天沁沁来说,真合我心意。爹爹走时特别关照,花花、朵朵的婚姻由沁沁把关,我想婚事之类都让沁沁操办吧。需要我们出钱出力,我没二话。"

沁沁让出了莫家的五进宅后面的三进,分别按辈分分配。柳青和大牛住三进,有金和花花住四进,有银和朵朵住五进,大家欢欢喜喜,都表示将来有能力造房子再搬出莫家。

莫家晒谷场上,两只金毛大红冠子的大公鸡被红布绑了腿,蹲在供台香桌下。白米一百斤,用两个大大的�
篼盛着,上等的白米散着清香,白里泛着青色。白面一百斤,用四个面袋子装着。鸡蛋一箩筐,个个是红皮,有几个还是头蛋,蛋皮上沾着血。一头杀好的猪白晃晃地躺在地上,牛肉、羊肉用大脚盆盛着,肉里的筋络似乎还在颤抖。一口十八印的大锅搁在一旁。

香香和乃成从集上订了米酒三坛、猪头六个、猪心肺十斤、肠子十副、蹄子一百个、香菇木耳二十斤、驴肉五十斤、草鱼十条、鸡鸭各三十个、猪血猪肝各十斤,酱醋盐大魁花椒备齐。猪油五十斤,菜籽油五十斤,各类蔬菜都是大山坞村民从自己菜园子里,割来堆在莫家晒谷场上。

香香从家里搬来麦秸和干棉花杆,她说用这个柴火煎豆腐做糊辣汤最好。沁沁笑着说:"这事儿不用你操心,赶紧回家梳洗打扮,等下仪式开始,你和乃成要朝南坐着,两对新人的长辈只有你们了。"

冯大为这场婚事做了证婚人。

两对新人的婚礼,让大山坞村民在莫家吃了三天,热闹了三天。

两年后,香香去娘家为爹爹奔丧。办完爹爹的丧事,她让女儿女婿先回了大山坞,香香跟他们说,自己要在家陪外婆几天,之后就一直没有回来。传说她带着家里的银子,带着姆妈、哥哥一路布施,吃百家饭,上了九华山寺庙。

香香的女儿女婿闻讯姆妈带着外婆走了,赶到外婆家。邻居拿出钥匙,告诉花花、朵朵:"你们的姆妈说,周家院大,希望你们搬回来住。占着莫家的房子,她过意不去,她欠莫家太多太多⋯⋯"

尾声

沁沁的外公外婆高寿去了天堂。

老茂头走后，翠玉婆娘两眼发直，守在她家后院小屋门口。沁沁把她领回屋子，她就骂鸡骂狗，抄起扫帚在地上乱扫，说那些都是稻谷、麦子。几年后，翠玉婆娘找老茂头去了。

沁沁的眼睛周围布满了细密的皱纹，愈见慈爱、刚正、眉目清丽。晚年的沁沁回到了乃成身边，两人生活在一起。他们的儿子冯刘夏已经成亲，夫妻俩在莫家继承了沁沁诊所。

嫁出去的花花、朵朵经常回来探望她们的沁沁姆妈。

柳青和大牛生了一对龙凤胎。柳青姆妈被女婿接回大山坞，和女儿女婿、外孙外孙女一起生活在莫家大院。大牛在家里开起了酿酒和做酱的作坊，内心还在为过去的一段伤感所笼罩。见大牛每一次喝醉了闹酒疯，柳青便独自一人来到云雾山山根下边，思念刘芒和他们的儿子……

刘芒带着儿子参加同盟会，跟着孙中山，把旧三民主义发展为新三民主义。父子俩一同走在辛亥革命的征途上。

人生苍穹的流星，从天际划过，带着过去的印痕，凝固了大山坞一代人的沧桑……

构思于 2018 年

开篇于 2019 年初

2019 年 5 月完稿于锦溪书斋

后记

郎绮屏

父亲走了，临终前对我念叨着："我还是没有等到你的新书出版。"

写《大山坞》是老父亲在世时对我寄予的愿望。我的前一本书《江南烟尘》出版后，在考虑写一本现代故事的长篇小说。父亲说："《江南烟尘》你是写了那个年代的爱情悲剧，我们家乡祖上还有很多很多山村民风值得你去挖掘，我年纪大了，耳背眼花，大山里的故事你已经知道了不少，我和你妈还健在时再给你说说。"

我出生在上海，却对农村有很深的情结，祖辈世代都是农民，生活在浙西山区的一个有山，有水，有瀑布的富春江大山坞里。真有点"环村皆山也"的味道。潺潺山溪从村庄通过，中间驾着一座青石板桥。山溪两岸错落三棵千年银杏树，其中有棵树身有个大窟窿，树根有个洞穴直通树心。儿时每逢寒暑假，父母就会把我们兄妹仁送到外婆家，我们兄妹仁总喜欢和伙伴们藏进树窟窿内捉迷藏。外婆家后堂厢房是书房，古老笨重的大木橱里和顺着板壁搭成的板架上，都堆满了书。我喜欢悄悄地爬上木板凳，翻看那一叠叠书。随着年龄增长，我慢慢地迷上了阅读。

我的文字我的藤是往土里扎的。对山里有一种割舍不掉的情感,父母的故事一直在耳根上下徘徊,乡村的情结时时在我脑海中缠绕,越写越放不下那一片砖一片瓦,它们所容涵的博大精深,吸引我在山里徜徉,大山坞村子里,那些错综复杂的关系,生活中的种种荒诞奇事,都藏在我内心深处,我沿着这扇已经被我打开的门,去探索我创作的富矿,触发灵感的磁场。

大山坞的山峦、溪流、瀑布,房屋后灶膛烟囱里飘出的阵阵炊烟香味,在这些琐碎的凡间烟火里,我与小说人物产生了灵魂的相通和相惜。但是,要写出各种人物,如偏离了真实的生活,会让读者读不下去。一部小说,描写得合情合理,恰如其分,才能吸引读者。所以我在描述这本《大山坞》小说故事时反复思索,格外注意人物、结构,给主要人物设置障碍。

小说的主人公刘芒与沁沁,他们正直善良聚人气,我在他们身上花费的笔墨并不多,却偏重了一些乡里各种层次小人物之间鸡零狗碎的纠缠。

老茂头的原型是我父亲祖父的哥哥,一个典型的勤劳抠门的乡下人,节俭已经成为他的思维定势。就算他再遇到得到与失去,也悟不出不要抠克自己和沾人便宜的道理,也改变不了自己一辈子积累下来的行为。

香香的原型是我父亲大伯的老婆,村里出了名的傻婆娘,她生了两个如花似玉的女儿,春月和秋月。桃月是父亲大伯典妻生的,七岁那年活活被大伯的傻婆娘折磨死了。

桃月,我小说中的"小梅",在我心中酝酿多年的可怜人。听父亲说了无数次,一个短暂的生命,躲在灶间柴堆里,父亲在外读书放寒假回家,和堂兄妹一起在灶间穿梭玩耍。桃月像猫咪一样的声音:"阿哥,背我去外面看看太阳好伐?"不懂事的父亲只顾自己玩耍,一溜烟跑了出去。桃月死后,父亲一辈子为此自责。

在我的心里一直是看到或想到别人的不幸,就会产生一丝酸楚的难受。写了小说才知道,那种滋味原来就是"慈悲"文字的美。好几次我想写"典妻"我想写桃月。打开电脑便是泪流满面。

香香是个贴了标签的风骚女人,谁娶她谁倒霉,她不聪明,命运把她装订的极为拙劣,但她身上也有闪光点。女人的心,其实都是不安分的,只不过取决于觉醒的程度。是沁沁带她信了佛门,佛菩萨把宇宙的秘密开示给沉迷混沌中的她。最后她觉醒了。

小癫痫是个极其悲剧的人物,活着就是为了一口饭。一辈子活得相当硬核。

大山坞有很多外来难民,他们如何来到这个山村,如何遭遇乱世如麻,如何遍尝人世苦楚,如何不幸离开人世。我用文字加细微逼真的情感,写出了他们的苦难。

有朋友劝我,说写乡土文学没品味。作家叶兆言说:"……通俗是小说的必然,小说永远不可能是哲学著作。"

我认为,无论写什么,一部作品应当尽可能传播真理。应当有益于读者灵魂的净化,心向慈悲。我写《大山坞》留下了那个年代农村生活的缩影,小说人物应该就是那个时代的折光,自然和朴素是一门很深奥的学问。

我在温和的文字里行走,把花开花谢看透。

2019 年末

图书在版编目(CIP)数据

大山坞/郎绮屏著. —上海：上海三联书店,2020.10
ISBN 978-7-5426-7173-8

Ⅰ.①大…　Ⅱ.①郎…　Ⅲ.①长篇小说－中国－当代
Ⅳ.①I247.5

中国版本图书馆 CIP 数据核字(2020)第 167547 号

大山坞

著　　者 / 郎绮屏

责任编辑 / 董毓玭
特约编辑 / 张静乔
装帧设计 / 徐　徐
监　　制 / 姚　军
责任校对 / 张大伟　王凌霄

出版发行 / 上海三联书店
　　　　　(200030)中国上海市漕溪北路 331 号 A 座 6 楼
邮购电话 / 021-22895540
印　　刷 / 上海惠敦印务科技有限公司

版　　次 / 2020 年 10 月第 1 版
印　　次 / 2020 年 10 月第 1 次印刷
开　　本 / 890×1240　1/32
字　　数 / 170 千字
印　　张 / 7.5
书　　号 / ISBN 978-7-5426-7173-8/I·1658
定　　价 / 45.00 元

敬启读者,如发现本书有印装质量问题,请与印刷厂联系 021-63779028